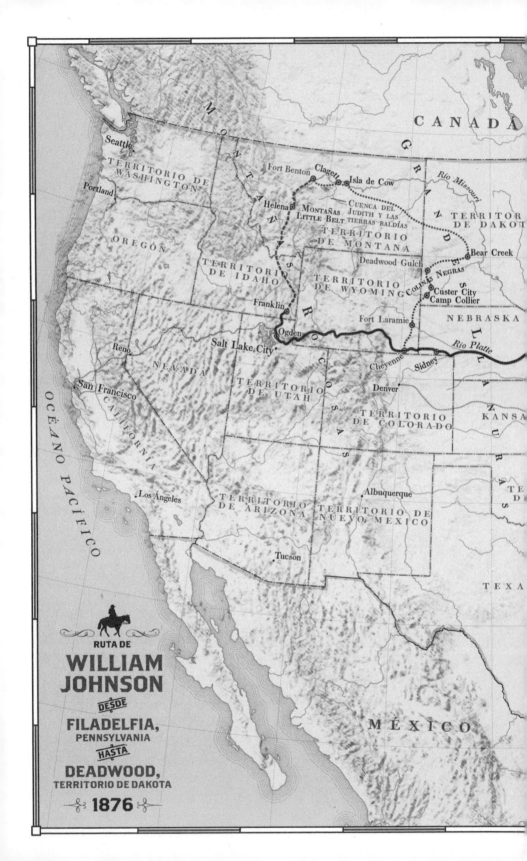

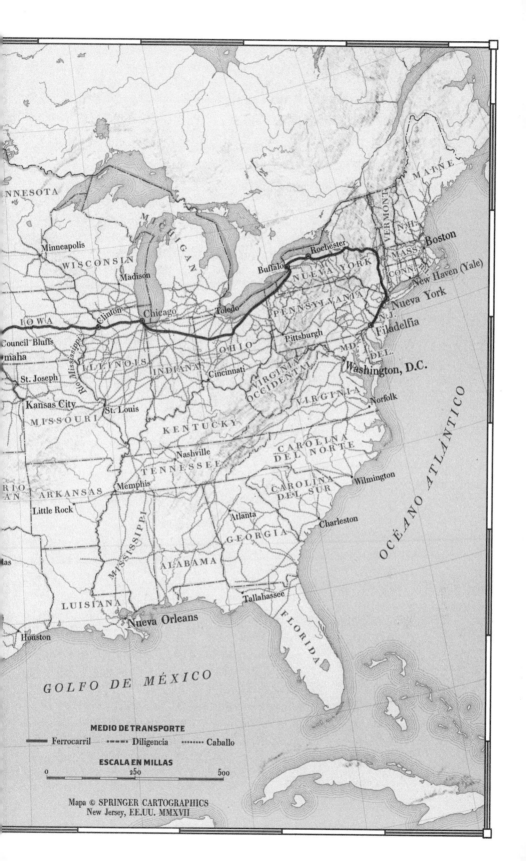

MINNESOTA

Minneapolis

WISCONSIN

Madison

MICHIGAN

IOWA

Clinton

Chicago

Toledo

Council Bluffs

maha

Río Mississippi

St. Joseph

Kansas City

ILLINOIS

INDIANA

OHIO

Cincinnati

MISSOURI

St. Louis

KENTUCKY

Nashville

RIO

AN

ARKANSAS

Memphis

TENNESSEE

Little Rock

MISSISSIPPI

las

ALABAMA

GEORGIA

LUISIANA

Houston

Nueva Orleans

Tallahassee

GOLFO DE MÉXICO

Rochester

Buffalo

NUEVA YORK

PENNSYLVANIA

Pittsburgh

VIRGINIA OCCIDENTAL

VIRGINIA

Norfolk

CAROLINA DEL NORTE

CAROLINA DEL SUR

Wilmington

Atlanta

Charleston

FLORIDA

MAINE

VERMONT

N.H.

MASS.

Boston

CONN.

New Haven (Yale)

Nueva York

N.J.

Filadelfia

MD.

DEL.

Washington, D.C.

OCÉANO ATLÁNTICO

MEDIO DE TRANSPORTE

⎯⎯ Ferrocarril ----- Diligencia ⋯⋯ Caballo

ESCALA EN MILLAS

0   250   500

Mapa © SPRINGER CARTOGRAPHICS
New Jersey, EE.UU. MMXVII

DIENTES DE DRAGÓN

MICHAEL CRICHTON

DIENTES DE DRAGÓN

Traducción de
Gabriel Dols Gallardo

PLAZA ∎ JANÉS

Título original: *Dragon Teeth*
Primera edición: mayo de 2018

© 2017, Crichton Sun LLC. Todos los derechos reservados
© 2018, Penguin Random House Grupo Editorial, S. A. U.
Travessera de Gràcia, 47-49. 08021 Barcelona
© 2018, Gabriel Dols Gallardo, por la traducción
Nick Springer, por el mapa
© 2017, Springer Cartographics LLC.
Silueta de hombre a caballo en la leyenda del mapa por cortesía de Shutterstock

Printed in Spain – Impreso en España

ISBN: 978-84-01-02100-8
Depósito legal: B-5.631-2018

Compuesto en M. I. Maquetación, S. L.

Impreso en Rodesa
Villatuerta (Navarra)

L 0 2 1 0 0 8

Penguin
Random House
Grupo Editorial

Introducción

Según una fotografía antigua, William Johnson es un joven apuesto que sonríe con aire inocente y la boca torcida. Viva imagen de la indiferencia, se apoya distraídamente, desgarbado, en un edificio gótico. Es alto, pero su estatura resulta irrelevante para el modo en que se presenta a los demás. La fotografía está datada en «New Haven, 1875», y al parecer se tomó después de que partiera de casa para iniciar sus estudios en la Universidad de Yale.

Una imagen posterior, en la que se lee «Cheyenne, Wyoming, 1876», muestra a Johnson bastante cambiado. Enmarca su boca un bigote tupido; su cuerpo parece más duro y ensanchado por el ejercicio; tiene la mandíbula firme y está derecho, en una postura confiada, con los hombros erguidos y los pies separados… y hundidos hasta los tobillos en el barro. En su labio superior se aprecia con claridad una peculiar cicatriz, que en años posteriores achacaría a un ataque indio.

La siguiente historia cuenta lo que sucedió entre las dos fotografías.

Por los diarios y cuadernos de William Johnson, estoy en deuda con los herederos de W. J. T. Johnson, y en especial con la sobrina nieta de Johnson, Emily Silliman, que me permitió extraer extensas citas del material inédito. (Buena parte del contenido factual de las crónicas de Johnson apareció publicada en 1890, durante las encarnizadas batallas por la primacía entre Cope y Marsh, en las que acabó interviniendo el gobierno estadounidense. Pero el texto en sí no se ha publicado, ni siquiera por fragmentos, hasta ahora.)

PRIMERA PARTE

La expedición al Oeste

El joven Johnson se suma
a la expedición al Oeste

William Jason Tertullius Johnson, primogénito de Silas Johnson, empresario naviero de Filadelfia, entró en la Universidad de Yale en otoño de 1875. Según el director de su instituto, Exeter, Johnson era «brillante, atractivo, atlético y capaz», aunque también añadía que era «testarudo, indolente y mimado, con una indiferencia notable hacia cualquier causa excepto sus propios placeres. A menos que encuentre un objetivo en la vida, se arriesga a un descenso indecoroso a la indolencia y el vicio».

Esas palabras podrían haber descrito a un millar de jóvenes de los Estados Unidos de finales del siglo XIX, jóvenes con padres dinámicos e intimidantes, grandes cantidades de dinero y ninguna forma especial de pasar el rato.

William Johnson cumplió el vaticinio del director de su instituto durante el primer año en Yale. Se le sometió a un período de prueba en noviembre por participar en juegos de azar, y otra vez en febrero tras un incidente marcado por el consumo excesivo de alcohol y la rotura de un escaparate de New Haven. Silas Johnson pagó los desperfectos. A pesar de esa conducta temeraria, Johnson seguía siendo cortés e incluso tímido con las chicas de su edad, pues aún no había tenido suerte con las mujeres. Por su parte, ellas encontraban motivos para llamar su atención, aunque fueran jóvenes con una educación formal. En todos los demás aspectos, sin embargo, se mostraba incorregible. A principios de aquella primavera, una tarde soleada, Johnson destrozó el yate de su compañero de habitación al embarrancarlo en el estrecho de Long Island. La embarcación se hundió en cuestión de minutos; Johnson fue rescatado por una barca de pesca que pasaba por la zona; cuando le preguntaron qué había sucedido, reconoció ante los atónitos pescadores que no sabía navegar porque sería «tediosísimo aprender. Y, en cualquier caso, parece bastante sencillo». Cuando su compañero de habitación le exigió explicaciones, Johnson reconoció que no había pedido permiso para usar el yate porque «era un incordio buscarte».

Cuando le llegó la factura del yate perdido, el padre de Johnson se quejó a sus amigos de que «educar a un joven caballero en Yale hoy en día es una ruina». Su padre era el hijo formal de un inmigrante escocés, y le costaba disimular los excesos de sus vástagos; en sus cartas, instaba a William repetidamente a encontrar un objetivo en la vida. Pero William parecía conformarse con su frivolidad consentida, y cuando anunció su intención de pasar el verano siguiente en Europa, «la perspectiva», dijo su padre, «me llena de auténtico pavor fiscal».

En consecuencia, la familia se sorprendió cuando William Johnson de improviso decidió ir al Oeste durante el verano de 1876. Johnson nunca explicó públicamente por qué había cambiado de opinión, pero sus más allegados en Yale conocían el motivo. Había decidido ir al Oeste por una apuesta.

En sus propias palabras, extraídas del diario que llevaba siempre al día:

> Es probable que todo joven tenga un archirrival en algún
> momento de su vida y, en mi primer año en Yale, yo tuve el

mío. Harold Hannibal Marlin tenía mi edad, dieciocho años. Era apuesto, atlético, educado, asquerosamente rico y de Nueva York, ciudad que él consideraba superior a Filadelfia en todos los aspectos. Yo le encontraba insufrible. El sentimiento era mutuo.

Marlin y yo competíamos en todos los ámbitos: en el aula, en los deportes, en las trastadas universitarias nocturnas. Solo existía aquello por lo que competíamos. Discutíamos sin cesar, siempre adoptando la postura contraria a la del otro.

Una noche, durante la cena, dijo que el futuro de Estados Unidos residía en el desarrollo del Oeste. Yo repliqué que no, que el futuro de nuestra gran nación nunca podía depender de un inmenso desierto poblado por tribus aborígenes salvajes.

Él me acusó de hablar sin conocimiento de causa, porque no había estado allí. Con eso, metió el dedo en la llaga: Marlin sí que había estado en el Oeste, por lo menos en Kansas City, donde vivía su hermano, y nunca perdía ocasión de expresar su superioridad en esta cuestión de los viajes.

Yo nunca había logrado neutralizarla.

—Ir al Oeste no es nada del otro mundo —dije—. Cualquier memo puede ir.

—Pero no han ido todos los memos; tú, por lo menos, no has ido.

—Nunca he sentido el menor deseo de ir —respondí.

—Te diré lo que yo creo —replicó Hannibal Marlin, asegurándose de que los demás escuchaban—. Creo que tienes miedo.

—Eso es absurdo.

—Ya lo creo. Te pega más un agradable viaje a Europa.

—¿Europa? Europa es para vejestorios y para carcamales eruditos.

—Hazme caso, este verano recorrerás Europa, a lo mejor con un parasol.

—Y si voy, eso no significa...

—¡Ja, ja! ¿Lo veis? —Marlin se volvió para dirigirse a todos los comensales—. Miedo. Miedo. —Sonrió con una expresión condescendiente, de enterado, que me hizo odiarle y no me dejó alternativa.

—A decir verdad —repuse con serenidad—, ya tengo decidido hacer un viaje al Oeste este verano.

Eso le pilló por sorpresa; la sonrisa de suficiencia se le heló en la cara.

—Ah, ¿sí?

—Sí —añadí—. Voy con el profesor Marsh. Se lleva consigo a un grupo de estudiantes todos los veranos. —Había leído un anuncio en el periódico la semana anterior; lo recordaba vagamente.

—¿Qué? ¿Marsh el gordo? ¿El profesor de los huesos?

—Exacto.

—¿Te vas con Marsh? Las condiciones de alojamiento de su grupo son espartanas, y dicen que hace trabajar a los chicos sin piedad. No parece tu estilo en absoluto. —Entrecerró los ojos—. ¿Cuándo salís?

—Aún no nos ha dicho la fecha.

Marlin sonrió.

—Tú no has visto al profesor Marsh en tu vida y no irás con él a ninguna parte.

—Que sí.

—Que no.

—Te estoy diciendo que ya está decidido.

Marlin suspiró con su condescendencia característica.

—Tengo mil dólares que dicen que no irás.

Marlin ya estaba perdiendo la atención de la mesa, pero con eso la recuperó. Mil dólares eran un montón de dinero en 1876, incluso entre dos jóvenes ricos.

—Mil dólares a que no vas al Oeste con Marsh este verano —repitió Marlin.

—Señor, ha hecho usted una apuesta —respondí.

Y en aquel momento comprendí que, sin comerlo ni beberlo, iba a pasar el verano entero sufriendo calor en un espantoso desierto, en compañía de un lunático reconocido, desenterrando viejos huesos.

Marsh

El profesor Marsh tenía su despacho en el museo Peabody, dentro del campus de Yale. Una puerta verde maciza con grandes letras blancas anunciaba: PROF. O. C. MARSH. SOLO SE ADMITEN VISITAS CON CITA PREVIA.

Johnson llamó con los nudillos. No hubo respuesta, de modo que volvió a llamar.

—Fuera.

Johnson llamó una tercera vez.

En el centro de la puerta, se abrió un pequeño postigo por el que asomó un ojo inquisitivo.

—¿Qué pasa?

—Quiero ver al profesor Marsh.

—Pero ¿quiere verte él a ti? —le preguntó el ojo—. Lo dudo.

—Vengo por el anuncio. —Johnson alzó el anuncio del periódico de la semana anterior.

—Lo siento. Demasiado tarde. No quedan plazas. —El postigo de la puerta se cerró de golpe.

Johnson no estaba acostumbrado a que le negaran nada, y mucho menos un estúpido viaje que, por si fuera poco, no quería hacer. Furioso, pegó una patada a la puerta. Contempló el tráfico de carruajes de la avenida Whitney. Pero, dado que estaba en juego su orgullo, y mil dólares, se controló y llamó con educación una vez más.

—Lo siento, profesor Marsh, pero de verdad que debo ir al Oeste con usted.

—Joven, el único lugar al que debe irse es a otra parte. Fuera.

—Por favor, profesor Marsh. Por favor, deje que me una a su expedición. —La perspectiva de humillarse ante Marlin era espantosa para Johnson. Se le quebró la voz y le lloraron los ojos—. Por favor, escúcheme, señor. Haré lo que me diga, hasta llevaré mi propio equipo.

El postigo volvió a abrirse con un movimiento brusco.

—Joven, todo el mundo lleva su propio equipo, y todo el mundo hace lo que digo, salvo usted. Está ofreciendo un espectáculo impropio de un hombre. —El ojo asomó de nuevo—. Ahora, fuera.

—Por favor, señor, tiene que aceptarme.

—Si hubiese querido venir, tendría que haber respondido al anuncio la semana pasada. Como hicieron todos los demás. La semana pasada tuvimos treinta candidatos para elegir. Ahora hemos seleccionado a todo el mundo salvo… ¿No será, por casualidad, fotógrafo?

Johnson vio su oportunidad y se abalanzó sobre ella.

—¿Fotógrafo? ¡Sí, señor, lo soy! En efecto, sí.

—¡Bueno! Debería haberlo dicho inmediatamente. Adelante.

La puerta se abrió de par en par, y Johnson vio entera, por primera vez, la figura pesada, poderosa y solemne de Othniel C. Marsh, el primer profesor de paleontología de Yale. De mediana estatura, parecía disfrutar de una salud carnosa y robusta.

Marsh le acompañó de vuelta al interior del museo. En el aire flotaba un polvillo blanco que los rayos de sol atravesaban como en una catedral. En un espacio vasto y cavernoso, Johnson vio a unos hombres con bata blanca inclinados sobre unos grandes bloques de roca, desincrustando huesos con pequeños cinceles. Vio que trabajaban con cuidado y usaban unos cepillos pequeños para limpiar los restos. En la esquina más alejada, estaban montando un esqueleto gigantesco, cuyo armazón de huesos se elevaba hacia el techo.

—*Giganthopus marshiensis*, mi mayor logro —explicó Marsh, señalando con la barbilla la imponente bestia de huesos—. Hasta la fecha, se entiende. La descubrí en el 74, en el territorio de Wyoming. Siempre la veo como una «ella». ¿Cómo se llama usted?

—William Johnson, señor.

—¿A qué se dedica su padre?

—Mi padre se dedica a la industria naviera, señor. —El polvillo blanquecino flotaba en el aire; Johnson tosió.

Marsh le observó con suspicacia.

—¿Se encuentra mal, Johnson?

—No, señor, estoy perfectamente.

—No soporto que haya enfermos a mi alrededor.

—Tengo una salud excelente, señor.

Marsh no parecía convencido.

—¿Cuántos años tiene, Johnson?

—Dieciocho, señor.

—¿Y cuánto hace que es fotógrafo?

—¿Fotógrafo? Ah… uh… desde mi juventud, señor. Mi… eh… mi padre sacaba fotografías, y aprendí de él, señor.

—¿Tiene su propio equipo?

—Sí… Eh, no, señor… pero puedo conseguirlo. De mi padre, señor.

—Está nervioso, Johnson. ¿Por qué?

—Son solo las ganas de marcharme con usted, señor.

—No me diga. —Marsh le miró fijamente, como si Johnson fuese un espécimen anatómico curioso.

Incómodo bajo aquella mirada, Johnson probó con un halago.

—He oído tantísimas cosas emocionantes sobre usted, señor.

—¿De verdad? ¿Qué ha oído?

Johnson vaciló. A decir verdad, tan solo había oído que Marsh era un hombre obsesivo y resuelto, que debía su puesto en la universidad a un interés monomaníaco en los huesos fósiles y a su tío, el famoso filántropo George Peabody, que había financiado el museo Peabody, la cátedra de Marsh y las expediciones anuales de su sobrino al Oeste.

—Solo que los estudiantes consideran un privilegio y una aventura acompañarlo, señor.

Marsh guardó silencio un instante.

—Me desagradan los halagos vanos —dijo al final—. No me gusta que me llamen «señor». Puede dirigirse a mí como «profesor». En cuanto al privilegio y la aventura, lo que ofrezco es trabajo duro, y mucho. Pero le diré algo: todos mis estudiantes han vuelto sanos y salvos. Y ahora, veamos, ¿por qué tiene tantas ganas de venir?

—Motivos personales, se… profesor.

—Todos los motivos son personales, Johnson. Le pregunto por el suyo.

—Bueno, profesor, me interesa el estudio de los fósiles.

—¿Le interesa? ¿Dice que le interesa? Joven, estos fósiles… —Abarcó la sala con la mano—. Estos fósiles no suscitan interés. Suscitan un compromiso apasionado, suscitan fervor religioso y especulación científica, debate y discusión acalorada, pero no se desarrollan por mero interés. No, no. Lo siento. No, no, de verdad.

Johnson temía haber perdido su oportunidad con aquella observación dicha de pasada, pero, en otro viraje veloz, Marsh sonrió.

—No importa, necesito un fotógrafo y estaré encantado de que nos acompañe. —Le tendió la mano, y Johnson se la estrechó—. ¿De dónde es, Johnson?

—De Filadelfia.

El nombre ejerció un efecto extraordinario en Marsh. Soltó la mano de Johnson y retrocedió un paso.

—¡Filadelfia! Usted… usted… ¿es de Filadelfia?

—Sí, señor, ¿pasa algo malo con Filadelfia?

—¡No me llame «señor»! ¿Y dice que su padre se dedica a la industria naviera?

—Sí, así es.

Marsh se puso morado; el cuerpo le temblaba de ira.

—Y supongo que también será cuáquero, ¿no? ¿Eeeh? ¿Un cuáquero de Filadelfia?

—No; es metodista, en realidad.

—¿Eso no es muy parecido a cuáquero?

—No lo creo.

—Pero usted vive en la misma ciudad que él.

—¿Que quién?

Marsh se quedó callado, con el entrecejo fruncido y la cabeza gacha, y después dio otro de sus abruptos virajes y trasladó el peso de su corpachón al otro pie. Para ser un hombre corpulento, demostraba una agilidad y una forma física sorprendentes.

—Da lo mismo. —Sonrió una vez más—. No tengo nada en contra de ningún residente de la Ciudad del Amor Fraternal, digan lo que digan. Aun así, imagino que estará preguntándose adónde va mi expedición este verano, para buscar fósiles.

A Johnson ni se le había pasado por la cabeza la pregunta, pero, para demostrar el debido interés, respondió:

—Tengo algo de curiosidad, sí.

—Ya me lo imagino. Sí. Ya me lo imagino. Bueno, es un secreto —dijo Marsh, acercándose a la cara de Johnson para susurrarle aquellas palabras—. ¿Me entiende? Un secreto. Y seguirá siendo un secreto, conocido solo por mí, hasta que nos encontremos en el tren rumbo al Oeste. ¿Lo ha entendido bien?

Johnson retrocedió ante su vehemencia.

—Sí, profesor.

—Bien. Si su familia desea conocer su destino, dígales que Colorado. No es verdad, porque este año no vamos a Colorado, pero no importa, porque estará ilocalizable de todos modos, y Colorado es un lugar precioso que no visitar. ¿Comprendido?

—Sí, profesor.

—Bien. Pues partimos el 14 de junio, de la estación Grand Central de Nueva York. Volveremos a lo sumo el 1 de septiembre a la misma estación. Vaya a ver mañana al secretario del museo y él le proporcionará una lista de las provisiones que debe aportar; además, en su caso, del equipo fotográfico. Llevará material suficiente para cien fotografías. ¿Alguna pregunta?

—No, señor. No, profesor.

—Entonces nos vemos en el andén el 14 de junio, señor Johnson.

Se dieron un rápido apretón de manos. La de Marsh estaba húmeda y fría.

—Gracias, profesor. —Johnson se volvió y se dirigió a la puerta.

—Ah, ah, ah. ¿Adónde cree que va?

—Me marcho.

—¿Solo?

—Sabré encontrar la salida…

—Nadie, Johnson, puede moverse sin escolta por esta oficina. No soy idiota, sé que hay espías ansiosos por echar un vistazo a los últimos borradores de mis estudios o al último hueso que salga de la roca. Mi ayudante, el señor Gall, le acompañará fuera.

A la mención de su nombre, un hombre delgado y con cara de angustia, vestido con bata de laboratorio, dejó su cincel y acompañó a Johnson a la puerta.

—¿Siempre es así? —susurró Johnson.

—Hace un tiempo magnífico. —Gall sonrió—. Que tenga un buen día, señor.

Y William Johnson volvía a estar en la calle.

Aprendiendo fotografía

Nada hubiese alegrado más a Johnson que evitar las condiciones de su apuesta y aquella inminente expedición. Saltaba a la vista que Marsh era un lunático de primera, y posiblemente peligroso. Decidió organizar otra comida con Marlin y zafarse de la apuesta de alguna manera.

Sin embargo, aquella noche, para su horror, descubrió que la apuesta había ganado fama. Ya la conocían a lo largo y ancho de la universidad, y durante toda la cena se fue acercando gente a su mesa para hablarle de ella y hacer algún comentario o broma. Echarse atrás a esas alturas resultaba inconcebible.

Entonces comprendió que estaba condenado.

Al día siguiente fue al estudio del señor Carlton Lewis, un fotógrafo local que ofrecía veinte lecciones por la exorbitante suma de cincuenta dólares. Al señor Lewis le hizo gracia su nuevo alumno; la fotografía no era una ocupación para ricos, más bien un negocio turbio para personas que carecían del capital para ganarse la vida de un modo más prestigioso. Ni siquiera Mathew Brady, el fotógrafo más famoso de su época, el cronista de la Guerra Civil, el hombre que retrataba a estadistas y presidentes, había recibido nunca un trato distinto al de un criado por parte de las eminencias que posaban para él.

Pero Johnson se mantuvo firme y, a lo largo de varias semanas, aprendió las técnicas de aquel método de impresión que había traído de Francia cuarenta años antes el telegrafista Samuel Morse.

El proceso que estaba de moda a la sazón era la técnica fotográfica del «colodión húmedo»; en una habitación o tienda de campaña a oscuras, se mezclaban productos químicos frescos y se cubrían unas láminas de cristal con una emulsión pegajosa fotosensible. Esas placas recién cubiertas de colodión se llevaban corriendo hasta la cámara y, todavía húmedas, se exponían a la escena. Hacía falta una destreza considerable para cubrir una placa de forma homogénea y exponerla antes de que se secara; el revelado posterior resultaba fácil en comparación.

A Johnson le costaba aprender. No lograba ejecutar los pasos con la suficiente rapidez, con el ritmo relajado de su maestro; sus primeras emulsiones eran demasiado espesas o demasiado finas, demasiado húmedas o demasiado secas; sus placas presentaban burbujas y goterones que hacían que sus fotografías pareciesen de aficionado. Odiaba la estrecha tienda de campaña, la oscuridad y las apestosas sustancias que le irritaban los ojos, le manchaban los dedos y le quemaban la ropa. Por encima de todo, odiaba no dominar el oficio con facilidad. Y odiaba al señor Lewis, que era propenso a filosofar.

—Esperas que todo sea fácil porque eres rico —decía Lewis con una risilla, mientras le observaba manejarse a tientas y renegar—. Pero a la placa le da igual lo rico que seas. A los productos químicos les da igual lo rico que seas. Al objetivo le da igual lo rico que seas. Lo primero que debes aprender es a tener paciencia, si es que quieres aprender algo.

—Váyase a paseo —le espetaba Johnson, irritado. Aquel hombre no era más que un tendero inculto y con ínfulas.

—Yo no soy el problema —replicaba Lewis, sin ofenderse—. El problema es usted. Y ahora, venga, pruebe otra vez.

Johnson hacía rechinar los dientes y maldecía para sus adentros.

Sin embargo, a medida que pasaban las semanas, sin duda mejoró. Para finales de abril, sus placas presentaban una densidad uniforme, y trabajaba lo bastante rápido para obtener buenas exposiciones. Sus placas eran nítidas y claras, y estaba satisfecho cuando se las enseñó a su maestro.

—¿Por qué estás tan satisfecho? —le preguntó el señor Lewis—. Estas fotografías son espantosas.

—¿Espantosas? Son perfectas.

—Son técnicamente perfectas —matizó Lewis, encogiéndose de hombros—. Eso solo significa que sabes lo bastante para empezar a aprender fotografía. Creo que es lo que buscabas cuando acudiste a mí.

A continuación Lewis le enseñó los detalles de la exposición, los pormenores del número f, la distancia focal y la amplitud de campo. Johnson se desesperaba, porque le quedaba muchísimo que aprender: «Fotografía los retratos con la máxima abertura y exposiciones cortas, porque el diafragma bien abierto posee una cualidad suave que favorece al sujeto». Por otro lado, «fotografía los paisajes con el diafragma cerrado y exposiciones largas, porque la gente quiere ver un paisaje nítido tanto en primer plano como a lo lejos». Aprendió a variar el contraste cambiando la exposición y el consiguiente tiempo de revelado. Aprendió a colocar los modelos a la luz, a cambiar la composición de sus emulsiones para los días grises y despejados. Johnson trabajó arduamente y recogió notas detalladas en su diario… pero también quejas.

«Desprecio a este hombrecillo —observa una entrada característica—, y aun así ansío con desesperación oírle decir lo que nunca dirá: que he aprendido el oficio.» Sin embargo, incluso en las quejas se aprecia un cambio en el joven altivo que pocos meses atrás no se había molestado en aprender a navegar. Quería destacar en su labor.

A principios de mayo, Lewis sostuvo una placa contra la luz y la inspeccionó con una lupa. Finalmente se volvió hacia Johnson.

—Este trabajo es casi aceptable —reconoció—. Lo has hecho bien.

Johnson estaba eufórico. En su diario escribió: «¡Casi aceptable! ¡Casi aceptable! ¡Nada que me hayan dicho nunca me ha sonado mejor!».

También estaban cambiando otros aspectos del talante de Johnson: a su pesar, empezaba a tener ganas de emprender la expedición.

Todavía afronto tres meses en el Oeste como tres meses de asistencia obligatoria a la ópera alemana. Pero debo reconocer que siento una emoción agradable y creciente a medida que se acerca la fatídica partida. He adquirido todo lo que figura en la lista del secretario del museo, entre otras cosas un cuchillo de caza, un revólver Smith & Wesson de seis tiros, un rifle del calibre .50, botas de montar recias y un martillo de geólogo. Con cada compra aumenta mi emoción. He adquirido un dominio aceptable de las técnicas fotográficas; me he procurado los treinta y cinco kilos de productos químicos y material, además de las cien placas de cristal; en resumen, estoy listo para partir.

Un solo obstáculo importante me separa ya de la partida: mi familia. Debo volver a Filadelfia y contárselo.

Filadelfia

Aquel mes de mayo, Filadelfia era la ciudad más bulliciosa de Estados Unidos, prácticamente desbordada por las multitudes que acudían en manada para asistir a la Exposición del Centenario de 1876. La emoción que rodeaba esta conmemoración del aniversario de la nación resultaba casi palpable. Mientras deambulaba por los altos pabellones de la exposición, Johnson vio las maravillas que asombraban a todo el mundo: la gran máquina de vapor de Corliss, las muestras de flora y agricultura de los estados y territorios del país, y los nuevos inventos que arrasaban.

La perspectiva de aprovechar la energía de la electricidad era el tema de moda: se hablaba incluso de producir luz eléctrica, para iluminar las calles de las ciudades por la noche; todo el mundo decía que Edison tendría una solución en menos de un año. Entretanto había otras maravillas eléctricas con las que asombrarse, en especial el curioso aparato llamado «teléfono».

Todos los asistentes a la exposición vieron aquella rareza, aunque pocos le atribuyeron valor alguno. Johnson se contaba entre la mayoría cuando anotó en su diario: «Ya tenemos el telégrafo, que ofrece comunicación a todo el que la desee. No tengo muy claras las virtudes que aporta la comunicación a distancia mediante la voz. Tal vez en el futuro haya quien desee oír la voz de alguien que se encuentre lejos, pero no puede ser mucha gente. Por mi parte, creo que el teléfono del señor Bell es una curiosidad abocada al fracaso, sin propósito real».

A pesar de los espléndidos edificios y del gentío, no todo iba tan bien en la nación. Era año de elecciones, y se hablaba mucho de política. El presidente Ulysses S. Grant había inaugurado la Exposición del Centenario, pero el pequeño general ya no era popular; su administración se había caracterizado por los escándalos y la corrupción, y los excesos de los especuladores financieros habían terminado por sumir al país en una de las depresiones más graves de su historia. Miles de inversores se habían arruinado en Wall Street; la brusca bajada de los precios, sumada a unos inviernos inclementes y las plagas de saltamontes, había destruido a los granjeros del Oeste; el resurgimiento de las guerras contra los indios en los territorios de Montana, Dakota y Wyoming suponía una carga desagradable, por lo menos para la prensa del Este, y en la campaña electoral de ese año tanto el partido Demócrata como el Republicano prometían centrarse en la reforma.

Pero para un joven, en especial uno rico, todas estas noticias —buenas o malas— tan solo constituían un emocionante telón de fondo en vísperas de su gran aventura. «Disfruté con las maravillas de la exposición —escribió Johnson—, pero en realidad la encontré cansinamente civilizada. Tenía la mirada puesta en el futuro y en las Grandes Llanuras que pronto serían mi destino. Si mi familia accedía a dejarme ir.»

Los Johnson residían en una de las recargadas mansiones que daban a la plaza Rittenhouse de Filadelfia. Era el único hogar que William había conocido: mobiliario lujoso, elegancia artificiosa y criados detrás de cada puerta. Decidió contárselo a su familia una mañana durante el desayuno. En retrospectiva, sus reacciones le parecieron del todo predecibles.

—¡Oh, querido! ¿Por qué ibas a querer ir hasta allí? —preguntó su madre, untando mantequilla en la tostada.

—Creo que es una idea genial —comentó su padre—. Excelente.

—Pero ¿te parece sensato, William? —preguntó su madre—. Tienen todos esos problemas con los indios, ya sabes.

—Me alegro de que vaya; a lo mejor le arrancan la cabellera —soltó su hermano pequeño, Edward, que tenía catorce años. Decía cosas así a todas horas y nadie le prestaba atención.

—Yo no le veo el atractivo —insistió su madre, con un deje de preocupación en la voz—. ¿Para qué quieres ir allí? No tiene ningún sentido. ¿Por qué no vas mejor a Europa? A algún lugar seguro y estimulante desde el punto de vista cultural.

—Estoy seguro de que estará a salvo —replicó su padre—. Hoy mismo el *Inquirer* informa sobre el levantamiento de los sioux en las Dakotas. Han enviado a Custer en persona para sofocarlo. Lo arreglará en un visto y no visto.

—Me horroriza pensar que puedan comerte —exclamó su madre.

—Lo que hacen es arrancarte la cabellera, madre —la corrigió Edward—. Te cortan todo el pelo de la cabeza, después de matarte a golpes, claro. Solo que a veces no estás muerto del todo y notas cómo el cuchillo te corta la piel y el pelo hasta las cejas…

—En el desayuno, no, Edward.

—Eres asqueroso, Edward —le espetó su hermana, Eliza, que tenía diez años—. Me dan ganas de vomitar.

—¡Eliza!

—Bueno, es verdad, madre. Es una criatura repugnante.

—¿Adónde irás exactamente con el profesor Marsh, hijo? —preguntó su padre.

—A Colorado.

—¿Eso no queda cerca de las Dakotas? —preguntó su madre.

—No mucho.

—Oh, madre, ¿es que no sabes nada?

—¿Hay indios en Colorado?

—Hay indios en todas partes, madre.

—No te lo preguntaba a ti, Edward.

—Creo que en Colorado no habitan indios hostiles —respondió su padre—. Dicen que es un lugar encantador. Muy seco.

—Dicen que es un desierto —apostilló la madre—. Y espantosamente inhóspito, además. ¿En qué clase de hotel te alojarás?

—Acamparemos, la mayor parte del tiempo.

—Bien —dijo su padre—. Mucho aire fresco y ejercicio. Tonificante.

—¿Dormirás en el suelo con todas las serpientes, los animales y los insectos? Suena horrible —dijo su madre.

—Un verano al aire libre es bueno para un joven —comentó el padre—. Al fin y al cabo, hoy en día muchos niños enfermos van a «campamentos de recuperación».

—Supongo… —contestó la madre—. Pero William no está enfermo. ¿Por qué quieres ir, William?

—Creo que ya va siendo hora de que haga algo de provecho —le respondió William, sorprendido ante su propia sinceridad.

—¡Bien dicho! —exclamó el padre con un puñetazo en la mesa.

Al final, la madre de William dio su consentimiento, aunque su gesto seguía siendo de genuina preocupación. William lo atribuyó al instinto maternal y a la ingenuidad; los temores que manifestaba solo lograban que se sintiera más envalentonado y decidido a partir.

De haber sabido que, para finales del verano, informarían a su madre de que su primogénito había muerto, es posible que se hubiese sentido de otra manera.

«¿Listos para cavar por Yale?»

El tren partía a las ocho en punto de la tarde del cavernoso interior de la estación Grand Central de Nueva York. Mientras trataba de orientarse por el edificio, Johnson pasó por delante de varias jóvenes atractivas acompañadas por sus familias, pero no pudo reunir valor suficiente para sostener sus miradas de curiosidad. Entretanto, se dijo, necesitaba encontrar a su grupo. En total, doce estudiantes de Yale acompañarían al profesor Marsh y sus dos ayudantes, el señor Gall y el señor Bellows.

Marsh había llegado temprano, y paseaba arriba y abajo junto a la hilera de vagones, saludando a todo el mundo de la misma manera:

—Hola, jovencito, ¿listo para cavar por Yale?

De ordinario taciturno y suspicaz, Marsh se mostraba entonces sociable y simpático. Había escogido a sus estudiantes con esmero de entre familias acaudaladas y prominentes de la alta sociedad, y esas familias habían acudido a despedirse de sus muchachos.

Marsh era muy consciente de que estaba actuando como guía turístico para la prole de los ricos, que más tarde podrían mostrarle el debido agradecimiento por su papel en el tránsito de sus hijos de niños a hombres. Entendía asimismo que, dado que muchos pastores y teólogos destacados condenaban de forma explícita la impía investigación paleontológica, todo el dinero para la actividad científica de su campo procedía de mecenas particulares, entre ellos su tío George Peabody, el financiero. En Nueva York, otros hombres hechos a sí mismos como Andrew Carnegie, J. Pierpoint Morgan y Marshall Field acababan de fundar el nuevo Museo Americano de Historia Natural en Central Park.

Con el mismo fervor con el que los religiosos luchaban por desacreditar la doctrina de la evolución, los hombres adinerados se afanaban por difundirla. En el principio de la supervivencia del más apto veían una nueva justificación científica de su propio ascenso a lo más alto y de su propio estilo de vida, a menudo poco escrupuloso. Al fin y al cabo, una voz tan respetada como la del gran Charles Lyell, amigo y precursor de Charles Darwin, había insistido una y otra vez en que «en la lucha universal por la existencia, acaba por prevalecer el derecho del más fuerte».

Allí Marsh se veía rodeado por los hijos de los más fuertes. Marsh sostenía en privado ante Bellows que «la despedida neoyorquina es la parte más productiva de la expedición», un pensamiento que tenía muy presente cuando saludó a Johnson con su habitual:

—Hola, joven, ¿listo para cavar por Yale?

Johnson estaba rodeado por un grupo de mozos de estación que cargaron a bordo su aparatoso equipo fotográfico. Marsh miró alrededor, luego frunció el ceño.

—¿Dónde está su familia?

—En Filadelfia, se… profesor.

—¿Su padre no ha venido a despedirse? —Marsh recordaba que el padre de Johnson se dedicaba a la industria naviera. Marsh no sabía mucho del negocio, pero no cabía duda de que era lucrativo y de métodos dudosos. Se hacían fortunas a diario en el sector.

—Mi padre se despidió de mí en Filadelfia.

—¿De verdad? La mayoría de las familias desean conocerme en persona, para formarse una idea de la expedición...

—Sí, estoy seguro, pero verá, les parecía que viajar hasta aquí hubiese alterado... a mi madre... que no lo aprueba del todo.

—¿Su madre no lo aprueba? —Marsh no pudo disimular su inquietud—. ¿Qué es lo que no aprueba? ¿No seré yo...?

—No, no. Son los indios, profesor. Desaprueba que viaje al Oeste, porque le dan miedo los indios.

Marsh resopló.

—Es obvio que no sabe nada de mi carrera. Gozo de un gran respeto como amigo íntimo del piel roja. No tendremos problemas con los indios, se lo prometo.

Pero la situación resultó en conjunto insatisfactoria para Marsh, que más tarde murmuraría a Bellows que Johnson «parece mayor que los demás» e insinuaría con tono ominoso que «quizá no sea ni estudiante. Y su padre trabaja en el sector naviero. Creo que no hace falta decir nada más».

Sonó el silbato, se repartieron los últimos besos y despedidas a los estudiantes, y el tren salió de la estación.

Marsh había organizado que viajaran en un vagón privado, cortesía del mismísimo comodoro Vanderbilt, que a esas alturas era un marchito anciano de ochenta y dos años postrado en el lecho. Fue la primera de las muchas comodidades que Marsh había acordado para el viaje gracias a sus abundantes contactos en el ejército, el gobierno y con magnates como Vanderbilt.

En su época dorada, el malhumorado comodoro, un personaje imponente, inseparable del abrigo de piel que llevaba fuese invierno o verano, contaba con la admiración de toda

Nueva York. Dotado de un instinto agresivo e implacable, amén de una lengua afilada y procaz, aquel mozo del transbordador de Staten Island, hijo de campesinos holandeses, había llegado a controlar líneas de transporte marítimo que hacían la travesía de Nueva York a San Francisco; más tarde se interesó por el ferrocarril y extendió su poderosa compañía ferroviaria New York Central desde el corazón de Nueva York hasta el floreciente Chicago. Siempre dejaba frases memorables, incluso en la derrota; cuando el hermético Jay Gould le venció en la pugna por el control del ferrocarril Erie, anunció: «Esta guerra de la Erie me ha enseñado que nunca vale la pena patear a una mofeta». Y en otra ocasión, la queja que formuló a sus abogados —«¿A mí qué me importa la ley? ¿Acaso no tengo el poder?»— le había convertido en leyenda.

En años posteriores, Vanderbilt se fue volviendo cada vez más excéntrico, dado a confraternizar con videntes e hipnotistas, a comunicarse con los muertos, a menudo para consultarles sobre acuciantes asuntos de negocios; y si bien frecuentaba a escandalosas feministas como Victoria Woodhull, continuaba persiguiendo a jovencitas a las que cuadruplicaba la edad.

Unos cuantos días antes, los titulares de la prensa neoyorquina habían proclamado ¡VANDERBILT SE MUERE!, lo que por supuesto había incitado al anciano a levantarse de la cama para gritar a los periodistas: «¡No me muero! ¡Aunque me estuviera muriendo, me quedarían fuerzas para meteros este insulto por vuestros mentirosos gaznates!». Al menos eso fue lo que reprodujeron los reporteros, aunque todo estadounidense sabía que el comodoro era bastante más deslenguado.

El vagón de tren de Vanderbilt era el último grito en elegancia y modernidad; contenía lámparas de Tiffany, vajillas de porcelana y cristal, además de las nuevas e ingeniosas literas inventadas por George Pullman. Para entonces, Johnson ya había conocido al resto de los estudiantes, y anotó en su diario que eran «algo tediosos y consentidos, pero, en general, un grupo con ganas de vivir aventuras. Aun así, todos compartimos un miedo común… al profesor Marsh».

Era evidente, viendo cómo deambulaba Marsh con paso firme e imperioso por el vagón, bien para hundirse en los mullidos bancos y fumarse un puro, bien chasqueando los dedos para que el criado le llevara una bebida helada, que se consideraba digno de aquel ambiente. Y en verdad, los periódicos a veces se referían a él como el «barón de los Huesos», del mismo modo en que Carnegie era el barón del Acero, y Rockefeller, el del Petróleo.

Como esos otros ilustres personajes, Marsh se había hecho a sí mismo. Hijo de un granjero neoyorquino, desde pequeño había mostrado interés en los fósiles y el saber. Desoyendo las burlas de su familia, había estudiado en la Academia Phillips de Andover, donde se había graduado a la edad de veintinueve años con matrícula de honor y el apodo de «Papi Marsh». De Andover pasó a Yale, y de allí a Inglaterra para solicitar apoyo a su filantrópico tío, George Peabody. Su tío admiraba el saber en todas sus formas, y le complació ver que un miembro de la familia se decantaba por la vida académica. Otorgó a Othniel Marsh los fondos necesarios para fundar el museo Peabody en Yale. La única pega fue que más tarde concedió una suma similar a la Universidad de Harvard, para que crearan otro museo Peabody. El motivo era que Marsh defendía el darwinismo, y George Peabody desaprobaba unos sentimientos tan irreligiosos. En Harvard enseñaba Louis Agassiz, un eminente profesor de zoología que se oponía a las ideas de Darwin y, en consecuencia, era un bastión para los antievolucionistas; Peabody consideraba que Harvard ofrecería un útil correctivo a los excesos de su sobrino. Todo eso lo descubrió Johnson en las conversaciones susurradas de una a otra litera Pullman esa noche, antes de que los emocionados estudiantes cayeran dormidos con el vaivén del tren.

Por la mañana llegaron a Rochester, y al mediodía, a Buffalo, donde esperaban ansiosos echar un vistazo a las cataratas del Niágara. Por desgracia, la visión fugaz, desde un puente a cierta distancia corriente abajo, fue decepcionante. Pero su desilusión pronto quedó olvidada cuando les informaron de que el profesor Marsh esperaba verlos a todos en su camarote privado de inmediato.

Marsh miró a ambos lados del pasillo, cerró la puerta y echó el pestillo desde dentro. Aunque la tarde era calurosa, cerró también todas las ventanillas. Solo entonces se volvió hacia los doce estudiantes que esperaban.

—Sin duda se habrán preguntado adónde vamos —dijo—. Pero aún es demasiado pronto para informarles; se lo diré cuando pasemos Chicago. Entretanto les aconsejo que eviten el contacto con desconocidos y que no digan nada de nuestros planes. Tiene espías en todas partes.

—¿Quién? —preguntó un estudiante con cautela.

—¡Cope, por supuesto! —exclamó Marsh.

Al oír aquel apellido desconocido, los estudiantes se miraron con gesto de incomprensión, pero Marsh no se dio ni cuenta; estaba volcado en su soflama.

—Caballeros, toda advertencia que pueda hacerles contra él se queda corta. Puede que el profesor Edward Drinker Cope se haga pasar por científico, pero en realidad es poco más que un vulgar ladrón e imitador. Que yo sepa, nunca obtiene mediante el trabajo honrado lo que puede robar. Ese sujeto es un mentiroso y un tramposo despreciable. Estén atentos.

Marsh resoplaba, como si hubiera hecho un esfuerzo. Recorrió la habitación con la mirada.

—¿Alguna pregunta?

No había ninguna.

—De acuerdo. Solo quiero dejar las cosas claras. Sabrán más después de Chicago. Entretanto sean discretos.

Perplejos, los estudiantes fueron saliendo del compartimento.

Un joven llamado Winslow sabía quién era Cope.

—Es otro profesor de paleontología, creo que está en el Haverford College de Pennsylvania. Él y Marsh fueron amigos, pero ahora son enemigos jurados. Por lo que he oído, Cope intentó arrogarse el mérito de los primeros fósiles que descubrió el profesor, y desde entonces se llevan mal. Y Cope, al parecer, persiguió a una mujer con la que Marsh quería casarse, y destruyó su reputación, o por lo menos la mancilló. El padre de Cope era un rico mercader cuáquero, que le dejó millones de dólares, según me contaron. De modo que Cope hace lo que se le antoja. Tengo entendido que es un poco tunante y charlatán. Ha probado un sinfín de triquiñuelas para arrebatar a Marsh lo que le pertenece por derecho. Por eso Marsh es tan desconfiado; siempre está atento por si aparecen Cope y sus agentes.

—No sabía nada de eso —dijo Johnson.

—Bueno, ahora lo sabes —respondió Winslow. Miró por la ventanilla hacia los verdes maizales que iban pasando.

El tren había salido del estado de Nueva York, había atravesado Pennsylvania y se encontraba en Ohio.

—Personalmente —continuó Winslow—, no sé qué haces

en esta expedición. Yo no habría venido ni en broma si mi familia no me hubiese obligado. Mi padre insiste en que un verano en el Oeste hará que «me salga pelo en el pecho». —Sacudió la cabeza, asombrado—. Dios. No paro de pensar que me esperan tres meses de mala comida, mal tiempo y malos insectos. Y nada de chicas. Nada de diversión. Dios.

Todavía intrigado con Cope, Johnson preguntó a Bellows, el ayudante de Marsh, un profesor auxiliar de zoología de rostro macilento. Bellows receló de inmediato.

—¿Por qué lo preguntas?

—Simple curiosidad.

—Pero ¿por qué lo preguntas tú en particular? Ninguno de los otros estudiantes lo ha preguntado.

—A lo mejor no les interesa.

—A lo mejor no tienen motivos para interesarse.

—Viene a ser lo mismo —dijo Johnson.

—Ah, ¿sí? —preguntó Bellows, con una mirada elocuente—. Yo le pregunto: ¿de verdad lo cree?

—Bueno, a mí me lo parece —contestó Johnson—, aunque no estoy seguro; esta conversación se ha vuelto muy enrevesada.

—No sea condescendiente conmigo, jovencito —replicó Bellows—. Puede tomarme por un necio, puede tomarnos a todos por necios, pero le aseguro que no lo somos.

Y se alejó, dejando a Johnson más intrigado que nunca.

Entrada del diario de Marsh:

¡Bellows informa que el estudiante W. J. ha preguntado por Cope! ¡Qué audacia, qué desfachatez! ¡Debe de tomarnos a todos por idiotas! ¡Estoy muy enfadado! ¡Enfadado! ¡¡¡Enfadado!!!

Nuestras sospechas sobre W. J. obviamente confirmadas. Procedencia de Fila., padre armador, etc. Cae por su propio peso. Hablaré con W. J. mañana y sentaré las bases para acontecimientos futuros. Me ocuparé de que ese joven no nos cause problemas.

Las tierras de labranza de Indiana pasaban a toda velocidad por la ventanilla, kilómetro tras kilómetro, hora tras hora, adormilando a Johnson con su monotonía. Con la barbilla apoyada en la mano, empezaba a caer dormido cuando Marsh dijo:

—¿Qué sabe exactamente sobre Cope?

Johnson se incorporó de golpe.

—Nada, profesor.

—Bueno, le contaré algunas cosas que tal vez no sepa. Mató a su propio padre para recibir su herencia. ¿Lo sabía?

—No, profesor.

—No hace ni seis meses, lo mató. Y engaña a su mujer, una inválida que nunca le ha hecho el menor daño; que lo adora, a decir verdad, fíjese si es ilusa la pobre infeliz.

—Parece un verdadero criminal.

Marsh le lanzó una mirada.

—¿No me cree?

—Le creo, profesor.

—Por si fuera poco, la higiene personal no es su fuerte. Es un tipejo hediondo y malsano. Aunque no quisiera entrar en lo personal.

—No, profesor.

—La cuestión es que carece de escrúpulos y no es de fiar en absoluto. Hubo un escándalo por la adquisición fraudulenta de terrenos y derechos de explotación minera. Por eso lo echaron del Instituto Geológico.

—¿Lo echaron del Instituto Geológico?

—Hace años. ¿No me cree?

—Le creo, profesor.

—Bueno, no tiene cara de creerme.

—Le creo —insistió Johnson—. Le creo.

Se hizo el silencio. El tren siguió traqueteando. Marsh carraspeó.

—Por casualidad, ¿conoce usted al profesor Cope?

—No, no lo conozco.

—Pensaba que a lo mejor sí.

—No, profesor.

—De conocerlo, se sentiría mejor si me lo contara todo ahora mismo —dijo Marsh—. En lugar de esperar.

—Si lo conociese, profesor —replicó Johnson—, lo haría. Pero no conozco a ese hombre.

—Sí —masculló Marsh, escrutando la cara de Johnson—. Hummm.

Ese mismo día, Johnson conoció a un joven penosamente delgado que tomaba notas en una libreta encuadernada en cuero. Era de Escocia y dijo que se llamaba Louis Stevenson.

—¿Hasta dónde viaja? —le preguntó Johnson.

—Hasta el final. California —respondió Stevenson, y se encendió otro cigarrillo.

Fumaba sin parar; tenía manchas marrón oscuro en los dedos, largos y delicados. Tosía mucho, y en general no parecía la clase de persona vigorosa que emprendía una travesía al Oeste, de modo que Johnson le preguntó por qué la hacía.

—Estoy enamorado —contestó Stevenson sin rodeos—. Ella está en California.

Y entonces siguió tomando notas y pareció olvidarse de Johnson por un momento. Este partió en busca de compañía más jovial, y topó con Marsh.

—Ese joven de allí. —El profesor señaló al otro lado del vagón con la cabeza.

—¿Qué pasa con él?

—Estaba hablando con él.

—Se llama Stevenson.

—No me fío de los hombres que toman notas —repuso Marsh—. ¿De qué han hablado?

—Es de Escocia y viaja a California para reunirse con una mujer de la que está enamorado.

—Qué romántico. ¿Y él le ha preguntado adónde iba?

—No, no ha mostrado el más mínimo interés.

Marsh le miró con los ojos entrecerrados.

—Eso dice.

—He hecho averiguaciones sobre el tal Stevenson —anunció Marsh al grupo más tarde—. Es de Escocia y se dirige a California para encontrarse con una mujer. Tiene mala salud. Al parecer se las da de escritor, por eso toma tantas notas.

Johnson no dijo nada.

—He pensado que les interesaría saberlo —continuó el profesor—. Personalmente, creo que fuma demasiado.

Marsh miró por la ventanilla.

—Ah, el lago —dijo—. Pronto estaremos en Chicago.

Chicago

Chicago era la ciudad del mundo que más rápido estaba creciendo, tanto en población como en importancia comercial. A partir de un pueblo de cuatro mil habitantes en la pradera en 1840, se había expandido a toda velocidad hasta convertirse en una metrópolis de medio millón, e iba duplicando su tamaño cada cinco años. Conocida como «La ciudad de los tablones» y «El agujero de barro de la pradera», la urbe cubría ya noventa kilómetros cuadrados a la orilla del lago Michigan y presumía de calles y aceras pavimentadas, amplias avenidas con tranvías, mansiones elegantes, tiendas lujosas, hoteles, galerías de arte y teatros. Y todo eso a pesar de que la mayor parte de la ciudad había sido pasto de un incendio pavoroso apenas cinco años antes.

El éxito de Chicago no debía nada al clima y el entorno; las orillas del lago Michigan eran pantanosas; la mayoría de los primeros edificios se habían hundido en el fango hasta que los levantó el joven y brillante ingeniero de la ciudad George Pullman. El agua estaba tan contaminada que los visitantes a menudo encontraban pececillos en la que bebían; había foxinos hasta en la leche. Y el clima era abominable: calor en verano, frío brutal en invierno y viento en todas las estaciones.

Chicago debía su éxito a su posición geográfica, en el corazón del país, a su importancia como núcleo ferroviario y de transporte de mercancías y, muy en especial, a su preeminencia en el manejo de unos tonelajes prodigiosos de carne de cerdo y ternera.

«Me gusta convertir cerdas, sangre y todo lo de dentro y lo de fuera de gorrinos y novillos en ingresos», dijo Philip Armour, uno de los fundadores del gigantesco matadero de Chicago. Junto con otro magnate de la industria cárnica al por mayor, Gustavus Swift, Armour gobernaba una industria que despachaba un millón de cabezas de ganado y cuatro millones de cerdos al año, y daba trabajo a la sexta parte de la población de la ciudad. Con su distribución centralizada, su sistema mecanizado de sacrificio y sus vagones de tren refrigerados, los barones de Chicago estaban creando toda una nueva industria: la del procesamiento de alimentos.

El matadero de Chicago era el más grande del mundo, y muchos visitantes acudían a ver sus instalaciones. Uno de los estudiantes de Yale era sobrino de Swift, y fueron a hacer un recorrido por el lugar, que como atracción turística no acabó de convencer a Johnson. Pero Marsh no había parado en Chicago para hacer turismo; estaba allí por negocios.

Desde la espléndida estación de ferrocarril de Lake Shore, llevó a sus pupilos al cercano hotel Grand Pacific. Los estudiantes quedaron sobrecogidos ante uno de los hoteles más grandes y elegantes del mundo. Como en todas partes, Marsh había reservado un alojamiento especial para su grupo, y había periodistas esperando para entrevistarles.

Othniel Marsh siempre daba juego a la prensa. El año anterior, en 1875, había destapado un escándalo en la Oficina de Asuntos Indios, cuyos funcionarios no estaban haciendo llegar la comida y los fondos a las reservas, sino que se quedaban los beneficios mientras los indios se morían de hambre, literalmente. Marsh había sido informado de ello por Nube Roja en persona, el legendario jefe sioux, y había desvelado las pruebas en Washington, con lo que había puesto en un serio compromiso la presidencia de Grant ante los ojos de la clase dirigente liberal del Este. Marsh era buen amigo de Nube Roja, y en consecuencia los reporteros querían hablar con él acerca de las guerras Sioux, en pleno apogeo en aquel momento.

—Es un conflicto terrible —afirmó Marsh—, pero no hay respuestas fáciles para la cuestión india.

Por otro lado, los periodistas de Chicago nunca se cansaban de repetir la historia de la primera hazaña pública de Marsh, el asunto del gigante de Cardiff.

En 1869 se desenterró en Cardiff, Nueva York, el esqueleto fosilizado de un gigante de tres metros, que pronto se convirtió en un fenómeno a escala nacional. Había consenso general en que el gigante formaba parte de una raza de hombres que se habían ahogado durante el diluvio de Noé; Gordon Bennett, del *New York Herald*, y una serie de especialistas lo habían declarado auténtico.

Marsh, en calidad de nuevo profesor de paleontología de Yale, fue a ver el fósil y comentó, lo bastante cerca de un periodista para que le oyera:

—Extraordinaria.

—¿Puedo citar sus palabras? —preguntó el reportero.

—Sí —contestó Marsh—. Puede citarme diciendo «Una falsificación extraordinaria».

Más tarde se dictaminó que el denominado «gigante» se había originado en un bloque de yeso, tallado en secreto en Chicago. El incidente, sin embargo, puso a Marsh en el candelero nacional y desde entonces no había parado de hablar con los periodistas.

—¿Y qué le trae por Chicago ahora? —preguntó un reportero.

—Voy de camino al Oeste, para buscar más huesos —respondió Marsh.

—¿Y piensa ver huesos en Chicago?

Marsh se rio.

—No —dijo—, en Chicago veremos al general Sheridan, para coordinarnos con el ejército.

Marsh llevó a Johnson consigo, porque quería que lo retratasen junto al general Sheridan.

El pequeño Phil Sheridan era un hombre compacto y enérgico de cuarenta y cinco años, aficionado al tabaco de mascar y el comentario acre. Había reunido al Estado Mayor que en esos momentos comandaba la guerra contra los indios: los generales Crook, Terry y Custer, todos ellos en campaña, dando caza a los sioux. Sheridan sentía un aprecio especial por Armstrong Custer, y se había expuesto a la desaprobación del presidente Grant al ordenar que Custer se reincorporase al servicio junto con los generales Crook y Terry en las guerras indias.

—No es una campaña fácil —explicó Sheridan—. Y necesitamos a un hombre con el empuje de Custer. Están expulsando a los indios de sus hogares, tanto si queremos verlo así como si no, y lucharán contra nosotros como demonios. Y tampoco ayuda el que la oficina de los Indios les suministre buenos fusiles. El conflicto principal promete dirimirse en Montana y Wyoming.

—Wyoming —repitió Marsh—. Hummm. ¿Habrá problemas para nuestro grupo?

Johnson observó que no parecía sentir la menor preocupación.

—No veo por qué —dijo Sheridan, después de escupir con precisión extraordinaria en una bacinilla metálica situada al otro lado de la habitación—. Mientras se mantengan alejados de Wyoming y Montana, estarán a salvo.

Marsh posó para una fotografía, de pie y envarado junto al general Sheridan. Después obtuvo cartas de presentación para los tres generales y los comandantes de los destacamentos de Cheyenne y Fort Laramie. Al cabo de dos horas, volvían a estar en la estación de tren, listos para seguir viaje hacia el Oeste.

En la puerta de embarque, un hombre malcarado y muy alto, con una peculiar cicatriz diagonal en la mejilla, preguntó a Johnson:

—¿Adónde se dirige?

—Voy hacia Wyoming. —En cuanto las palabras salieron de su boca, recordó que tendría que haber dicho Colorado.

—¡Wyoming! Pues buena suerte —contestó el hombre, y se dio media vuelta.

Marsh se situó junto a Johnson al cabo de un momento.

—¿Quién era?

—No tengo ni idea.

—¿Qué quería?

—Me ha preguntado adónde me dirigía.

—¿De verdad? ¿Y qué le ha dicho?

—A Wyoming.

Marsh frunció el entrecejo.

—¿Le ha creído?

—No tengo ni idea.

—¿Ha dado la impresión de que le creía?

—Sí, profesor. Diría que sí.

—¿Lo cree?

—Estoy bastante seguro, profesor.

Marsh miró en la dirección por la que había partido el extraño. La estación seguía llena de gente y ajetreada. El bullicio resonaba por todo el edificio, acompañado por los pitidos que anunciaban las partidas.

—Ya le advertí que no hablase con desconocidos —soltó por fin Marsh—. El hombre con el que ha hablado era el capataz favorito de Cope, Navy Joe Benedict. Un espécimen humano bruto y despiadado. Pero si le ha dicho que viajábamos a Wyoming, no pasa nada.

—¿Quiere decir que no vamos a Wyoming?

—No —repuso Marsh—. Vamos a Colorado.

—¡Colorado!

—Por supuesto —confirmó Marsh—. Colorado es la mejor fuente de huesos de todo el Oeste, aunque no puede esperarse que un necio como Cope lo sepa.

Rumbo al Oeste

A bordo del ferrocarril Chicago and North Western cruzaron el Mississippi en Clinton, Iowa, por un puente de hierro de doce arcos y casi mil seiscientos metros de longitud. Los estudiantes se emocionaron al pasar sobre el río más grande de Estados Unidos, pero volvieron a su letargo en cuanto dejaron atrás su enorme cauce fangoso. Iowa era una región de onduladas tierras de labranza, con escasos puntos de referencia o interés. Por las ventanas entraba un calor seco, acompañado por algún que otro insecto o mariposa. El tedio y el sudor se apoderaron del grupo.

Johnson tenía la esperanza de divisar a algún indio, pero no vio a ninguno. Un pasajero que viajaba a su lado se rio.

—Aquí hace cuarenta años que no hay indios, desde la guerra de Águila Negra. Si quiere ver indios, tiene que ir al Oeste.

—¿Esto no es el Oeste? —preguntó Johnson.

—Aún no. Al otro lado del Missouri.

—¿Cuándo cruzamos el Missouri?

—Al otro lado de Cedar Rapids. A medio día de viaje.

Pero la pradera abierta y el hecho de haber atravesado el Mississippi ya habían ejercido un efecto en los pasajeros. En cada estación y parada para repostar, había hombres que salían al andén y disparaban a los urogallos y los perros de las praderas. Las aves emprendían el vuelo entre graznidos; los pequeños roedores se ponían a cubierto, parloteando. Nadie acertaba nunca a ningún animal.

—Sí —comentó uno de los pasajeros—. Ya empiezan a sentir los espacios abiertos.

Johnson encontró los espacios abiertos extraordinariamente aburridos. Los estudiantes se entretenían como podían jugando a las cartas o al dominó, pero era una batalla perdida. Al principio se apeaban en cada estación para dar un paseo, aunque al cabo de un tiempo hasta las estaciones se volvieron monótonas e iguales, y solían quedarse dentro.

En Cedar Rapids, el tren hizo una parada de dos horas, y Johnson decidió estirar las piernas. Al doblar la esquina de la minúscula estación, que se hallaba al borde de unos trigales, vio que Marsh hablaba discretamente con el hombre de la cicatriz: el subordinado de Cope, Navy Joe Benedict. Parecían conocerse. Al cabo de un rato, Marsh se metió la mano en el bolsillo y entregó algo a Benedict; Johnson captó un destello de oro a la luz del sol. Se escondió detrás de la esquina antes de que lo avistaran y volvió corriendo al tren.

Reemprendieron el viaje, y la perplejidad de Johnson aumentó cuando Marsh acudió de inmediato a sentarse a su lado.

—Me pregunto adónde irá Cope este verano —comentó Marsh, como si pensara en voz alta.

Johnson no dijo nada.

—Me pregunto adónde irá Cope —repitió Marsh.

—Muy buena pregunta —contestó Johnson.

—Dudo que vaya a Colorado como nosotros.

—Eso yo no puedo saberlo. —Johnson empezaba a cansarse de aquel juego, y se permitió mirar directamente a los ojos a Marsh, sosteniéndole la mirada.

—Por supuesto que no —dijo este con rapidez—. Por supuesto que no.

Cruzaron el Missouri por la tarde, a la altura de Council Bluffs, la estación terminal de la línea Chicago and North Western. Al otro lado del puente, en la orilla de Omaha, el ferrocarril Union Pacific tomaba el relevo y seguía el trayecto hasta San Francisco. La parada de Union Pacific era un gran cobertizo abierto, que estaba a rebosar de viajeros de la peor calaña. Había hombres malcarados, mujeres maquilladas, rufianes de frontera, carteristas, soldados, niños llorones, vendedores de comida, perros ladradores, ladrones, abuelos, pistoleros… una gran maraña de personas, todas bastante sumidas en la fiebre de la especulación.

—La gente de las Colinas Negras —explicó Marsh—. Se pertrechan aquí antes de viajar a Cheyenne y Fort Laramie, desde donde se dirigen al norte, a las Colinas Negras, en busca de oro.

Los estudiantes, que esperaban impacientes un anticipo del «Oeste auténtico», estaban encantados, y se imaginaban que ellos también se habían vuelto más auténticos.

Pero, a pesar de la emoción febril, Johnson encontró triste la estampa. En su diario apuntó:

¡Con qué facilidad puede engañar a la humanidad la esperanza de fama y riquezas, o por lo menos de comodidad! Porque no hay duda de que solo un puñado de las personas que veo aquí encontrará lo que busca. Y el resto hallará desengaños, penuria, enfermedad y tal vez la muerte por culpa del hambre, los indios o los bandidos que se ceban en los ilusionados pioneros.

Y añadió el comentario irónico:

Me alegro de todo corazón de no ir a las peligrosas e inestables Colinas Negras.

El Oeste

Más allá de Omaha, empezaba el Oeste real, y a bordo del tren todo el mundo sintió que renacía el entusiasmo, atemperado por los consejos de los viajeros más veteranos. No, no verían búfalos; en los siete años que habían transcurrido desde la inauguración de las vías férreas transcontinentales, el búfalo había desaparecido de las inmediaciones del ferrocarril, y en realidad las legendarias grandes manadas de animales estaban desapareciendo por completo.

Pero entonces se oyó el grito electrizante:

—¡Indios!

Corrieron al otro lado del vagón y apretaron la cara contra el cristal. Vieron los tipis a lo lejos, rodeados por media docena de ponis y unas siluetas oscuras que observaban el paso del tren. Luego los indios desaparecieron tras una colina.

—¿De qué tribu son? —preguntó Johnson, que estaba sentado junto a Gall, uno de los ayudantes de Marsh.

—Pawnee, probablemente —respondió Gall con indiferencia.

—¿Y son hostiles?

—Pueden serlo.

Johnson pensó en su madre.

—¿Veremos a más indios?

—Ya lo creo —contestó Gall—. Hay muchos allí adonde vamos.

—¿En serio?

—Sí, y probablemente estén cabreados. Habrá una guerra sioux en toda regla por las Colinas Negras.

El gobierno federal había firmado un tratado con los sioux en 1868 y, como parte de ese acuerdo, los sioux dakota conservaban la propiedad exclusiva de las Colinas Negras, un terreno sagrado para ellos.

—El tratado que se firmó fue innecesariamente favorable a los sioux —observó Gall—. El gobierno incluso accedió a retirar todos los fuertes y puestos avanzados del ejército en la región.

Y era una región enorme, porque en 1868 los territorios de Wyoming, Montana y Dakota aún parecían lejanos, salvajes e inaccesibles. En Washington nadie entendió lo rápido que se conquistaría el Oeste. Aun así, un año después de la firma del tratado, empezaron a funcionar los ferrocarriles transcontinentales, que ofrecían acceso en cuestión de días a unas regiones a las que antes solo se llegaba tras semanas de penoso viaje por tierra.

Sin embargo, las tierras de los sioux podrían haberse respetado si Custer no hubiera descubierto oro durante una prospección de rutina en las Colinas Negras en 1874. La noticia de la existencia de yacimientos de oro, en plena recesión a escala nacional, resultaba irresistible.

—Ni en los mejores tiempos es posible mantener a los hombres alejados del oro —dijo Gall—. Es un hecho.

Aunque el gobierno lo prohibía, los mineros empezaron a introducirse de manera furtiva en las sagradas Colinas Negras. El ejército organizó expediciones en el 74 y el 75 para expulsarlos, y los sioux los mataban siempre que los encontraban. No obstante, los mineros continuaban llegando, cada vez más numerosos.

Los sioux creyeron que se había roto el tratado y se pusieron en pie de guerra. En mayo de 1876, el gobierno ordenó al ejército que sofocase el levantamiento sioux.

—¿Eso quiere decir que los indios tienen razón? —le preguntó Johnson.

Gall se encogió de hombros.

—No puede detenerse el progreso; es un hecho.

—¿Estaremos cerca de las Colinas Negras?

Gall asintió.

—Bastante.

Las nociones de geografía de Johnson, siempre vagas, dieron rienda suelta a su imaginación. Contempló las extensas llanuras, que de repente parecían más desoladas e inhóspitas.

—¿Con qué frecuencia atacan los indios a los blancos?

—Bueno, son impredecibles —respondió Gall—. Como las fieras, nunca se sabe lo que van a hacer, porque son salvajes.

Al oeste de Omaha, el tren fue ascendiendo de forma paulatina e imperceptible a medida que se adentraba en las altas llanuras que conducían hasta las Montañas Rocosas. Ya veían más animales: perros de las praderas, algún que otro antílope y coyotes que trotaban a lo lejos cuando se acercaba el ocaso. Las poblaciones se fueron volviendo más pequeñas y desoladas: Fremont, Kearney Junction, Alkali, Ogallala, Julesburg y, por último, la infame Sidney, donde el revisor advirtió a los estudiantes que no bajasen «si valoraban sus vidas».

Por supuesto, todos bajaron para mirar.

Lo que vieron fue una hilera de establecimientos comerciales con la fachada de madera, un pueblo compuesto, escribió Johnson, «casi en exclusiva por tiendas, establos y salones que hacían su agosto. Sidney era la población más cercana a las Colinas Negras y estaba llena de emigrantes, la mayoría de los cuales encontraba los precios desorbitados. No vimos nada que justificara la fama del pueblo como foco de asesinatos y mala vida, pero también es cierto que solo paramos una hora».

La decepción, sin embargo, no duró mucho, porque el tren de la Union Pacific los llevó a toda velocidad hacia el oeste, rumbo a un nido de crimen y perdición todavía más infame: Cheyenne, territorio de Wyoming.

Los viajeros cargaron sus revólveres de seis balas cuando entraban en Cheyenne. Y el revisor se llevó a Marsh aparte para recomendarle que su grupo contratara a un escolta que los acompañase al cruzar la ciudad.

Johnson escribió:

> Esos preliminares nos causaron un nerviosismo expectante de lo más placentero, porque nos imaginábamos un lugar sin ley, salvaje, que demostró ser exactamente eso: un producto de nuestra imaginación.

Cheyenne resultó ser una población bastante ordenada y urbanizada, con muchos edificios de ladrillo entre los de estructura de madera, aunque no era del todo pacífica. Tenía a gala una escuela, dos teatros, cinco iglesias y veinte salones de juego. Un testigo de la época escribió que «jugar en Cheyenne, lejos de ser un mero entretenimiento o pasatiempo, se eleva a la dignidad de ocupación legítima, practicada por el noventa por ciento de la población, tanto permanente como de paso».

Las salas de juego abrían a todas horas y constituían la principal fuente de ingresos de la ciudad. Da una idea del negocio que hacían el hecho de que los propietarios pagaran al ayuntamiento un permiso de seiscientos dólares al año por mesa, cuando cada salón tenía de seis a doce mesas forradas de fieltro verde funcionando a la vez.

El entusiasmo por el juego hizo eco en los estudiantes, que se instalaron en el hotel Inter-Ocean de Cheyenne, donde Marsh había acordado de antemano una tarifa especial. Aunque se consideraba el mejor hotel de la ciudad, era, según apuntó Johnson, «un antro infestado de cucarachas, donde las ratas corretean arriba y abajo por las paredes, chillando a todas horas». Pese a todo, a cada estudiante se le asignó una habitación individual y, después de un baño caliente, estuvieron listos para pasar la noche en la ciudad.

Una noche en Cheyenne

Con timidez, salieron a la calle en grupo: doce jóvenes serios del Este, todavía vestidos con camisa de cuello alto y bombín, que paseaban de salón en salón con toda la despreocupación que podían reunir. Porque la ciudad, que de día les había decepcionado por su placidez, de noche adquiría un talante inequívocamente siniestro.

A la luz amarilla de las ventanas de los salones, los vaqueros, pistoleros, jugadores y matones que poblaban las aceras entabladas los miraban con sorna.

—A estas alimañas lo mismo les da sonreírte que matarte —comentó un estudiante con tono melodramático.

Incómodos por el peso desacostumbrado de sus nuevos revólveres Smith & Wesson, que les tiraban hacia abajo los pantalones, los estudiantes manoseaban las pistolas para recolocarlas.

Un hombre los paró.

—Parecéis tipos decentes —dijo al grupo—. Os daré un consejo. En Cheyenne, no os llevéis la mano a la pistola a menos que pretendáis usarla. Por aquí, la gente no te mira a la cara, sino a las manos, y en estos locales se bebe mucho por la noche.

En el entablado no solo había pistoleros. Se cruzaron con

varias mujeres de vida alegre, muy maquilladas, que les llamaban con picardía desde umbrales oscuros. En conjunto, lo encontraron exótico y emocionante, su primera experiencia del auténtico Oeste, el Oeste peligroso que estaban esperando. Entraron en varios salones, probaron el fuerte licor y jugaron varias manos de keno y veintiuno. Un estudiante sacó un reloj de bolsillo.

—Casi las diez, y todavía no hemos visto un tiroteo —dijo, algo decepcionado.

Al cabo de unos minutos, presenciaron un tiroteo.

«Todo pasó asombrosamente rápido», escribiría Johnson.

En un momento, gritos furiosos e insultos; al siguiente, sillas empujadas hacia atrás y hombres que se agachaban mientras los dos protagonistas se enseñaban los dientes, aunque estaban a apenas un metro de distancia. Los dos eran jugadores de la peor calaña. «Venga, inténtalo», dijo uno, y cuando el otro bajó la mano hacia la pistola, el primero desenfundó y le disparó en pleno abdomen. Se levantó una gran nube de pólvora negra y el hombre que había recibido el balazo salió disparado hasta la otra punta de la sala, con la ropa ardiendo por el tiro a bocajarro. Sangraba profusamente, gimió algo indescifrable, se convulsionó durante un minuto y después quedó inmóvil, muerto. Algunos jugadores sacaron al tirador a empujones. Alguien llamó al jefe de policía de la ciudad, pero, para cuando llegó, la mayoría habían vuelto a sus mesas y a las partidas que se habían visto interrumpidas hacía tan poco.

Fue una escena despiadada, y los estudiantes —sin duda impactados— sintieron alivio al oír una música procedente del teatro contiguo. Varios jugadores dejaron las mesas para asistir al espectáculo, y los siguieron a toda prisa para no perderse la atracción siguiente.

Y allí, de forma inesperada, William Johnson se enamoró.

El teatro Pride de Paree era un edificio triangular de dos plantas con el escenario en el lado ancho, mesas en el suelo y palcos instalados a gran altura en las paredes de ambos laterales. Los asientos de palco eran los más caros y codiciados, aunque fueran los más alejados del escenario, de modo que fue los que pagaron.

El espectáculo, observó Johnson, consistía en «canciones, baile y revoloteo de enaguas, un entretenimiento de lo más zafio, pero el público lo acogió con unos vítores tan entusiastas que nuestros gustos, más refinados, se contagiaron de su placer».

No tardaron en descubrir el valor de los asientos de palco, pues del techo colgaban trapecios en los que se balanceaban lindas jovencitas ligeras de ropa y con medias de rejilla. Mientras se columpiaban de un lado a otro, los hombres de los palcos se estiraban para meterles billetes de dólar en los pliegues de la ropa. Las chicas parecían conocer a muchos clientes, y en las alturas corrían los comentarios picantes, cuando las chicas gritaban «Esas manos, Fred», «Vaya puro que tienes ahí, Clem» y otras lindezas.

—No son más que prostitutas —dijo un estudiante con un resoplido.

Pero el resto disfrutaba del espectáculo, gritando y metiendo billetes de dólar como el que más, y las chicas, al ver caras nuevas y ropa claramente llegada del Este, maniobraron con sus columpios para acercarse una y otra vez a su palco.

Se lo estaban pasando muy bien, y entonces las chicas del techo cambiaron de posición y empezaron a columpiarse de nuevo, y una de ellas se acercó a su balcón. Riéndose, Johnson echó mano de otro billete de dólar, y sus ojos se encontraron con los de la chica nueva, y el bullicio del teatro se apagó y el tiempo pareció detenerse, y perdió de vista todo lo que no fuera la oscura intensidad de aquella mirada y el latido desbocado de su propio corazón.

Se llamaba Lucienne.

—Es francés —explicó mientras se secaba la fina película de sudor que le cubría los hombros.

Estaban abajo, sentados ante una de las mesas del nivel del suelo, donde se permitía que las chicas tomaran algo con los clientes entre un número y otro. Los demás estudiantes habían vuelto al hotel, pero Johnson se quedó con la esperanza de que saliera Lucienne, que en efecto había aparecido y cruzado la sala pavoneándose directamente hasta su mesa.

—¿Me invitas a una copa?

—Lo que quieras —contestó Johnson.

Ella pidió whisky, y él la imitó. Después le preguntó por su nombre, y ella se lo dijo.

—Lucienne —repitió Johnson—. Lucienne. Un nombre encantador.

—Muchas chicas de París se llaman Lucienne —afirmó ella, que seguía limpiándose el sudor—. ¿Tú cómo te llamas?

—William. William Johnson.

La piel de Lucienne era rosa y resplandeciente; su cabello, negro como el azabache; sus ojos, oscuros y danzarines. Estaba embelesado.

—Pareces un caballero —dijo ella, con una sonrisa. Sonreía con la boca cerrada, sin enseñar los dientes. Le daba un aire misterioso y contenido. ¿De dónde eres?

—De New Haven —respondió Johnson—. Bueno, me crie en Filadelfia.

—¿En el Este? Ya me parecía que eras diferente. Lo he imaginado por tu ropa.

A Johnson le preocupaba que no le hiciera gracia y de repente no supo qué decir.

—¿Tienes novia en el Este? —preguntó ella con tono inocente, para que no decayera la conversación.

—Yo... —Johnson hizo una pausa y luego pensó que sería mejor contarle la verdad—. Hace unos años me gustaba muchísimo una chica de Filadelfia, pero ella no sentía lo mismo por mí. —La miró a los ojos—. Pero eso fue... Fue hace mucho.

Ella bajó la vista con una leve sonrisa y Johnson se dijo que tenía que pensar en algo que decir.

—¿De dónde eres tú? —preguntó—. No tienes acento francés. —A lo mejor había llegado de Francia siendo niña.

—Soy de Saint Louis. Lucienne solo es mi nombre artístico —explicó jovial—. El señor Barlow, el director señor Barlow, quiere que en el espectáculo todo el mundo tenga nombre francés, porque el teatro es el Pride de Paree, ¿comprendes? El señor Barlow es muy bueno.

—¿Llevas mucho tiempo en Cheyenne?

—Oh, no —dijo ella—. Antes estaba en el teatro de Virginia City, donde representábamos obras de verdad de escritores ingleses y todo eso, pero con el tifus del invierno pasado cerró. Me iba a ir a casa, a ver a mi madre, ya ves, pero solo tuve dinero para llegar hasta aquí.

Se rio, y Johnson vio que tenía un incisivo partido. Esa pequeña imperfección solo hizo que la amara más. Saltaba a la vista que era una joven independiente que se buscaba la vida sola.

—¿Y tú? —preguntó Lucienne—. ¿Vas a las Colinas Negras? ¿Buscas oro?

Johnson sonrió.

—No. Voy con un grupo de científicos que cavan en busca de fósiles. —El rostro de la chica se ensombreció—. Fósiles. Huesos viejos —explicó Johnson.

—¿Con eso se gana uno bien la vida?

—No, no. Es por la ciencia.

Ella le puso una mano cálida encima del brazo, y el contacto lo electrizó.

—Ya sé que los buscadores de oro tenéis secretos —dijo—. No se lo contaré a nadie.

—En serio, voy a buscar fósiles.

Ella volvió a sonreír y dejó correr el asunto.

—¿Y cuánto tiempo pasarás en Cheyenne?

—Por desgracia solo me quedo una noche. Mañana seguimos hacia el Oeste.

Ese pensamiento ya le causaba un dolor delicioso, pero a ella pareció dejarla indiferente. Con la franqueza de la que hacía gala, dijo:

—Tengo que hacer otro número dentro de una hora y quedarme con los clientes media más, pero luego estoy libre.

—Esperaré —contestó él—. Esperaré toda la noche si lo deseas.

Ella se inclinó hacia él y le dio un beso leve en la mejilla.

—Hasta entonces. —Y se alejó, cruzando la sala abarrotada, donde otros hombres esperaban su compañía.

El resto de la velada transcurrió con la liviandad de un sueño. Johnson no sentía el menor cansancio y esperó satisfecho hasta que Lucienne hubo acabado sus actuaciones. Se reunieron fuera del teatro. Ella se había puesto un recatado vestido de algodón oscuro. Le agarró del brazo.

Un hombre se cruzó con ellos por la acera.

—¿Te veo luego, Lucy? —preguntó en la oscuridad.

—Esta noche no, Ben —rio ella. Johnson se volvió para fulminar al hombre con la mirada, pero ella le explicó—: Solo es mi tío. Cuida de mí. ¿Dónde te alojas?

—En el hotel Inter-Ocean.

—Allí no podemos ir. Son muy estrictos con las habitaciones.

—Te acompaño a casa —dijo Johnson.

Ella le lanzó una mirada curiosa, y luego sonrió.

—De acuerdo. Eso estaría bien.

Mientras caminaban, le apoyó la cabeza en el hombro.

—¿Cansada?

—Un poco.

La noche era cálida; el aire, agradable. Johnson sintió que lo invadía una paz maravillosa.

—Te echaré de menos —dijo.

—Oh, yo también.

—Volveré, eso sí.

—¿Cuándo?

—A finales de agosto, más o menos.

—Agosto —repitió ella en voz baja—. Agosto.

—Sé que falta mucho…

—No tanto…

—Pero entonces dispondré de más tiempo. Dejaré el grupo y me quedaré contigo, ¿qué te parece?

Ella se relajó contra su hombro.

—Eso estaría bien. —Caminaron en silencio—. Eres bueno, William. Eres un buen chico.

Y entonces ella se volvió y, con total naturalidad, le besó en la boca, allí mismo, en la cálida oscuridad del Oeste en Cheyenne, con una intensidad que él aún no había experimentado. Pensó que moriría de placer.

—Te quiero, Lucienne —balbució. Las palabras salieron

solas, de forma espontánea e inesperada. Pero era la verdad; lo sentía con todo el cuerpo.

Ella le acarició la mejilla.

—Eres un buen chico.

Johnson no hubiera sabido decir cuánto tiempo pasaron así, mirándose a oscuras. Se besaron otra vez, y una tercera. Estaba sin aliento.

—¿Seguimos caminando? —propuso por fin.

Ella sacudió la cabeza.

—Mejor vete a casa. Vuelve al hotel.

—Preferiría acompañarte hasta la puerta.

—No —dijo ella—. Tienes un tren por la mañana. Necesitas dormir.

Johnson miró a su alrededor.

—¿Seguro que estarás bien?

—No me pasará nada.

—¿Prometido?

Ella sonrió.

—Prometido.

Johnson dio unos pasos hacia su hotel, se volvió y miró hacia atrás.

—No te preocupes por mí —le dijo Lucienne, y le lanzó un beso.

Él se lo devolvió y siguió su camino. Al final de la manzana se giró una vez más, pero ella ya no estaba.

En el hotel, el soñoliento recepcionista del turno de noche le dio su llave.

—¿Ha pasado buena noche, señor? —preguntó.

—Maravillosa —respondió Johnson—. Absolutamente maravillosa.

La mañana en Cheyenne

Johnson despertó a las ocho, descansado y emocionado. Miró por la ventana la vasta explanada de Cheyenne, edificios cuadrados que se extendían por la llanura. Cualquiera habría considerado aquel paisaje deprimente, pero Johnson lo encontró hermoso. Y hacía un día magnífico, despejado y cálido, con esas nubes altas y algodonosas tan propias del Oeste.

Era cierto que no veía a la bella Lucienne en muchas semanas, hasta el viaje de regreso, pero eso añadía un patetismo delicioso a su estado de ánimo, y estaba de un excelente humor cuando bajó al comedor, donde, según sus instrucciones, el grupo de Marsh debía reunirse para desayunar, a las nueve.

No había nadie.

Había una mesa puesta para un grupo grande, pero un camarero recogía los platos sucios.

—¿Dónde está todo el mundo? —preguntó Johnson.

—¿A quién se refiere?

—Al profesor Marsh y sus alumnos.

—No están aquí —dijo el camarero.

—¿Dónde están?

—Se han ido hace al menos una hora.

Las palabras calaron poco a poco.

—¿El profesor y los estudiantes se han ido?

—Querían coger el tren de las nueve.

—¿Qué tren de las nueve?

El camarero miró a Johnson con irritación.

—Tengo mucho que hacer —dijo al tiempo que daba media vuelta con un traqueteo de platos.

Habían guardado sus bolsas y el equipo de la expedición en una gran sala de la planta baja del hotel, detrás de la recepción. El botones abrió la puerta: la habitación estaba vacía salvo por los cajones que contenían el material fotográfico de Johnson.

—¡No están!

—¿Le falta algo? —preguntó el botones.

—No, a mí, no. Pero todos los demás se han marchado.

—Yo acabo de empezar el turno —explicó el capitán de botones con tono de disculpa. Era un muchacho de dieciséis años—. A lo mejor debería preguntar en recepción.

—Ah, sí, señor Johnson —dijo el hombre de la recepción—. El profesor Marsh ha dicho que no lo despertásemos cuando partieran. Ha dicho que usted abandonaba la expedición aquí en Cheyenne.

—¿Que ha dicho qué?

—Que abandonaba la expedición.

Johnson sintió pánico.

—¿Por qué diría eso?

—La verdad es que no lo sé, señor.

—¿Qué voy a hacer ahora? —preguntó Johnson alzando la voz.

La consternación debía de reflejarse en su rostro y en su tono, porque el encargado de la recepción le miró con gesto comprensivo.

—El desayuno se sirve durante media hora más en el comedor —sugirió.

No tenía apetito, pero regresó al comedor y escogió una mesa pequeña en un lateral. El camarero seguía recogiendo platos de la mesa sin mantel; Johnson lo observó e imaginó al grupo de Marsh y los estudiantes, sus voces emocionadas, todos hablando a la vez, listos para marcharse… ¿Por qué lo habían dejado atrás? ¿Qué motivo podía haber?

Se le acercó el botones.

—¿Va usted con la expedición Marsh?

—Sí.

—El profesor me ha preguntado si puede desayunar con usted.

En un instante, Johnson comprendió que todo había sido un error, a fin de cuentas, que el profesor no se había ido, que el personal del hotel había malinterpretado la situación, que todo iba a salir bien.

—Por supuesto que puede desayunar conmigo —respondió con un alivio inmenso.

Al cabo de un momento, oyó una voz clara y bastante aguda.

—¿El señor Johnson?

Johnson tenía delante a un hombre al que no había visto en su vida: un hombre rubio, delgado y fibroso con bigote y perilla, de pie junto a su mesa. Era alto, tenía treinta y tantos años e iba vestido de manera más bien formal, con el cuello de la camisa almidonado y levita. Aunque su ropa era cara y de buena factura, transmitía una sensación de vivaz indiferencia, de dejadez, incluso. Tenía los ojos brillantes y vivos. Parecía estar divirtiéndose.

—¿Le importa que me siente?

—¿Quién es usted?

—¿No lo sabe? —preguntó el hombre, más divertido que nunca. Le tendió la mano—. Soy el profesor Cope.

Johnson advirtió que su apretón era firme y confiado, y que tenía los dedos manchados de tinta.

Se lo quedó mirando y se puso en pie de un salto. ¡Cope! ¡Cope en persona! ¡Allí mismo, en Cheyenne! Cope le invitó a sentarse otra vez con un gesto de la mano y pidió café al camarero.

—No se alarme —dijo—. No soy el monstruo que le habrán pintado. Ese monstruo en particular solo existe en la imaginación enferma del señor Marsh. Otra de sus descripciones de la naturaleza que resulta errada. Habrá observado que ese hombre tiene tanto de paranoico y reservado como de gordo, y que siempre se imagina lo peor de todo el mundo. ¿Más café?

Aturdido, Johnson asintió; Cope sirvió más café.

—Si no ha pedido, le recomiendo el salteado de cerdo con patatas. Yo lo como a diario. Es un plato sencillo, pero a este cocinero le sale muy bien.

Johnson farfulló que tomaría salteado. El camarero se fue. Cope le sonrió.

Desde luego, no parecía un monstruo, pensó Johnson. Rápido, enérgico, hasta nervioso… pero no un monstruo. Al contrario, irradiaba un entusiasmo juvenil, casi infantil, que aun así iba acompañado por un aire de determinación y competencia. Parecía un hombre resolutivo.

—¿Qué planes tiene ahora? —preguntó Cope alegremente mientras removía una cucharada de melaza negra en el café.

—Se supone que no debo hablar con usted.

—Eso no parece demasiado necesario ahora que el viejo maquinador le ha dejado atrás. ¿Qué planes tiene?

—No lo sé. No tengo planes. —Johnson contempló el comedor casi vacío—. Se diría que he quedado apartado de mi grupo.

—¿Apartado? Él le ha abandonado.

—¿Por qué iba a hacerlo? —preguntó Johnson.

—Le tiene por un espía, por supuesto.

—Pero no soy un espía.

Cope sonrió.

—Eso lo sé yo, señor Johnson, y lo sabe usted. Lo sabe todo el mundo excepto el señor Marsh. Es solo una de las miles de cosas que no sabe pero cree saber.

Johnson estaba confundido, y debió de reflejarse en su cara.

—¿Qué fantasía le contó sobre mí? —preguntó Cope, sin perder el buen humor—. ¿Que pegaba a mi mujer? ¿Que era un ladrón? ¿Un mujeriego? ¿Que había matado a alguien con un hacha? —Todo aquello parecía divertirle.

—No le tiene en muy buena consideración.

Los dedos manchados de tinta de Cope revolotearon en el aire en ademán desdeñoso.

—Marsh es un hombre impío, sin convicciones. Tiene una mente activa y enferma. Le conozco desde hace tiempo. A decir verdad, antaño fuimos amigos. Los dos estudiamos en Alemania durante la Guerra Civil. Y más tarde, de hecho, desenterramos fósiles juntos en New Jersey. Pero eso fue hace mucho.

Llegó la comida. Johnson cayó en la cuenta de que estaba hambriento.

—Eso está mejor —dijo Cope, observándolo mientras comía—. Bueno, tengo entendido que es usted fotógrafo. Me vendría bien uno. Me dirijo al lejano Oeste, a buscar huesos de dinosaurio con un grupo de estudiantes de la Universidad de Pennsylvania.

—Igual que el profesor Marsh —señaló Johnson.

—No del todo igual que el profesor Marsh. Nosotros no viajamos a todas partes con tarifas especiales y favores gubernamentales. Y yo no escojo a mis estudiantes por su riqueza y posición social, sino más bien por su interés en la ciencia. La nuestra es una expedición seria, no un viajecito pagado de autobombo. —Cope hizo una pausa y estudió a Johnson, que le escuchaba con toda la atención—. Somos un grupo pequeño, y el viaje no será cómodo, pero le invito a acompañarnos, si le apetece.

Y así fue como William Johnson acabó, al mediodía, plantado en el andén de la estación de tren de Cheyenne con su equipo fotográfico apilado al lado, esperando al tren que lo llevaría al Oeste con la expedición de Edward Drinker Cope.

La expedición de Cope

uedó claro de inmediato que el grupo de Cope carecía de la precisión militar que caracterizaba todas las empresas de Marsh. Sus integrantes fueron llegando a la estación uno a uno o en parejas: primero Cope y su encantadora esposa, Annie, que saludó a Johnson afectuosamente y no quiso decir nada contra Marsh, por mucho que su marido la instara a hacerlo.

Después un hombre fornido de veintiséis años llamado Charles H. Sternberg, un buscador de fósiles de Kansas que había trabajado para Cope el año anterior. Charlie Sternberg cojeaba, como resultado de un accidente de infancia; no podía dar la mano porque tenía una fístula en la palma; y padecía brotes ocasionales de malaria, pero irradiaba un aire de competencia, pragmatismo y humor irónico.

A continuación, otro joven, J. C. Isaac («Con J. C. vale»), que tenía miedo a los indios; seis semanas antes había formado parte de un grupo de amigos que había sufrido un ataque. A los demás los habían matado a tiros y les habían arrancado la cabellera; no había escapado nadie más que Isaac, con la secuela de un temor profundo y un tic en los ojos.

Había tres estudiantes. Leander Davis, alias Sapo, un muchacho rechoncho y asmático de ojos saltones que usaba lentes. A Sapo le interesaba en especial la sociedad india, sobre la que parecía saber mucho. George Morton, un joven cetrino y silencioso de Yale que dibujaba a todas horas y anunció que pretendía ser artista o clérigo, como su padre; todavía no estaba seguro. Morton era reservado, bastante hosco, y a Johnson no le cayó bien. Y, por último, Harold Chapman de Pennsylvania, un joven brillante y hablador interesado en los huesos. Después de que le presentaran a Johnson, se alejó casi de inmediato para inspeccionar unos huesos de búfalo blanqueados que había apilados cerca del andén.

El miembro del grupo favorito de Johnson era la encantadora señora Cope, que no tenía nada que ver con la inválida ilusa que le había descrito Marsh. Solo los acompañaría hasta Utah. Después los seis hombres —siete contando a Johnson— partirían en dirección a la cuenca del río Judith, en el norte del territorio de Montana, para buscar fósiles cretácicos.

—¡Montana! —exclamó Johnson, que recordaba lo que había dicho Sheridan sobre mantenerse alejados de Montana y Wyoming—. ¿De verdad tienen intención de ir a Montana?

—Sí, por supuesto, es tremendamente emocionante —respondió Cope, cuyo rostro y actitud irradiaban entusiasmo—. Nadie ha estado allí desde que Ferdinand Hayden descubrió la zona en el 55 y observó grades cantidades de fósiles.

—¿Qué fue de Hayden? —preguntó Johnson.

—Ah, lo expulsaron los Pies Negros —explicó Cope—. Tuvo que correr para salvar el pellejo.

Y se echó a reír.

Al Oeste con Cope

Johnson despertó en medio de una oscuridad absoluta, oyendo el rugido del tren. Buscó a tientas su reloj de bolsillo; indicaba las diez en punto. Por un momento, confuso, creyó que se trataba de las diez de la noche. Entonces un rayo de luz brillante penetró en la oscuridad, y luego otro, hasta que un conjunto de rayos parpadeantes iluminó el compartimento donde dormía: el tren atravesaba con estruendo largas galerías antiavalancha a su paso por las Montañas Rocosas. Vio campos nevados a pesar de que se hallaban a finales de junio, de un brillo tan intenso que le dolían los ojos.

¡Las diez en punto! Se vistió a toda prisa, salió corriendo del compartimento y encontró a Cope mirando por la ventanilla mientras tamborileaba con los dedos en la repisa, impaciente.

—Siento haberme dormido, profesor, si me hubieran despertado…

—¿Por qué? —preguntó Cope—. ¿Qué más da si se ha dormido?

—Bueno, a ver, yo… es tan tarde…

—Todavía faltan dos horas para llegar a Salt Lake City —dijo Cope—. Y ha dormido porque estaba cansado, un motivo excelente para dormir. —Sonrió—. ¿O ha pensado que yo también lo abandonaría?

Confuso, Johnson no dijo nada. Cope siguió sonriendo. Y entonces, al cabo de un momento, se inclinó sobre el bloc que tenía en el regazo, cogió su pluma y dibujó con sus dedos manchados de tinta.

—Creo que la señora Cope se ha ocupado de que tengamos una cafetera —dijo sin alzar la vista.

Aquella noche, Johnson escribió en su diario:

> Cope se ha pasado la mañana dibujando, cosa que hace con gran rapidez y talento. Los demás me han contado muchas cosas sobre él. Fue un niño prodigio, escribió su primer artículo científico a la edad de seis años y a estas alturas (creo que tiene treinta y seis) ha publicado alrededor de mil. Se rumorea que tuvo una aventura antes de su matrimonio que acabó mal y que después, quizá empujado por la desesperación, viajó a Europa, donde conoció a muchos de los grandes naturalistas de la época. Coincidió por primera vez con Marsh en Berlín, y compartieron correspondencia, manuscritos y fotografías. Se le considera un experto en serpientes, reptiles y anfibios en general, y en peces. Sternberg y los estudiantes (excepto Morton) sienten devoción por él. Es cuáquero y amante de la paz hasta la médula. Lleva una dentadura de madera que parece asombrosamente real; yo no lo habría notado. En esto, y en casi todo lo demás, es completamente distinto de Marsh. Si Marsh es lento y concienzudo, Cope es brillante; si Marsh es intrigante, Cope es franco; si Marsh es hermético, Cope es libre. En todos los aspectos, el profesor Cope da muestras de mayor humanidad que su homólogo. El profesor Marsh es un fanático desesperado y obsesivo que arruina tanto su vida como la de todos los que están a su mando. Cope, en cambio, muestra equilibrio y contención, y es agradable en general.

No pasaría mucho tiempo antes de que Johnson viera a Cope con otros ojos.

El tren descendió de las Montañas Rocosas hasta Salt Lake City, en el territorio de Utah.

Fundada treinta años antes, Salt Lake City era una población de casas de madera y ladrillo, pulcramente distribuidas en una cuadrícula y dominadas por la fachada blanca del Tabernáculo Mormón, un edificio, escribió Johnson, «de una fealdad tan pasmosa que pocas construcciones en Estados Unidos pueden aspirar a sobrepasarla». Era una opinión extendida. Más o menos por las mismas fechas, el periodista Charles Nordhoff lo describió como «un edificio admirablemente ordenado y muy feo», para concluir que «Salt Lake no tiene por qué retener a cualquier viajero por placer durante más de un día».

Aunque Washington afirmaba que aquello era territorio de Utah y, por ende, parte de Estados Unidos, se había establecido a modo de teocracia mormona, como dejaban claro la importancia y escala de los edificios religiosos. El grupo de Cope visitó el templo, la Casa del Diezmo y la Casa del León, donde Brigham Young alojaba a sus numerosas esposas.

Después Cope fue recibido en audiencia por el presidente Young, y llevó consigo a su propia mujer para que conociera al anciano patriarca. Johnson preguntó qué les había parecido.

—Un hombre educado, gentil y calculador. Durante cuarenta años, los mormones fueron perseguidos y hostigados en todos los estados de la Unión; ahora crean su propio estado y persiguen ellos a los gentiles. —Cope negó con la cabeza—. Uno diría que la gente que ha experimentado la injusticia sería reacia a infligirla a otros, y aun así lo hacen con ahínco. Las víctimas se convierten en verdugos con una superioridad moral escalofriante. Tal es la naturaleza del fanatismo, atraer y provocar comportamientos extremos. Y por eso todos los fanáticos son iguales, independientemente de la forma específica que adopte su fanatismo.

—¿Está diciendo que los mormones son unos fanáticos? —preguntó Morton, el hijo del pastor.

—Estoy diciendo que su religión ha creado un estado que no pone coto a la injusticia, sino que la institucionaliza. Se sienten superiores a quienes profesan creencias diferentes. Consideran que solo ellos conocen el camino verdadero.

—No veo cómo puede afirmar que... —empezó a decir Morton, pero los demás intervinieron.

Morton y Cope siempre acababan en desacuerdo cuando se hablaba de religión, y las discusiones se volvían tediosas al cabo de un rato.

—¿Por qué ha ido a ver a Brigham Young? —preguntó Sternberg.

Cope se encogió de hombros.

—Ahora mismo no se conoce ningún yacimiento de fósiles en Utah, pero se rumorea que han visto huesos en las regiones orientales, cerca de la frontera de Colorado. No tiene nada de malo entablar amistades para el futuro. —Y añadió—: Marsh se vio con él, el año pasado.

Al día siguiente la señora Cope cogió el tren de la Union Pacific de vuelta al Este, mientras los hombres viajaban al norte por ferrocarril de vía estrecha hasta Franklin, Idaho, «un pueblo de las llanuras alcalinas —anotó Johnson—, con nada recomendable aparte de las líneas de tren y diligencia, que permiten a uno marcharse lo antes posible».

Pero en Franklin, mientras compraba billetes para la diligencia, Cope se vio abordado por el sheriff, un hombre grande de ojos pequeños.

—Queda usted detenido —le dijo agarrándolo del brazo—, acusado de asesinato.

—¿A quién se supone que he asesinado? —inquirió Cope, atónito.

—A su padre —respondió el sheriff—. En el Este.

—Eso es ridículo; mi padre murió el año pasado de un infarto. —A pesar de ser cuáquero, Cope era conocido por su arranques de mal genio, y Johnson advirtió que estaba haciendo un esfuerzo ímprobo por no perder las formas—. Quería a mi padre con todo mi corazón; era bueno, sabio y apoyaba mis aventuras académicas irregulares —aclaró con profunda ira.

La repentina exhibición de elocuencia los dejó a todos descolocados. Los hombres siguieron a Cope y al sheriff hasta la cárcel, a una distancia prudencial. Resultó que se había emitido una orden federal de arresto en el territorio de Idaho. También resultó que el alguacil federal estaba en otro distrito y no volvería a Franklin hasta septiembre. Cope, dijo el sheriff, tendría que «tomarse un descanso» en el calabozo hasta entonces.

Cope protestó afirmando que era el profesor Edward Drinker Cope, paleontólogo de Estados Unidos. El sheriff le enseñó el telegrama que identificaba al «prof. E. D. Cope, paleontólogo» como el hombre buscado por asesinato.

—Sé quién está detrás de esto —dijo Cope con tono colérico. Se le estaba poniendo la cara morada.

—Bueno, profesor… —terció Sternberg.

—Estoy bien —afirmó Cope con frialdad. Se volvió hacia el sheriff—. Propongo pagar los costes del telégrafo para verificar que las acusaciones contra mí son falsas.

El sheriff escupió tabaco.

—Me parece justo. Si consigue que su padre me responda por cable, me disculparé.

—Eso no puedo hacerlo —dijo Cope.

—¿Por qué no?

—Ya se lo he dicho, mi padre está muerto.

—Me toma por idiota —repuso el sheriff, y agarró a Cope por el cuello de la camisa para arrastrarlo hasta el calabozo.

Como recompensa, recibió una serie de puñetazos de Cope rápidos como el rayo que lo tiraron al suelo; acto seguido el profesor le propinó repetidas patadas mientras el desdichado sheriff rodaba por el polvo y Sternberg e Isaac gritaban:

—¡Calma, profesor!

—¡Ya basta, profesor!

—¡Conténgase, profesor!

Al fin Isaac consiguió apartar a Cope por la fuerza; Sternberg ayudó al sheriff a levantarse y le sacudió el polvo.

—Lo siento, pero el profesor tiene muy mal genio.

—¿Mal genio? Ese hombre es una amenaza.

—Bueno, verá, es que sabe que el profesor Marsh le envió ese telegrama, junto con un soborno, para que usted lo detuviera, y lo injusto de su comportamiento le enfada.

—No sé de qué me habla —balbució el sheriff, sin convicción.

—Verá —dijo Sternberg—, en la mayoría de los sitios adonde va el profesor, Marsh le causa problemas. Su rivalidad se remonta a hace años ya, y los dos son capaces de reconocerla enseguida.

—¡Los quiero a todos fuera de la ciudad! —gritó el sheriff—. ¿Me han oído? ¡Fuera de la ciudad!

—Será un placer —respondió Sternberg.

Partieron con la primera diligencia.

A partir de Franklin, tenían por delante un trayecto de novecientos sesenta kilómetros en diligencia Concord hasta Fort

Benton, en el territorio de Montana. Johnson, que hasta aquel momento no había experimentado nada más arduo que un vagón de tren, tenía ganas de saborear el romanticismo de un recorrido en diligencia. Sternberg y los demás no eran tan ingenuos.

Fue un viaje horrible: quince kilómetros por hora, día y noche, sin hacer paradas que no fueran para las comidas, escandalosamente caras, a un dólar por cabeza, y espantosas. Y en cada parada, todo el mundo hablaba de los problemas con los indios y de la perspectiva de perder la cabellera, de modo que, aunque a Johnson le hubiera apetecido el beicon mohoso de excedentes del ejército, la mantequilla rancia y el pan de la semana anterior que servían en las postas, habría perdido el apetito.

El paisaje era deprimentemente monótono; el polvo, áspero y alcalino. Tenían que caminar cada vez que había una subida pronunciada, ya fuese de día o de noche; con el traqueteo y los botes de la diligencia, era imposible conciliar el sueño; y sus suministros químicos goteaban, de tal modo que, en un momento dado, «nos vimos sometidos a una suave llovizna de ácido clorhídrico, cuyas gotas grabaron un dibujo humeante en los sombreros de los caballeros, lo cual provocó un coro de enrevesadas maldiciones de todos los presentes. Hicimos que pararan la diligencia, y el conductor concurrió en nuestros últimos reniegos; cerramos la botellita culpable y reemprendimos el camino».

Aparte de su grupo, la única pasajera era una tal señora Peterson, una joven casada con un capitán del ejército apostado en Helena, territorio de Montana. La señora Peterson no parecía demasiado entusiasmada con la idea de reunirse con su marido; a decir verdad, lloraba con frecuencia. A menudo abría una carta, la leía, se enjugaba las lágrimas de los ojos y volvía a guardarla. En la última parada antes de Helena, quemó la carta y dejó que cayera al suelo, donde se redujo a cenizas. Cuando la diligencia llegó a Helena, la esperaban cuatro capitanes del ejército, con formalidad y expresión solemne. La escoltaron hacia su destino; ella caminaba erguida en el centro.

Los demás se quedaron mirándola.

—Debe de estar muerto —aventuró Sapo—. Eso es lo que pasa. Está muerto.

En la parada de diligencias, les informaron de que el capitán Peterson había muerto a manos de los indios. Y corrían rumores sobre una reciente gran derrota de la caballería. Algunos decían que habían matado al general Terry a orillas del río Powder; otros, que el general Crook se había salvado por los pelos junto al Yellowstone y que había sufrido una septicemia causada por las flechas que le habían extraído del costado.

En Helena, les instaron a dar media vuelta, pero Cope ni se lo planteó.

—Habladurías —repuso—, paparruchas. Seguiremos adelante.

Y subieron de nuevo a la diligencia para continuar el largo viaje a Fort Benton.

Situado a orillas del río Missouri, Fort Benton había sido refugio de tramperos en los albores del territorio de Montana, en los tiempos en que John Jacob Astor abogaba en el Congreso por impedir cualquier legislación que protegiera al búfalo y por lo tanto obstaculizase su lucrativo comercio de pieles. En el norte de Montana también abundaban otras pieles, como las de castor y lobo. Pero el negocio estaba perdiendo importancia, y las ciudades en pleno crecimiento se hallaban situadas más al sur, en las regiones mineras de Butte y Helena, donde había oro y cobre. Fort Benton había visto tiempos mejores, y se notaba.

Cuando llegó la diligencia, el 4 de julio de 1876, vieron que las puertas de la empalizada del ejército estaban cerradas y se respiraba una tensión generalizada. Los soldados parecían tristes y preocupados. La bandera estadounidense ondeaba a media asta. Cope fue a ver al oficial al mando, el capitán Charles Ransom.

—¿Qué problema hay? —le preguntó—. ¿Por qué han bajado la bandera?

—El séptimo de caballería, señor.

—¿Qué pasa con él? —insistió Cope.

—La semana pasada masacraron al Séptimo de Caballería del general Custer en Little Bighorn. Más de trescientos soldados muertos. Y ningún superviviente.

Fort Benton

A su muerte, George Armstrong Custer siguió provocando tanta polémica como en vida. El Viejo Ricitos siempre había levantado pasiones. Había sacado la peor nota de su promoción en West Point, había acumulado noventa y siete faltas en su primer medio año, con lo que se había quedado a solo tres de la expulsión. Ya de cadete hacía enemigos que le perseguirían de por vida.

Sin embargo, aquel cadete insubordinado demostró ser un líder militar brillante, el niño prodigio de la batalla de Appomattox. Apuesto, gallardo y temerario, fue labrándose una reputación de gran combatiente contra los indios en el Oeste, pero esa reputación era objeto de mucha controversia. Consumado cazador, viajaba con lebreles a dondequiera que fuese, y se decía que cuidaba mejor a sus perros que a sus hombres. En 1867 ordenó a sus soldados que disparasen a los desertores de su compañía. Cinco hombres resultaron heridos, y Custer les negó atención médica. Uno de ellos murió posteriormente.

Aquello fue demasiado, incluso para el ejército. En julio de 1867, lo arrestaron, lo sometieron a un consejo de guerra y lo suspendieron durante un año. Pero era uno de los favoritos de los generales, y regresó al cabo de diez meses a instancias de Phil Sheridan, en esa ocasión para luchar contra los indios a orillas del Washita, en el territorio de Oklahoma.

Custer dirigió al Séptimo de Caballería contra Tetera Negra. Sus instrucciones eran claras: matar al máximo número de indios posible. El propio general Sheridan había dicho: «Cuantos más matemos este año, menos habrá que matar el que viene, porque cuanto mejor conozco a estos indios, más me convenzo de que habrá que matarlos a todos o mantenerlos como una especie de indigentes».

Fue una guerra especialmente encarnizada. Los indios habían tomado como rehenes a mujeres y niños blancos, por los que pedían rescate a los colonos; cada vez que los soldados atacaban una aldea india, se ejecutaba de forma sumaria a los rehenes blancos. Esa circunstancia justificaba la variedad de bravuconería audaz que constituía, en cualquier caso, el sello de Custer.

Después de imponer marchas forzadas a sus hombres, que renunciaron a comer y descansar, dio caza a Tetera Negra, mató al jefe y destruyó su poblado. Solo entonces cayó en la cuenta de que los indios de los poblados circundantes se estaban congregando para un contraataque masivo y de que su exceso de ambición había puesto en peligro a todos sus hombres. Consiguió retirarse, pero dejó atrás a una compañía de quince hombres, a los que ya daba por muertos.

Más tarde la batalla entera se convirtió en motivo de escándalo. La prensa del Este criticó a Custer por su crueldad con la tribu de Tetera Negra, de quien decían que no era un mal indio, sino un chivo expiatorio para las frustraciones militares; esto era casi indudablemente falso. El ejército criticó a Custer por su apresurado ataque y su no menos apresurado abandono de la compañía que se había separado del contingente principal; Custer fue incapaz de ofrecer una explicación satisfactoria de su comportamiento en medio de la crisis, pero opinaba, de forma justificada, que solo había hecho lo que el ejército esperaba de él, dar caza a los indios con su arrojo y agresividad habituales.

Su estilo personal —su melena larga y rizada, sus lebreles, su ropa de ante y su arrogancia— siguió siendo la comidilla, al igual que los artículos que escribió para la prensa del Este. Custer sentía una afinidad peculiar hacia su enemigo y a menudo escribía sobre los indios con admiración; sin duda eso dio pábulo al rumor persistente de que había engendrado un niño con una hermosa chica india después de la batalla del Washita.

Y la polémica no cesó. En 1874 fue Custer quien dirigió una expedición a las sagradas Colinas Negras, descubrió oro y por ese motivo precipitó la guerra Sioux; en primavera de 1876, había acudido a Washington para testificar contra la corrupción del secretario de Guerra Belknap, que recibía comisiones por los víveres de todos los puestos del ejército en el país. Su declaración había ayudado a iniciar los trámites para el proceso parlamentario de destitución de Belknap, pero no le había granjeado el cariño de la administración Grant, que le ordenó que permaneciera en Washington y, cuando partió sin permiso en marzo, exigió su arresto.

De pronto estaba muerto, en lo que ya se describía como la derrota militar más escandalosa y humillante de la historia de Estados Unidos.

—¿Quién ha sido? —preguntó Cope.

—Toro Sentado —contestó Ransom—. Custer cargó contra el campamento de Toro Sentado sin ordenar un reconocimiento previo. Toro Sentado tenía tres mil guerreros. Custer, trescientos. —El capitán Ransom sacudió la cabeza—. También es cierto que a Custer lo iban a matar tarde o temprano; era vanidoso y duro con sus hombres; me sorprende que no recibiera un disparo «accidental» en la espalda de camino a la batalla, como suele ocurrirles a los de su clase. Estuve con él en el Washita, cuando atacó un poblado y luego no podía salir; nos salvaron la suerte y el engaño, pero la suerte termina por acabarse. Casi seguro que esto se lo ganó a pulso. Y los sioux lo odiaban, querían matarlo. Pero ahora va a ser una guerra sangrienta. Este país entero está al rojo vivo.

—Bueno —dijo Cope—, nosotros vamos a buscar huesos fósiles en la zona del río Judith.

Ransom lo miró perplejo.

—Yo no lo haría —advirtió.

—¿Hay problemas en la cuenca del Judith?

—No, en concreto no, señor. No que nosotros sepamos.

—¿Entonces?

—Señor, casi todas las tribus indias están en pie de guerra. Toro Sentado tiene a tres mil guerreros en algún lugar del sur, nadie sabe dónde exactamente. Pero imaginamos que buscará refugio en Canadá antes del invierno, y eso significa que atravesará la cuenca del Judith.

—No pasa nada —respondió Cope—. Estaremos a salvo durante unas pocas semanas en verano, por los motivos que acaba de exponer. Toro Sentado no está allí.

—Señor —insistió Ransom—, el río Judith es el territorio sagrado de caza que comparten los sioux y los crows. Bueno, los crows suelen ser pacíficos, pero hoy por hoy los asesinarán sin pensárselo dos veces, porque pueden culpar de sus muertes a los sioux.

—No es probable —replicó Cope—. Iremos.

—No tengo órdenes de impedírselo —admitió Ransom—. Estoy seguro de que en Washington no se les pasó por la cabeza que nadie se plantease ir. Viajar allí es un suicidio, señor. Por mi parte, yo no iría con menos de quinientos soldados de caballería a mi lado.

—Agradezco su preocupación —respondió Cope—. Ha

cumplido su deber informándome. Pero salí de Filadelfia con la intención de ir al Judith, y no pienso dar media vuelta cuando estoy a menos de ciento cincuenta kilómetros de mi destino. Así pues, ¿puede recomendarnos un guía?

—Desde luego, señor —dijo Ransom.

Sin embargo, durante las veinticuatro horas siguientes, misteriosamente fue imposible encontrar guías disponibles, como tampoco caballos, víveres y cualquier otra cosa que Cope hubiera esperado obtener en Fort Benton. Aun así, no se amedrentó. Se limitó a ofrecer más y más dinero, hasta que por fin empezaron a aparecer suministros.

Fue entonces cuando por primera vez atisbaron la famosa voluntad de hierro del profesor Cope. Nada lo detenía. Le pidieron ciento ochenta dólares, una cifra astronómica, por un carromato destartalado; los pagó. Querían más incluso por sus cuatro caballos de tiro y sus cuatro ponis de montar, «los ponis más malos que hayan compartido estaca», a juicio de Sternberg. No quisieron venderle otra comida que no fuera alubias con arroz y whisky barato Red Dog; compró lo que pudo. En total, Cope gastó novecientos dólares en sus variopintos pertrechos, pero no se quejó ni una sola vez. Mantenía la vista fija en su destino: los fósiles de la cuenca del Judith.

Finalmente, el 6 de julio, Ransom le convocó en la empalizada del ejército, donde reinaba una actividad frenética, de preparativos. Ransom informó a Cope de que acababa de recibir órdenes del departamento de Guerra de Washington de que «no se permitiera a ningún civil entrar en las tierras indias que eran objeto de disputa en los territorios de Montana, Wyoming o Dakota».

—Lamento poner freno a sus planes, señor —dijo Ransom con educación al tiempo que dejaba el telegrama a un lado.

—Tiene usted que cumplir su deber, por supuesto —contestó Cope, con no menos cortesía.

Cope se reunió con su grupo, que ya se había enterado de la noticia.

—Supongo que tendremos que volver —dijo Sternberg.

—Todavía no —replicó Cope con un tono jovial—. ¿Saben?, me gusta Fort Benton. Creo que deberíamos quedarnos unos días más.

—¿Le gusta Fort Benton?

—Sí. Es agradable y acogedor. Y abundan los preparativos. —Y Cope sonrió.

El 8 de julio, la caballería de Fort Benton partió para luchar contra los sioux. Salieron en columna mientras la banda tocaba «The Girl I Left Behind Me». Ese mismo día, un grupo muy distinto se escabulló del lugar. Eran, escribió Johnson, «una cuadrilla de lo más variopinta».

A la cabeza de la columna, cabalgaba Edward Drinker Cope, paleontólogo y millonario de Estados Unidos. A su izquierda montaba Charlie Sternberg, que de vez en cuando se agachaba para masajearse la pierna agarrotada.

A la derecha de Cope viajaba Viento Ligero, su explorador y guía shoshoni. Viento Ligero tenía un porte orgulloso y había asegurado a Cope que conocía la región del río Judith como la cara de su propio padre.

Detrás de esos tres, iba J. C. Isaac, que no perdía de vista a Viento Ligero; lo acompañaban los estudiantes, Leander Davis, Harold Chapman, George Morton y Johnson.

Cerraba la retaguardia el carromato tirado por sus cuatro caballos testarudos y conducido por su carretero y cocinero, el «sargento» Russell T. Hill. Se trataba de un hombre gordo y curtido cuya cintura había convencido a Cope de que sabía cocinar. El carretero Hill se caracterizaba no solo por su tamaño y su talento para los juramentos, tan propio de su profesión, sino también por sus apodos, que parecían infinitos. Le llamaban «Galleta», «Pelotilla», «Bisojo» y «Apestoso». Hill era un hombre de pocas palabras, y esas pocas casi siempre las repetía una y otra vez.

Así, por ejemplo, cuando los estudiantes le preguntaban por qué le llamaban Galleta, Apestoso o cualquier otro de sus apodos, respondía de forma invariable:

—Supongo que pronto lo veréis.

Y cuando topaba con un obstáculo, por pequeño que fuera, Hill siempre decía:

—No se puede, no se puede.

Por último, atada al carromato iba Bessie, la mula que transportaba todo el equipo fotográfico. Bessie era responsabilidad de Johnson, que llegó a odiarla durante la expedición.

Una hora después de partir, habían dejado atrás Fort Benton y se hallaban solos en la inmensidad vacía de las Grandes Llanuras.

SEGUNDA PARTE

El mundo perdido

Noche en las llanuras

La primera noche acamparon en un lugar llamado Clagett, a orillas del río Judith. Había un establecimiento comercial rodeado por una empalizada, pero lo habían abandonado hacía poco.

Hill cocinó su primera cena, que les pareció pesada pero por lo demás aceptable. Usaba bolitas de estiércol de búfalo a modo de combustible, lo cual explicaba dos de sus apodos: Pelotilla y Apestoso. Después de la cena, Hill colgó la comida de un árbol.

—¿Para qué hace eso? —preguntó Johnson.

—Eso es para que la comida no esté al alcance de los osos pardos que merodeen por aquí —explicó Hill—. Y ahora vaya a prepararse para dormir.

El propio Hill aplanó el terreno con las botas antes de tender sus mantas.

—¿Para qué hace eso? —preguntó Johnson.

—Es para tapar los agujeros de serpiente —dijo Hill—, para que las de cascabel no se cuelen debajo de las mantas por la noche.

—Me toma el pelo —repuso Johnson.

—No —contestó Hill—. Pregunte a cualquiera. Por las noches refresca y les gusta el calor, de forma que se meten reptando para estar contigo, acurrucaditas contra la entrepierna.

Johnson fue a hablar con Sternberg, que también estaba tendiendo sus mantas.

—¿No va a aplanar el suelo?

—No —respondió Sternberg—. Aquí no hay bultos, parece un sitio muy cómodo.

—¿Qué pasa con las serpientes de cascabel que se cuelan en las mantas?

—Eso no pasa casi nunca —dijo Sternberg.

—¿No pasa casi nunca? —soltó Johnson alarmado.

—Yo no me preocuparía —añadió Sternberg—. Basta con que por la mañana te despiertes poco a poco y mires si tienes visita. Las serpientes se van corriendo cuando llega la mañana.

Johnson se estremeció.

No habían visto ni rastro de vida humana en todo el día, pero Isaac estaba convencido de que se hallaban en peligro.

—Con el señor Indio —refunfuñó—, cuando te sientes más seguro es cuando no lo estás.

Insistió en que apostaran centinelas durante toda la noche; los demás aceptaron a regañadientes. El propio Isaac haría la última guardia, antes del amanecer.

Era la primera noche de Johnson bajo la gran cúpula del cielo de la pradera, y le resultó imposible dormir. La mera idea de una serpiente de cascabel o de un oso pardo le hubiese impedido pegar ojo, pero además había muchos otros sonidos: el susurro del viento en la hierba, el ululato de los búhos en la oscuridad, el aullido lejano de los coyotes. Contempló los millares de estrellas del cielo despejado y escuchó.

Estuvo despierto en cada cambio de guardia y vio que Isaac daba el relevo a Sternberg a las cuatro de la madrugada. Pero al final el cansancio se impuso, y estaba profundamente dormido cuando lo despertó de golpe una serie de explosiones.

—¡Alto! ¡Alto digo, alto! —gritaba Isaac disparando su revólver.

Se levantaron todos de un salto. Isaac señaló hacia el este, en la pradera.

—¡Allí hay algo! ¡Fijaos, allí hay algo!

Miraron y no vieron nada.

—¡Hacedme caso, hay un hombre, un hombre solo!

—¿Dónde?

—¡Allí! ¡A lo lejos!

Otearon el horizonte distante de las llanuras y no vieron nada en absoluto.

Galleta profirió un aluvión de epítetos.

—Tiene miedo a los indios y además está loco; va a ver a un piel roja detrás de cada arbusto mientras estemos por aquí. No pegaremos ojo.

Cope dijo tranquilamente que él se ocuparía de esa guardia y mandó a los demás a dormir.

Pasarían muchas semanas antes de que descubrieran que Isaac tenía razón.

Si la comida de Apestoso y las guardias de Isaac dejaban algo que desear, también lo hacía el talento de Viento Ligero como explorador. Tras los pasos del valiente shoshoni, estuvieron perdidos gran parte del día siguiente.

Dos horas después de partir, encontraron estiércol de caballo fresco en la llanura.

—Indios —dijo Isaac con la voz entrecortada.

Hill resopló asqueado.

—¿Saben qué es eso? —preguntó—. Es estiércol de nuestros caballos, eso es lo que es.

—Es imposible.

—¿Eso cree? ¿Ve esas rodadas de carreta de allí? —Señaló unas marcas leves, donde se había hundido la hierba de la pradera—. ¿Qué se apuestan a que si pongo las ruedas de esta carreta sobre esas marcas coincidirán a la perfección? Nos hemos perdido, háganme caso.

Cope se situó junto a Viento Ligero.

—¿Nos hemos perdido?

—No —dijo Viento Ligero.

—Bueno, ¿y qué esperan que diga él? —gruñó Hill—. ¿Alguna vez ha oído a un indio reconocer que se ha perdido?

—Nunca he oído de un indio que se perdiese —señaló Sternberg.

—Bueno, pues aquí tenemos uno, comprado a precio de oro —dijo Hill—. Háganme caso, no ha estado nunca en esta parte del país, diga lo que diga. Y se ha perdido, diga lo que diga.

A Johnson la conversación le causó un extraño temor. Llevaban todo el día cabalgando bajo la gran cúpula del firmamento, cruzando un terreno llano y uniforme, un extenso paisaje sin más puntos de referencia que algún que otro árbol aislado o la hilera de álamos que marcaban la presencia de un arroyo. Era un verdadero «mar de hierba», y como el mar, era inmenso e inmutable. Empezaba a entender por qué en el Oeste todo el mundo hablaba con tanta familiaridad de ciertos accidentes geográficos: la columna de Pompeyo, los picos Gemelos, los acantilados Amarillos. Aquellos pocos elementos reconocibles eran islas en el amplio océano de la pradera, y el conocimiento de su posición resultaba esencial para la supervivencia.

Johnson cabalgaba al lado de Sapo.

—¿De verdad es posible que nos hayamos perdido?

Sapo negó con la cabeza.

—Los indios nacen aquí. Saben leer el terreno de maneras que ni alcanzamos a imaginar. No nos hemos perdido.

—Bueno, vamos hacia el sur —rezongó Hill mirando el sol—. ¿Por qué vamos hacia el sur, cuando todos sabemos que las tierras del Judith están al este? ¿Alguien me lo puede decir?

Las dos horas siguientes fueron tensas, hasta que por fin llegaron a un camino de carros antiguo que se dirigía hacia el este. Viento Ligero señaló.

—Este camino para carromato a tierras de Judith.

—Ese era el problema —dijo Sapo—. No está acostumbrado a viajar con una carreta y tenía que encontrar el camino para que la nuestra lo tomara.

—El problema —terció Hill— es que no conoce la región.

—Conoce esta región —dijo Sternberg—. Ahora estamos en los territorios de caza de los indios.

Siguieron cabalgando sumidos en un lóbrego silencio.

Incidentes en las llanuras

En mitad de la tarde, todavía calurosa, Johnson cabalgaba junto a Cope, charlando con él con toda tranquilidad, cuando su sombrero salió volando por los aires, a pesar de que no hacía viento.

Al cabo de un momento, oyeron la detonación seca de un fusil largo. Luego otra, y otra.

Les estaban disparando.

—¡Al suelo! —gritó Cope—. ¡Al suelo!

Desmontaron y se agacharon para ponerse a cubierto, arrastrándose debajo de la carreta. A lo lejos divisaron una nube de polvo marrón.

—Dios mío —susurró Isaac—. Indios.

La nube lejana fue creciendo hasta convertirse en la silueta de muchos jinetes. Silbaron más balas por el aire; la tela de la carreta se desgarró; las balas rebotaron en ollas y sartenes. Bessy rebuznó alarmada.

—Estamos acabados —gimió Morton.

—En cualquier momento oiremos el silbido de esas flechas —dijo Isaac—, y luego, cuando se acerquen más, sacarán los tomahawks…

—¡Calla! —ordenó Cope, que no había apartado la vista de la polvareda—. No son indios.

—¡Maldita sea! ¡Eres más necio aún de lo que pensaba! ¿Quién si no…?

Isaac se calló. La nube ya estaba lo bastante cerca para que distinguieran la figura de los jinetes. Figuras vestidas con casacas azules.

—Aún así podrían ser pieles rojas —señaló Isaac—. Vestidos con las chaquetas de Custer. Para un ataque sorpresa.

—Si lo son, no ha sido una gran sorpresa.

Viento Ligero oteó el horizonte con los ojos entrecerrados.

—No son indios —sentenció al fin—. Ponis de montar.

—¡Maldita sea! —gritó Galleta—. ¡El ejército! ¡Mis muchachos de azul! —Se levantó de un salto y agitó las manos. Una ráfaga de disparos le hizo arrojarse de nuevo bajo la carreta.

Los jinetes del ejército rodearon el vehículo, aullando al estilo de los indios y disparando al aire. Al cabo de un rato pararon y un joven capitán se adelantó; su caballo resoplaba. Apuntó con su revólver a las figuras acurrucadas bajo la carreta.

—Fuera, bellacos. ¡Fuera! Dios sabe que me dan ganas de mataros aquí mismo, uno detrás de otro.

Cope salió, rojo de ira. Tenía los puños apretados a los costados.

—Exijo saber qué significa este ultraje.

—Lo sabrás en el infierno, canalla —espetó el capitán, y disparó dos veces a Cope, aunque erró ambos tiros porque su caballo se encabritó.

—Espere, capitán —intervino un soldado. Para entonces todos los miembros del grupo de Cope habían salido de debajo del carromato y se habían situado delante de las ruedas—. No parecen traficantes de armas.

—Que me aspen si no lo son —exclamó el capitán. Advirtieron entonces que estaba borracho; arrastraba las palabras y su cuerpo se balanceaba sobre la silla de montar en precario equilibrio—. Nadie que no fuese traficante de armas rondaría ahora por este territorio. Quieren proveer de fusiles al señor Indio, cuando la semana pasada mismo seiscientos de nuestros queridos muchachos cayeron a manos de los salvajes. Son carroñeros como vosotros los que hacen…

Cope se enderezó.

—Esto es una expedición científica —dijo—, que cuenta con el conocimiento y la autorización del capitán Ransom de Fort Benton.

—Y una mierda —replicó el capitán, que pegó un tiro al aire para recalcar sus palabras.

—Soy el profesor Cope, de Filadelfia, paleontólogo de Estados Unidos y…

—Bésame el culo a través del percal —interrumpió el capitán.

Cope perdió los nervios y saltó hacia delante, pero Sternberg e Isaac se interpusieron a toda prisa.

—¡Tranquilo, profesor, contrólese, profesor! —chilló Sternberg.

Cope se revolvía y gritaba:

—¡Dejádmelo, dejádmelo!

En el barullo que se formó, el capitán disparó tres veces más y dio una vuelta con su caballo.

—¡Prendedles fuego, muchachos! ¡Prendedles fuego!

—Pero, capitán…

—He dicho que les prendáis fuego. —Más disparos—. ¡Y lo digo en serio!

Todavía hubo más disparos, y Sapo cayó al suelo, chillando:

—¡Me han dado, me han dado!

Corrieron a ayudarle; la mano le sangraba profusamente. Uno de los soldados se acercó a caballo con una antorcha. La lona seca de la carreta ardió en llamas al instante.

Se volvieron para apagar el fuego, que rugía con ferocidad. La caballería empezó a dar vueltas a su alrededor, mientras el capitán gritaba:

—¡Dadles una lección, chicos! ¡Que aprendan en el infierno!

Y entonces, sin dejar de disparar, dieron media vuelta y se marcharon.

El diario de Cope señala con laconismo:

> Hoy hemos experimentado las primeras hostilidades manifiestas a manos de la Caballería de Estados Unidos. Incendio apagado con daños mínimos, aunque hemos perdido la protección del carromato y han ardido dos tiendas. Un caballo muerto de un disparo. Un estudiante con herida leve en la mano. No hay lesiones graves, gracias a Dios.

Aquella noche llovió. Las tormentas con rayos y lluvias torrenciales se prolongaron durante todo el día y la noche siguientes. Ateridos y temblando, se acurrucaron debajo del carromato para intentar dormir mientras los relámpagos cegadores e intermitentes les mostraban las caras demacradas de los demás.

Al día siguiente volvió a llover, y el camino se embarró, lo que frenó el avance del carromato. Recorrieron poco más de tres dolorosos y enchacados kilómetros. Pero, entrada la tarde, el sol asomó por entre las nubes y el aire se volvió más cálido. Empezaron a sentirse mejor, sobre todo cuando, al remontar una suave pendiente, contemplaron uno de los grandes espectáculos del Oeste.

Una manada de búfalos, que se extendía hasta donde alcanzaba la vista: formas oscuras y peludas que formaban pequeños grupos en la hierba verde amarillenta de las llanuras. Los animales parecían tranquilos, salvo por algún que otro bufido o bramido.

Cope calculó que habría unos dos millones de búfalos en la manada, tal vez más.

—Considérense afortunados por haber visto eso —observó Cope—. Dentro de un año o dos, las manadas como esta no serán más que un recuerdo.

Isaac estaba nervioso.

—Donde hay búfalos, hay indios —dijo, e insistió en que esa noche acamparan en un terreno elevado.

A Johnson le fascinó la indiferencia de los animales ante la llegada de los hombres. La manada apenas reaccionó, ni siquiera cuando Sternberg se acercó y disparó a un antílope para la cena. Sin embargo, Johnson recordó más tarde que Galleta le había preguntado a Cope:

—¿Desengancho el carromato esta noche?

—Esta noche mejor que no —había respondido Cope tras mirar el cielo con aire meditabundo.

Entretanto descuartizaron el antílope y descubrieron que la carne estaba infestada de gusanos. Galleta aseguró que había comido cosas mucho peores, pero optaron por cenar galletas y alubias. Johnson anotó: «Ya estoy más que harto de las alubias, y todavía me quedan seis semanas por delante».

Pero no todo fue malo. Sentados en un saliente de roca junto al campamento, comieron mientras contemplaban cómo los búfalos se teñían de rojo cuando el sol se ponía detrás de ellos. Luego, a la luz de la luna, las formas greñudas, acompañadas por algún bufido lejano, componían «una visión de gran majestuosidad que se extendía pacíficamente ante nosotros. Tales eran mis pensamientos mientras me acostaba para sumirme en un muy necesitado sueño».

Un relámpago hendió el cielo a medianoche, y empezó a llover de nuevo.

Refunfuñando y maldiciendo, los estudiantes arrastraron sus mantas y cojines debajo del carromato. Casi al instante, dejó de llover.

Rodaron por el terreno duro e intentaron volver a conciliar el sueño.

—Demonios —dijo Morton olisqueando—. ¿Qué es ese olor?

—Estás tumbado sobre mierda de caballo —señaló Sapo.

—Ay, Dios, es verdad.

Se echaron a reír ante los apuros de Morton, mientras el rugido sordo del trueno seguía resonando en sus oídos. Entonces, de repente, Cope se puso a correr alrededor del carro, despertándolos a puntapiés.

—¡Arriba, arriba! ¿Están locos? ¡Levántense!

Johnson alzó la vista y vio que Sternberg e Isaac cargaban a toda prisa el equipo de acampada, lanzándolo de cualquier manera al interior del carromato, que empezó a moverse por encima de sus cabezas cuando salían reptando de debajo. Galleta y Viento Ligero se gritaban el uno al otro.

Johnson corrió hasta Cope. Tenía el pelo apelmazado por la lluvia y los ojos desorbitados. En el cielo, la luna avanzaba a gran velocidad entre los nubarrones.

—¿Qué pasa? —gritó Johnson por encima del rugido del trueno—. ¿Por qué nos movemos?

Cope lo apartó con malos modos.

—¡A cubierto tras las rocas! ¡Poneos a cubierto tras las rocas!

Isaac ya había acercado el carromato a un afloramiento de rocas, y Galleta forcejeaba con los caballos, que resoplaban y piafaban, nerviosos. Los estudiantes se miraron unos a otros sin entender nada.

Y entonces Johnson cayó en la cuenta de que el rugido que oían no era ningún trueno. Eran los búfalos.

Aterrorizados por los relámpagos, los búfalos pasaron en estampida por delante de los hombres formando un río espeso y mojado de carne que fluía en torno a las rocas por ambos lados. Quedaron todos salpicados por grandes cantidades de barro; para Johnson fue una sensación peculiar, en el sentido de que «el barro nos cubrió la ropa, el pelo, la cara, y fuimos volviéndonos más pesados a medida que nos transformábamos en hombres de fango, hasta que al final aquel peso inmenso acabó por doblarnos a todos».

Llegó un momento en el que no veían nada, solo oían el atronar de los cascos, los bufidos y gruñidos de las formas oscuras que pasaban corriendo por su lado, sin cesar. Parecía que no se acababa nunca.

De hecho, la estampida había durado dos horas ininterrumpidas.

Johnson despertó, con el cuerpo rígido y dolorido. Era incapaz de abrir los ojos. Se tocó la cara, notó el barro seco y duro, y empezó a retirárselo.

«Me encontré ante una estampa de desolación absoluta —recordaría más tarde—, como si nos hubiera embestido un huracán o un torbellino. Solo había barro pisoteado hasta donde alcanzaba la vista, y nuestra mísera comitiva humana se abrió paso penosamente. La parte de nuestro equipo que había quedado al socaire de las rocas estaba a salvo; todo lo demás se había perdido. Dos tiendas de campaña habían quedado tan hundidas en el barro que por la mañana no logramos localizarlas; recias ollas y sartenes melladas y deformadas por el paso de millares de pezuñas; jirones de una camisa amarilla; una carabina partida y doblada.»

Les invadió un gran desánimo, en especial a George Morton, que parecía sumido en un profundo estupor. Galleta propuso regresar, pero Cope, como de costumbre, se mostró indomable.

—No he venido aquí a desenterrar del barro vulgares posesiones —dijo—. He venido a desenterrar huesos prehistóricos.

—Sí —replicó Galleta—. Si consigue llegar hasta donde están.

—Llegaremos. —Les ordenó que desmontaran el campamento y se pusieran en marcha.

Viento Ligero parecía especialmente descontento. Le dijo algo a Cope y luego salió al galope rumbo al norte.

—¿Adónde va? —preguntó Morton alarmado.

—No cree que la estampida la causaran los relámpagos —contestó Cope—. Dice que los búfalos no se comportan así.

—Yo sé de casos en que lo han hecho —repuso Isaac—, en Wyoming. Los búfalos son estúpidos e impredecibles.

—Pero ¿qué pudo ser si no? —preguntó Morton, desconcertado—. ¿Qué cree él?

—Cree que oyó disparos justo antes de que se produjera la estampida. Ha ido a mirar.

—Va a hacer una visita a sus colegas pieles rojas —masculló Isaac—, para decirles dónde encontrar unas preciosas cabelleras blancas.

—Todo esto me parece ridículo —protestó Morton de mal humor—. Creo que deberíamos tirar la toalla y dejarnos de búsquedas inútiles.

La impresión de la estampida debía de haberlo alterado, pensó Johnson. Observó cómo Morton buscaba su cuaderno de dibujo en el barro con un palo.

Viento Ligero tardó una hora en volver, y lo hizo a galope tendido.

—Un campamento. —Señaló hacia el norte—. Dos hombres, dos o tres ponis. Una hoguera. Sin tienda de campaña. Muchos cartuchos de fusil. —Abrió la mano, y cayó una catarata de casquillos de cobre que reflejó la luz del sol.

—¡Será posible! —exclamó Sternberg.

—Son los hombres de Marsh —concluyó Cope con tono sombrío.

—¿Los has visto? —preguntó Morton.

Viento Ligero negó con la cabeza.

—Se fueron muchas horas.

—¿Hacia dónde se fueron?

Viento Ligero señaló al este; en la dirección en la que iban ellos.

—Entonces volveremos a encontrarnos. —Cope apretó los puños—. Ya tengo ganas.

Las tierras baldías

El río Judith, afluente del Missouri, nacía en las montañas Little Belt y conectaba con otros arroyos más grandes en un enrevesado meandro de cauces.

—En estas aguas hay unas truchas magníficas —dijo Galleta—. Aunque imagino que no vamos a pescar.

La cuenca del río Judith propiamente dicha era un páramo erosionado lleno de formaciones rocosas que, a simple vista, parecían figuras misteriosas, de demonios y dragones. Un país de gárgolas, lo llamó Sapo.

Sapo tenía el brazo rojo e hinchado; se quejaba de que le dolía. Sternberg dijo en privado que en su opinión habría que enviarle a Fort Benton, donde el médico militar podría amputarle el brazo con la ayuda de whisky y una sierra para huesos. Pero nadie se lo mencionó a Sapo.

La escala de las formaciones rocosas de las tierras baldías del Judith era enorme: unos grandes riscos —Cope los llamaba «afloramientos»— se elevaban más de un centenar de metros en el aire e incluso, en algunos casos, superaban los trescientos. Con franjas que alternaban la roca rosa pastel y negra, el paisaje poseía una belleza austera y desolada. Pero se trataba de una tierra inhóspita: había poca agua en las inmediaciones, y en su mayor parte era negruzca, alcalina, venenosa.

—Cuesta creer que esto fue un gran lago interior, rodeado de pantanos —dijo Cope mientras contemplaba la roca blanda tallada.

Siempre daba la impresión de que Cope veía más allá que el resto. Cope, y también Sternberg: el duro buscador de fósiles poseía el ojo experto de un explorador de las llanuras; siempre parecía saber dónde encontrar caza y agua.

—Aquí tendremos suficiente agua —pronosticó—. No será el agua lo que nos dé problemas; será el polvo.

En efecto, el aire tenía un poso alcalino, pero a los demás no parecía importarles mucho. Su problema inmediato era encontrar un lugar donde acampar cercano a un punto propicio para excavar, y no era tarea fácil. Desplazar el carromato por el terreno —no había caminos que valieran— era un trabajo difícil y a veces peligroso.

También les inquietaban los indios, porque vieron muchos indicios de su presencia alrededor: huellas de ponis, hogueras abandonadas, algún que otro pellejo de antílope. Algunas fogatas parecían recientes, pero Sternberg hizo gala de una indiferencia absoluta. Ni los sioux estaban lo bastante locos para quedarse mucho tiempo en aquel páramo.

—Solo un blanco loco pasaría aquí todo el verano —dijo entre risas—. ¡Y solo un blanco loco y rico pasaría aquí sus vacaciones! —Dio una palmada a Johnson en la espalda.

Durante dos días empujaron el carromato colinas arriba y lo sujetaron para que no cayera colinas abajo, hasta que al fin Cope anunció que se hallaban en una región idónea para encontrar huesos y que podían acampar en el siguiente emplazamiento aceptable que encontrasen. Sternberg sugirió la cima de un promontorio cercano, y empujaron el carro cuesta arriba una última vez, tosiendo entre el polvo de las ruedas.

—¿No oléis a fuego? —preguntó Sapo, incapaz de ayudar por culpa del brazo inflamado. Pero nadie lo olía.

Cuando coronaron la pendiente, se abrió ante ellos una imagen de las llanuras y un arroyo serpenteante con álamos que crecían junto a la orilla. Y hasta donde alcanzaba la vista, había tipis blancos, de los que salía una fina columna de humo.

—Dios mío —exclamó Sternberg. Hizo cuentas con rapidez.

—¿Qué calculas? —preguntó Isaac.

—Yo diría que hay más de mil tipis. Dios mío —repitió.

—Estoy convencido de que somos hombres muertos —dijo Isaac.

—Eso me parece —coincidió Galleta Hill. Escupió en el suelo.

Sternberg no pensaba lo mismo. La cuestión era de qué tribu de indios se trataba. Si eran sioux, Isaac estaba en lo cierto: podían darse por muertos. Pero en teoría los sioux se encontraban más al sur.

—¿A quién le importa dónde están en teoría? —protestó Galleta—. En la práctica están aquí, y nosotros, también. Ha sido ese Pequeño Hurón, él nos ha traído hasta aquí…

—Ya basta. Nosotros a lo nuestro —dijo Cope—. Levantemos el campamento y actuemos con naturalidad.

—Usted primero, profesor —respondió Galleta.

Resultaba difícil actuar con naturalidad con un millar de tipis en la llanura, con sus correspondientes caballos, hogueras y personas. Huelga decir que ya los habían avistado; algunos de los indios señalaban y hacían gestos.

Para cuando hubieron descargado los utensilios de cocina y encendido la hoguera para la noche, un grupo de jinetes cruzaba el arroyo chapoteando y ascendía hacia su campamento.

—Ahí vienen, muchachos —musitó Galleta.

Johnson contó doce jinetes. Con el corazón en un puño, vio acercarse a los caballos. Eran unos jinetes extraordinarios, cabalgaban a toda velocidad como si tal cosa, dejando una nube de polvo. Aullaron y gritaron como fieras cuando se hallaron cerca.

«Esos fueron mis primeros indios —recordaría más tarde—, y la curiosidad y el terror me consumían a partes iguales. Confieso que ver la nube de polvo que subía en espiral hacia el cielo y oír sus chillidos salvajes aumentó lo segundo, y por enésima vez en aquel viaje lamenté la temeridad de mi reto.»

Los indios ya estaban muy cerca y trazaron círculos alrededor del carromato entre alaridos de entusiasmo. Sabían que los blancos estaban asustados, y se regodeaban. Al final, se plantaron delante del grupo.

—Jauh, jauh —repitió el cabecilla varias veces en una especie de gruñido.

—¿Qué ha dicho? —susurró Johnson a Sternberg.

—Ha dicho «Jau».

—¿Qué significa eso?

—Significa «estoy de acuerdo, va todo bien, me siento amigable».

Johnson ya distinguía a los indios con claridad. Como tantos otros que observaban a los indios de las llanuras por primera vez, quedó maravillado por lo apuestos que eran, «altos y musculosos, con las facciones regulares y agradables, un porte naturalmente digno y orgulloso, y una pulcritud sorprendente en su persona y vestimenta».

Los indios no sonreían, pero parecían bastante amistosos. Uno por uno, todos dijeron «Jau» y echaron un vistazo al campamento. Se hizo un silencio incómodo. Isaac, que conocía alguna lengua india, probó con unas palabras de saludo.

Las caras de los indios se ensombrecieron al instante. Dieron media vuelta a sus caballos y se alejaron hasta desaparecer en una nube de polvo alcalino.

—Maldito idiota, ¿qué les has dicho? —soltó Sternberg.

—He dicho: «Os doy la bienvenida y os deseo éxito y felicidad en la travesía de vuestra vida».

—¿En qué se lo has dicho?

—En mandan.

—Maldito imbécil, el mandan es la lengua de los sioux. ¡Esos son crows!

Hasta Johnson llevaba lo bastante en las llanuras para estar al corriente de la tradicional enemistad entre las tribus de los sioux y los crows. El odio mutuo era profundo e implacable, sobre todo desde que, en años recientes, los crows se habían aliado con los soldados blancos en la lucha contra los sioux.

—Bueno, pues el mandan es lo único que sé —protestó Isaac—, o sea que lo he dicho.

—Maldito imbécil —repitió Sternberg—. Ahora sí que tenemos un problema.

—Pensaba que los crows nunca mataban a blancos —intervino Morton, y se pasó la lengua por los labios.

—Eso es lo que dicen los crows —replicó Sternberg—, pero tienden a exagerar. Ya lo creo, muchachos, tenemos un problema.

—Bueno, iremos ahí abajo y lo solucionaremos —dijo Cope, con su resolución característica.

—¿Después de nuestra última cena? —preguntó Galleta.

—No —contestó Cope—. Ahora.

El poblado indio

Los pueblos indígenas llevaban más de diez mil años cazando en las llanuras del Oeste de Norteamérica. Habían visto retroceder los glaciares y calentarse la tierra; habían presenciado (y quizá acelerado) la desaparición de los grandes mastodontes, del hipopótamo y del temido tigre dientes de sable. Habían cazado cuando la tierra estaba cubierta de espeso bosque, y cazaban ahora, cuando era un mar de hierba. A lo largo de esos millares de años, a través de los cambios en la fauna y el clima, los indios habían seguido viviendo como cazadores nómadas en los vastos espacios del territorio.

Los indios de las llanuras del siglo XIX eran un pueblo colorido, dramático, místico y guerrero. Cautivaban a todo aquel que los veía y, en muchos sentidos, representaban, a ojos del vulgo, a todos los indios americanos. La antigüedad de sus rituales y la compleja organización de su estilo de vida eran muy admiradas por los pensadores liberales.

Pero la verdad era que la sociedad de los indios de las llanuras que veían quienes viajaban al Oeste era poco más antigua que la nación blanca estadounidense que amenazaba su existencia. Los indios de las llanuras eran una sociedad de cazadores nómadas organizada en torno al caballo, como en el caso de los mongoles asiáticos. Sin embargo, en América no hubo caballos hasta que los introdujeron los españoles trescientos años antes, con lo que cambiaron la sociedad india de las llanuras hasta dejarla irreconocible.

E incluso las estructuras tribales tradicionales, con sus rivalidades, eran menos antiguas de lo que solía imaginarse. La mayoría de los estudiosos creían que los indios crow habían formado parte de la nación sioux y vivían en la actual Iowa; habían emigrado al Oeste hacia Montana, donde habían desarrollado una identidad propia y se habían convertido en antagonistas implacables de sus antiguos parientes. Como escribió un experto: «Los sioux y los crows son prácticamente iguales en lo que se refiere a vestimenta, estilo, hábitos, lengua, costumbres, valores y comportamiento. Podría creerse que ese parecido sentaría las bases de una amistad, mas solo exacerba su antagonismo».

Esos eran los indios crow hacia los que cabalgaban.

Las primeras impresiones de un poblado indio a menudo resultaban contradictorias. Henry Morton Stanley, el explorador y periodista galés del famoso encuentro con el doctor David Livingstone en África en 1871, entró en el poblado de Tetera Negra con Custer y lo encontró repugnante: «tan sucio, en realidad, que no hay palabras para describirlo». Las telas del suelo de los tipis estaban infestadas de bichos; le asaltaba el hedor a excrementos.

A otros observadores primerizos les alteraba ver a los indios asando un perro al fuego o masticando filetes de búfalo sanguinolentos. Pero las primeras impresiones de Johnson, cuando entró cabalgando aquella tarde en el poblado crow, parecen decir más sobre él que sobre los indios.

«Cualquiera que imagine», escribió,

... que el indio nómada es un espíritu libre que vive en la naturaleza abierta se llevará una fuerte impresión al visitar su morada. El poblado del indo de las llanuras está, como la vida del guerrero, reglamentado en extremo. Los tipis se diseñan de forma regular con piel de alce, se montan de forma regular y se distribuyen de forma regular siguiendo unas reglas establecidas; hay reglas para colocar los respaldos dentro de los tipis, y las alfombras y los recipientes de cuero; hay reglas para los motivos que decoran las telas, la ropa y los tipis; reglas para encender el fuego y para las maneras de cocinar; reglas para el comportamiento del indio en todo momento y en todas las etapas de su vida; reglas para la guerra, reglas para la paz, reglas para cazar y reglas para comportarse antes de cazar; y todas esas reglas se siguen con una rigidez inamovible y una seriedad y decisión que recuerdan poderosamente al observador que se encuentra ante una raza guerrera.

Ataron los caballos en los límites del poblado y entraron caminando poco a poco. Miradas curiosas los recibieron desde todos lados; los niños paraban de reír y observaban en silencio el paso de aquellos extraños; el peculiar e intenso olor de las pieles puestas a secar asaltó sus fosas nasales, junto con el del venado asado. Al cabo de un rato, un guerrero indio se les acercó y ejecutó unos movimientos complejos con las manos.

—¿Qué hace? —preguntó Johnson.

—Lenguaje de signos —respondió Sapo, que se sostenía el brazo hinchado con el otro.

—¿Tú lo entiendes?

—No.

Pero Viento Ligero sí lo entendía, y habló con el recién llegado en lengua crow. El indio los acompañó al interior del poblado, hasta un gran tipi donde había cinco guerreros mayores sentados en semicírculo en torno a una hoguera.

—Los jefes —susurró Sapo.

Invitados por el gesto de uno de ellos, los blancos se sentaron en semicírculo de cara a los jefes.

«Entonces comenzaron», anotó Johnson,

> ... las negociaciones más largas que he presenciado en mi vida. A los indios les encanta hablar y no tienen ninguna prisa. Su curiosidad, la formalidad enrevesada de su discurso ceremonial y la falta de urgencia con respecto al tiempo, tan característica de ellos, se unían para crear una toma de contacto que a todas luces iba a durar la noche entera. No se dejó un tema sin tratar: quiénes éramos (incluidos nuestros nombres, y el significado de nuestros nombres), de dónde veníamos (las ciudades, el significado de los nombres de las ciudades, qué rutas habíamos seguido, cómo las habíamos escogido y qué experiencias habíamos vivido en nuestro periplo), por qué estábamos allí (el motivo de nuestro interés en los huesos, cómo pensábamos desenterrarlos y qué pretendíamos hacer con ellos), con qué íbamos vestidos y por qué, el significado de anillos, abalorios y hebillas, y así *ad infinitum et ad nauseam.*

Si la reunión pareció interminable, debió de ser en parte por la tensión que reinaba entre los blancos. Sternberg observó que a los indios «no les importaban demasiado nuestras respuestas». Pronto quedó de manifiesto que sabían quién era Cope, que les habían contado que era desagradable con los indios y que había matado a su padre. A su vez, a los crows les habían aconsejado matarlo.

Cope estaba furioso, pero mantuvo la calma. Con una agradable sonrisa, indicó a los demás:

—¿Ven la villanía, las artimañas de ese siniestro granuja, por fin a la vista de todos? ¿Hostigo yo a Marsh? ¿Intento yo entorpecer sus progresos a cada paso que da? ¿Acaso estoy celoso de él? Se lo pregunto a ustedes. Se lo pregunto a ustedes.

Los jefes indios notaron que Cope estaba alterado, y Viento Ligero se apresuró a asegurarles que se había cometido un error.

Los indios insistieron en que no había error alguno: la descripción de Cope había sido fidedigna.

¿Quién ha dicho esas cosas sobre él?, preguntó Viento Ligero.

La Agencia Nube Roja.

La Agencia Nube Roja es una agencia sioux.

Así es.

Los sioux son vuestro enemigo.

Así es.

¿Cómo podéis creer las palabras de un enemigo?

La charla se prolongó, hora tras hora. Al final, para controlar el genio o quizá los nervios, Cope se puso a dibujar. Dibujó al jefe, y el retrato despertó gran interés. El jefe quería el dibujo, y Cope se lo regaló. El jefe quería la pluma de Cope. Cope se negó.

—Profesor —intervino Sternberg—, creo que sería mejor que le regalara la pluma.

—No pienso hacerlo.

—Profesor...

—Muy bien. —Cope entregó la pluma.

Poco antes del amanecer, la conversación pasó de Cope a Sapo. Llamaron a una especie de nuevo jefe, un hombre muy pálido y muy delgado con la mirada algo desquiciada. Se llamaba Ciervo Blanco. Ciervo Blanco miró a Sapo, musitó algo y se marchó.

Entonces los indios anunciaron que querían que Sapo se quedase en el campamento y que los otros se fueran.

Cope se negó.

—No pasa nada —dijo Sapo—. Serviré como una especie de rehén.

—Podrían matarlo.

—Pero si me matan a mí —señaló Sapo—, es casi seguro que los matarán a todos tarde o temprano.

Al final, Sapo se quedó y los demás se fueron.

Desde su campamento, contemplaron el vivac indio cuando rompía el alba. Los guerreros habían empezado a aullar y a cabalgar en círculos; estaban preparando una gran hoguera.

—Pobre Sapo —dijo Isaac—. Seguro que lo torturan.

Cope miraba con su catalejo, pero el humo lo enturbiaba todo. En ese momento arrancó un cántico; duró hasta las nueve de la mañana, cuando cesó de golpe.

Un grupo de guerreros cabalgó hasta el campamento, acompañando a Sapo, que iba en un caballo aparte. Encontraron a Cope lavando su dentadura postiza en un cuenco de hojalata. Los indios se quedaron absortos y, antes de que Sapo desmontara, insistieron en que Cope se pusiera sus verosímiles dientes y luego se los quitara otra vez.

El profesor lo hizo varias veces, repitiendo el contraste entre una sonrisa radiante y un agujero negro y desdentado, y los indios partieron la mar de entretenidos.

Aturdido, Sapo los observó marcharse.

—El jefe, ese tal Ciervo Blanco, ha hecho magia con mi mano —dijo—, para curarla.

—¿Ha dolido?

—No, solo han pasado unas plumas por encima mientras cantaban. Pero he tenido que comer una porquería.

—¿Qué porquería?

—No lo sé, pero era asqueroso. Ahora estoy muy cansado.

Se acurrucó debajo del carromato y durmió durante las doce horas siguientes.

El brazo de Sapo mejoró a la mañana siguiente. En cuestión de tres días, estaba curado. Cada mañana, los indios hacían el trayecto à caballo para ver a Cope. Y observaban cómo lavaba su dentadura Diente Gracioso. Los indios a menudo se quedaban por el campamento, pero nunca se llevaron nada. Y estaban muy interesados en lo que hacían los blancos: buscar huesos.

Tierra de huesos

Una vez resueltos los problemas preliminares, Cope estaba impaciente por empezar a trabajar. Los estudiantes lo encontraron levantado en aquel frío amanecer, contemplando los riscos cercanos al campamento, a los que alcanzaba la luz por primera vez aquel día. De improviso, se incorporó de un salto.

—Acompáñenme, acompáñenme. Vamos, rápido, esta es la mejor hora para buscar.

—¿Para buscar qué? —preguntaron los estudiantes, sorprendidos.

—Lo sabrán muy pronto. —Los condujo hasta el afloramiento del risco más cercano al campamento y, señalando, preguntó—: ¿Ven algo?

Miraron. Vieron una roca pelada y erosionada, predominantemente gris, con estriaciones de color rosa y gris oscuro que resaltaban bajo la débil luz de la mañana. Eso fue todo lo que vieron.

—¿No hay huesos? —preguntó Cope.

Envalentonados ante aquella insinuación, forzaron la vista, entrecerrando los ojos para protegerlos de la luz.

—¿Y eso de allí arriba? —indicó Sapo.

Cope negó con la cabeza.

—Solo son rocas incrustadas.

Morton señaló.

—¿Cerca de aquella cresta?

Cope sacudió la cabeza.

—Demasiado arriba, no miren tan alto.

Johnson probó suerte.

—¿Allí?

Cope sonrió.

—Artemisa muerta. Bueno, parece que pueden verlo todo menos los huesos. Ahora miren en la parte central del risco, porque una pared tan alta debe de tener su zona cretácica hacia la mitad; en un barranco más bajo, la encontraríamos más cerca de la cima, pero en este caerá en el centro, justo por debajo de la estriación rosa de allí. Ahora paseen la mirada por esa franja hasta que detecten una especie de aspereza, ¿la ven? ¿Ven ese óvalo de allí? Son huesos.

Prestaron atención y entonces lo vieron: los huesos reflejaban el sol de forma ligeramente distinta que la roca, porque sus bordes redondeados eran más apagados que la piedra serrada y su color presentaba una tonalidad diferente. Una vez señalado, resultó fácil: detectaron otro tramo allí, y otro allá, y luego otro más allá, y más allá aún. «Caímos en la cuenta», escribió Johnson,

> … de que la pared entera del barranco estaba prácticamente repleta de huesos que hasta hacía poco eran invisibles para nosotros y de pronto estaban tan claros como la luz del día. Pero, como dice el profesor Cope, teníamos que aprender a reconocer la luz del día. Como le gusta decir: «Nada es obvio».

Estaban descubriendo dinosaurios.

En 1876, la aceptación científica de los dinosaurios todavía era bastante reciente; a finales de siglo, el hombre no imaginaba en absoluto la existencia de aquellos grandes reptiles, aunque las pruebas estuvieran a la vista de todos.

En julio de 1806, William Clark, de la expedición de Lewis y Clark, exploró la orilla sur del río Yellowstone, lo que más tarde se convertiría en el territorio de Montana, y descubrió un fósil «incrustado dentro de la pared de roca». Lo describió como un hueso de siete centímetros y medio de circunferencia y treinta de longitud, y lo consideró una costilla de pez, aunque probablemente fuese un hueso de dinosaurio.

Se hallaron más huesos de dinosaurio en Connecticut en 1818; se tomaron por restos de seres humanos; unas huellas de dinosaurio, descubiertas en la misma región, se calificaron como el rastro del «cuervo de Noé».

El verdadero significado de aquellos fósiles se reconoció por primera vez en Inglaterra. En 1824, un excéntrico clérigo inglés llamado Buckland describió el «*Megalosaurus* o Gran Lagarto Fósil de Stonesfield». Buckland se imaginó que la criatura fósil medía más de doce metros de longitud «y tenía una masa equivalente a la de un elefante de dos metros y diez centímetros de altura». Pero consideraron aquel extraordinario lagarto un espécimen aislado.

Al año siguiente, Gideon Mantell, un médico inglés, refería el «*Iguanodon*, un reptil fósil recién descubierto». La descripción de Mantell se basaba en buena medida en unos dientes hallados en una cantera inglesa. En un principio enviaron los dientes al barón Cuvier, el anatomista más célebre de la época; los declaró incisivos de rinoceronte. Insatisfecho, Mantell siguió convencido de que «había descubierto los dientes de un reptil herbívoro desconocido», y con el tiempo demostró que a lo que más se parecían aquellas piezas era a los dientes de una iguana, un lagarto americano.

El barón Cuvier reconoció su error y se preguntó: «¿No

tendremos aquí un animal nuevo, un reptil herbívoro... de otra época?». Desenterraron otros reptiles fósiles en rápida sucesión: el *Hylaeosaurus* en 1832; el *Macrodontophion* en 1834; el *Thecodontosaurus* y el *Paleosaurus* en 1836; el *Plateosaurus* en 1837. Con cada nuevo descubrimiento, ganaba peso la sospecha de que los huesos representaban a todo un grupo de reptiles que había desaparecido de la Tierra.

Por último, en 1841, otro médico y anatomista, Richard Owen, propuso que se llamara al grupo entero *Dinosauria* o «lagartos terribles». La idea gozó de tal aceptación que en 1854, en el Crystal Palace de Sydenham, se erigieron reconstrucciones a tamaño real de los dinosaurios que disfrutaron de gran popularidad entre el público. (Owen, a quien la reina Victoria concedió el título de *sir* por sus logros, se convertiría más tarde en un fervoroso oponente de Darwin y de la teoría de la evolución.)

Hacia 1870, el foco de la caza de dinosaurios se desplazó de Europa a Norteamérica. Se sabía desde la década de 1850 que el Oeste americano albergaba grandes cantidades de fósiles, pero la recuperación de esos huesos gigantes resultó irrealizable hasta que se completó el ferrocarril transcontinental en 1869.

El año siguiente, Cope y Marsh iniciaron su enconada competición para conseguir fósiles de esa nueva región. Acometieron sus empeños con una total falta de escrúpulos que no tenía nada que envidiar a la de un Carnegie o un Rockefeller. En parte, esa agresividad —nueva en el campo del trabajo científico— reflejaba los valores dominantes de la época. Y en parte era un reconocimiento del hecho de que los dinosaurios ya no eran un misterio: estaban descubriendo el repertorio completo de una gran orden de reptiles desaparecidos. Estaban haciendo historia de la ciencia.

Y sabían que la fama y el honor recaerían sobre el hombre que descubriera y describiese el mayor número.

Los dos hombres estaban obsesionados con la búsqueda. «La caza de huesos —escribió Johnson— ejerce una fascinación peculiar, no muy distinta de la del oro. Nadie sabe lo que encontrará, y las posibilidades, los descubrimientos potenciales que aguardan al explorador, alimentan la búsqueda.»

Y en verdad hicieron descubrimientos. Mientras cavaban en la ladera, Cope se mantenía ocupado en el nivel del suelo, dibujando, tomando apuntes y clasificando. Insistió en que los estudiantes fueran meticulosos al registrar qué huesos se encontraban en las proximidades de qué otros. Usaban palas y picos para aflojar la piedra, pero luego daban paso a herramientas más pequeñas, que parecían bastante simples: martillo, cincel, piqueta y cepillo. A pesar de las ganas que ponían los estudiantes, primero debían aprender mucha técnica; debían aprender a escoger entre los tres pesos del martillo de cabeza plana, las cuatro anchuras del cincel de roca (importado de Alemania, explicó Cope, por la calidad del acero frío), los dos tamaños de piqueta de acero para clavar en la roca y un surtido de cepillos rígidos para retirar el polvo, la tierra y la gravilla.

—Hemos llegado demasiado lejos para no hacer esto como es debido —señaló Cope—. Además, los fósiles no siempre se entregan tan fácilmente.

No bastaba con sacar un hueso fosilizado de la roca a golpes, les explicó. Había que estudiar la posición del fósil, tantear la piedra con un cincel si era necesario, dar golpes fuertes con el martillo solo muy de vez en cuando. Para encontrar la sutil demarcación entre hueso y piedra, era necesario apreciar la diferencia de color.

—A veces ayuda escupir encima, sin más —dijo Cope—. La humedad resalta el contraste.

—Voy a morir de sed bastante rápido —masculló George Morton.

—Y no os limitéis a observar lo que hacéis —indicó Cope—. Escuchad, también. Escuchad el sonido del cincel al golpear la roca. Cuanto más agudo sea, más dura es la piedra.

Hizo asimismo una demostración de la posición correcta para extraer los fósiles, en función de la pendiente de la roca. Trabajaban sobre la panza, de rodillas, en cuclillas y, a veces, de pie. Cuando la pared de roca era especialmente abrupta, clavaban una punta y se sujetaban con cuerdas. Tenían que entender que el ángulo del sol revelaba no solo la pared de piedra, sino también sus fisuras y concavidades inesperadas.

Johnson se descubrió rememorando lo difícil que le había resultado aprender a sacar fotografías; arrancar fósiles de las garras de la piedra sin dañarlos era mucho más complicado.

Cope les enseñó a colocar las herramientas cerca de la mano con que iban a usarlas y a trabajar de la forma más eficiente posible, porque en una jornada un estudiante pasaba del martillo al cincel y a la piqueta y al cepillo, y vuelta otra vez, en todas las combinaciones, cientos de veces. Los zurdos ponían los cinceles a la derecha y los cepillos a la izquierda.

—El trabajo cansa más de lo que se esperan —les había advertido Cope.

Y era verdad.

—Me duelen los dedos, me duelen las muñecas, me duelen los hombros y también las rodillas y los pies —protestó George Morton al cabo de unos días.

—Mejor a ti que a mí —contestó Galleta.

Cuando bajaban los huesos al campamento, Cope los colocaba sobre una manta de lana negra para crear contraste y los contemplaba hasta que veía cómo se relacionaban unos con otros. A finales de julio, anunció un nuevo *Hadrosaurus* de pico de pato; una semana más tarde, un reptil volador. Y después, en agosto, encontraron un *Titanosaurus*, y por último los dientes de un *Champsosaurus*.

—¡Estamos encontrando unos dinosaurios maravillosos! —exclamó Cope, entusiasmado—. ¡Maravillosos! ¡Magníficos!

El trabajo era agotador, extenuante, a veces peligroso. Para empezar, la escala del paisaje era, como en el resto del Oeste, engañosa. Lo que parecía un pequeño afloramiento en un risco resultaba que, cuando se escalaba, quedaba a ciento cincuenta o ciento ochenta metros de altura. Trepar por aquellas empinadas laderas erosionadas y trabajar a media altura del barranco manteniendo el equilibrio en la pendiente era agotador. Se trataba de un mundo extraño: a menudo, trabajando en aquellas enormes paredes rocosas, estaban tan separados que a duras penas se veían entre ellos, pero como la región era tan tranquila y las laderas curvas actuaban como embudos gigantescos, oían con nitidez conversaciones que no se elevaban por encima de un susurro, incluso con el eco constante del golpe del martillo sobre el cincel y el tintineo de este contra la piedra.

En otros momentos, el silencio general y la desolación se volvían opresivos. Sobre todo después de que los crows levantaran el campamento, el silencio se hizo patente hasta extremos incómodos.

Y Sternberg tenía razón: al final, lo peor de las tierras baldías era el polvo. Áspero y alcalino, se levantaba en nubecillas con cada golpe de pico y pala; quemaba los ojos, irritaba la nariz, resecaba la boca y causaba accesos de tos; ardía en las heridas abiertas, cubría la ropa y rozaba los codos, las axilas y las corvas; picaba dentro de los sacos de dormir, espolvoreaba la comida, amargo y ácido, y cambiaba el sabor del café; cuando el viento lo levantaba, se convertía en una fuerza constante, la firma de aquel lugar inhóspito e inclemente.

No tardaron en tener las manos cubiertas de callos y arañazos, irritadas por el polvo en todos los pliegues; las necesitaban para todo, sobre todo para desenterrar fósiles. Cope insistía en que se las lavaran a fondo a principio de la jornada y les dispensaba una gota de un emoliente amarillento en las palmas y los dedos.

—Huele mal —dijo Johnson—. ¿Qué es?

—Grasa de oso clarificada.

Sin embargo, el polvo estaba por todas partes. Nada de lo que intentaron funcionó. Los pañuelos no servían de nada, porque no podían protegerse los ojos. Galleta montó una tienda de campaña para tratar de mantener a salvo del polvo la comida que preparaba, pero se quemó al segundo día. Durante un tiempo se quejaron unos a otros, hasta que, pasada la segunda semana, dejaron de mencionarlo. Era como una conspiración de silencio. No hablarían más del polvo.

Una vez extraídos, los frágiles huesos debían bajarse con cuerdas. Era un proceso difícil y laborioso. Un desliz, y los fósiles se soltaban de las cuerdas y caían dando tumbos colina abajo hasta estrellarse contra el suelo y perder todo valor.

En momentos como esos, Cope se ponía cáustico y les recordaba que los fósiles habían «descansado durante millones de años en perfecta paz y en un magnífico estado de conservación, ¡esperando a que ustedes los dejen caer como idiotas! ¡Idiotas!».

Esas reprimendas les hacían desear con ganas que el propio Cope metiera la pata, pero nunca la metió. Sternberg acabó diciéndoles que «salvo por su mal genio, el profesor es perfecto, y vale más reconocerlo».

Pero la roca era frágil y se producían fracturas en los fósiles, incluso cuando los manejaban del modo más cuidadoso posible. Lo más frustrante era que se rompieran días o semanas después de que hubieran bajado el fósil al suelo.

Fue Sternberg quien propuso una solución.

Cuando habían partido de Fort Benton, habían llevado consigo más de cien kilos de arroz. Con el paso de los días, quedó claro que no iban a comérselo todo («por lo menos, tal como lo cocina Apestoso», gruñó Isaac). En lugar de tirarlo, Sternberg lo hirvió hasta formar una pasta gelatinosa, que vertió por encima de los fósiles. Esa novedosa técnica de conservación hacía que los fósiles pareciesen bloques de nieve o, en sus palabras, «galletas gigantes».

Pero, al margen del nombre que le pusieran, la pasta ofrecía una cobertura protectora. No volvió a romperse nada.

Alrededor de la hoguera

odas las tardes, cuando la luz se atenuaba y el terreno esculpido parecía menos inhóspito, Cope revisaba con su equipo los hallazgos de la jornada y hablaba del mundo perdido que habían poblado aquellos animales gigantes.

«Cope podía hablar como un orador cuando quería —escribió Sternberg—, y al caer la noche las rocas grises y muertas se convertían en una jungla verde y espesa, el hilo de agua de los arroyos en unos lagos inmensos y asfixiados por la vegetación, el cielo despejado se encapotaba con cálidos nubarrones y, en suma, el paisaje desolado entero se transformaba ante nuestros ojos en un antiguo pantano. Era algo misterioso, cuando hablaba de aquella manera. Se nos ponía la carne de gallina y nos daban escalofríos.»

En parte, los escalofríos se debían a un persistente regusto a herejía. A diferencia de Marsh, Cope no era un darwiniano manifiesto, pero parecía creer en la evolución y, desde luego, en la antigüedad lejana. Morton iba a ser predicador, como su padre. Le preguntó a Cope, «como hombre de ciencia», por la edad del mundo.

Cope respondió que no tenía ni idea con la suavidad que adoptaba cuando escondía algo. Aquella indiferencia casi perezosa, aquella voz apacible y pausada, era la otra cara de la moneda de su mal genio cortante. Aquella suavidad se apoderaba de Cope siempre que la conversación se desviaba hacia temas que podrían considerarse religiosos. Cuáquero devoto (a pesar de su temperamento pugilístico), le costaba herir los sentimientos religiosos de otras personas.

¿Tenía el mundo seis mil años, como había afirmado el obispo Usher?, había preguntado Morton.

Muchísimas personas serias e informadas todavía lo creían, a pesar de Darwin y del alboroto que estaban causando los nuevos científicos que se hacían llamar «geólogos». Al fin y al cabo, el problema respecto a lo que afirmaban los científicos era que siempre estaban diciendo algo diferente. Un año tocaba una idea, y al siguiente, otra distinta. La opinión científica cambiaba constantemente, como la moda femenina, mientras que la fecha firme y fija del 4004 a. C. llamaba la atención de quienes buscaban una verdad superior.

No, había contestado Cope, quien no creía que el mundo fuese tan reciente.

¿Cuántos años, entonces?, había preguntado Morton. ¿Seis mil? ¿Diez mil?

No, había respondido Cope, sosegado.

Entonces ¿cuántos años más?

Mil veces mil veces más, había respondido Cope con voz aún soñadora.

—¡No lo dirá en serio! —exclamó Morton—. ¿Cuatro mil millones de años? Eso es manifiestamente absurdo.

—No conozco a nadie que estuviera ahí para contarlo —dijo Cope con tono suave.

—Pero ¿qué hay de la edad del sol? —preguntó Morton con expresión de suficiencia.

En 1871, lord Kelvin, el físico más eminente de su época, planteó una seria objeción a la teoría de Darwin. Ni este ni nadie más la había refutado en los años siguientes.

Se pensara lo que se pensase de la teoría evolutiva, era obvio que implicaba un período de tiempo sustancial —como mínimo varios cientos de miles de años— para que sus efectos se notaran en la Tierra. En el momento en que Darwin publicó su obra, los cálculos más generosos de la edad del planeta rondaban los diez mil años. El propio Darwin creía que la Tierra debía tener al menos trescientos mil años para que la evolución dispusiera de tiempo suficiente. Las evidencias al respecto, procedentes de la nueva disciplina de la geología, eran confusas y contradictorias, pero parecía cuando menos concebible que la Tierra tuviera varios centenares de miles de años.

Lord Kelvin abordó el problema desde otro enfoque. Se preguntó cuánto tiempo llevaba ardiendo el sol. Para entonces, la masa del sol estaba bien establecida, y era evidente que ardía según los mismos procesos de combustión que se observaban en la Tierra; en consecuencia, podía calcularse el tiempo que tardaría en consumirse la masa del sol en una gran hoguera. La respuesta de Kelvin fue que el sol se consumiría por completo en el espacio de veinte mil años.

El hecho de que lord Kelvin fuese un hombre de profundas convicciones religiosas y en consecuencia se opusiera a la evolución no tiene por qué implicar que su razonamiento fuera sesgado. Había investigado el problema desde la perspectiva impersonal de las matemáticas y la física. Y había concluido, de forma irrefutable, que no había tiempo suficiente para que se produjeran los procesos evolutivos.

Las pruebas que lo corroboraban se desprendían del calor de la Tierra. Por los pozos mineros y otras perforaciones, se sabía que la temperatura terrestre aumentaba un grado por cada trescientos metros de profundidad. Eso implicaba que el núcleo del planeta seguía estando muy caliente. Pero si la Tierra realmente se hubiese formado hacía cientos de miles de años, se habría enfriado mucho tiempo atrás. Era una derivación clara de la segunda ley de la termodinámica, que no tenía vuelta de hoja.

Solo había una escapatoria ante esos dilemas físicos, y Cope se hizo eco de Darwin al sugerirla.

—Quizá no lo sepamos todo sobre las fuentes de energía del sol y la Tierra.

—¿Quiere decir que existe una nueva forma de energía, hasta ahora desconocida para la ciencia? —preguntó Morton—. Los físicos dicen que es imposible, que comprenden plenamente las reglas que gobiernan el universo.

—A lo mejor los físicos se equivocan —dijo Cope.

—Está claro que alguien se equivoca.

—Eso es cierto —admitió Cope, sereno.

Si era abierto de miras cuando escuchaba las opiniones de Morton, la misma actitud adoptaba con Viento Ligero, el explorador snake.

Cuando empezaron a extraer huesos, Viento Ligero se puso nervioso y se opuso a las excavaciones. Dijo que los matarían a todos.

—¿Quién nos matará? —preguntó Sternberg.

—El Gran Espíritu, con el rayo.

—¿Por qué?

—Porque profanamos el cementerio.

Viento Ligero explicó que aquellos eran los huesos de unas serpientes gigantes que habían poblado la Tierra en épocas pasadas, antes de que el Gran Espíritu les diera caza y las matase a todas con sus rayos para que el hombre pudiera vivir en las llanuras.

El Gran Espíritu no querría que revolvieran los huesos de las serpientes y no vería con buenos ojos sus aventuras.

Sternberg, a quien en cualquier caso no le caía bien Viento Ligero, refirió sus palabras a Cope.

—Puede que tenga razón —dijo este.

—No son más que supersticiones de los salvajes —bufó Sternberg.

—¿Supersticiones? ¿A qué parte se refiere?

—A todo —respondió Sternberg—. La idea misma.

—Los indios creen que estos fósiles son huesos de serpientes —dijo Cope—, lo que equivale a decir reptiles. Nosotros también creemos que eran reptiles. Ellos piensan que estas criaturas eran gigantescas. Nosotros, también. Ellos creen que estos reptiles gigantescos vivieron en el pasado remoto. Nosotros, también. Ellos creen que el Gran Espíritu los mató. Nosotros decimos que no sabemos por qué desaparecieron, y dado que no ofrecemos ninguna explicación, ¿cómo podemos estar seguros de que la suya es superstición?

Sternberg se alejó sacudiendo la cabeza.

Agua envenenada

Cope escogía los lugares de acampada por su proximidad a los fósiles; no había otro motivo. El primer asentamiento presentaba un problema de escasez de agua. El cercano arroyo Bear estaba tan contaminado que no sacaron agua de él después de la primera noche, en la que todos padecieron disentería y retortijones. Y en todos los demás puntos de aquel páramo el agua era, en palabras de Sternberg, «como una solución espesa de sales de Epsom».

De modo que obtenían toda el agua de manantiales. Viento Ligero conocía varios; el más cercano se encontraba a unos tres kilómetros del campamento. Como Johnson era el más exigente con el agua, ya que la utilizaba para los procesos fotográficos, recayó en él la tarea de cabalgar todos los días hasta el manantial para buscarla.

Siempre le acompañaba alguien en esas excursiones. Los crows no les habían causado problemas y se suponía que los sioux seguían lejos, al sur, pero se hallaban en territorios de caza de los indios y podían encontrarse con pequeñas partidas hostiles en cualquier momento. Los jinetes solitarios siempre estaban en peligro.

Pese a todo, para Johnson era la parte más emocionante del día. Cabalgar bajo la inmensa cúpula del firmamento, rodeado de llanuras que se extendían en todas las direcciones, era una experiencia rayana en lo místico.

Por lo general, lo acompañaba Viento Ligero, a quien también le gustaba salir del campamento, pero por otros motivos. A medida que pasaban los días e iban desenterrando más huesos, crecía el temor de Viento Ligero ante la posible venganza del Gran Espíritu o, como a veces lo llamaba, el Espíritu de Todas Partes: el espíritu que existía en todas las cosas del mundo y se encontraba en todas partes.

Lo habitual era que llegasen al manantial, situado en la llanura lisa, alrededor de las tres de la tarde, cuando el sol perdía fuerza y la luz amarilleaba. Llenaban los odres de agua y los cargaban a lomos de los caballos, hacían una pausa para beber directamente del manantial y después regresaban al campamento.

Un día, cuando llegaron al manantial, Viento Ligero le indicó por gestos que se mantuviese algo alejado mientras él desmontaba e inspeccionaba con detenimiento el terreno que rodeaba la fuente natural.

—¿Qué pasa? —preguntó Johnson.

Viento Ligero se movía con rapidez alrededor del manantial, con la nariz a un palmo del suelo. De vez en cuando, levantaba un terrón de tierra de la pradera, lo olía y lo tiraba otra vez.

Ese comportamiento siempre provocaba en Johnson una mezcla de asombro e irritación: asombro ante la capacidad de un indio para leer la tierra como quien lee un libro, e irritación porque él no podía aprender a hacerlo y sospechaba que Viento Ligero, consciente de ello, añadía un toque teatral al procedimiento.

—¿Qué pasa? —preguntó Johnson de nuevo, molesto.

—Caballos —respondió Viento Ligero—. Dos caballos, dos hombres. Esta mañana.

—¿Indios? —La palabra dejó entrever más nerviosismo del que hubiera deseado.

Viento Ligero negó con la cabeza.

—Caballos llevan herraduras. Hombres llevan botas.

No habían visto a un hombre blanco desde hacía casi un mes, sin contar a los miembros de su expedición. Escaseaban los motivos para la presencia de blancos allí.

Johnson frunció el ceño.

—¿Tramperos?

—¿Qué tramperos? —Viento Ligero señaló con un gesto la extensa planicie que los rodeaba por todas partes—. Nada que atrapar.

—¿Cazadores de búfalos?

Todavía se comerciaba con pieles de búfalo, que se curtían para la venta en las ciudades.

Viento Ligero negó con la cabeza.

—Los hombres del búfalo no cazan en tierras sioux.

Eso era cierto, pensó Johnson. Una cosa era invadir las tierras de los sioux en busca de oro, pero los cazadores de búfalos nunca correrían ese riesgo.

—Entonces ¿quiénes son?

—Mismos hombres.

—¿Qué mismos hombres?

—Mismos hombres que en Dog Creek.

Johnson desmontó.

—¿Los mismos hombres cuyo campamento encontraste en Dog Creek? ¿Cómo lo sabes?

Viento Ligero señaló el barro.

—Esta bota tacón rajado. Mismo tacón. Mismo hombre.

—Maldita sea —dijo Johnson—. Nos están siguiendo.

—Sí.

—Bueno, recojamos el agua y vayamos a contárselo a Cope. A lo mejor quiere hacer algo.

—No sirve agua aquí. —Viento Ligero señaló a los caballos, que esperaban tranquilamente junto al manantial.

—No lo entiendo.

—Caballos no beben —aclaró Viento Ligero.

Los caballos siempre bebían nada más llegar al manantial. Era lo primero que hacían, dejar que los caballos bebieran antes de llenar los odres.

Pero Viento Ligero tenía razón: ese día los animales no estaban bebiendo.

—Vaya —musitó Johnson.

—Agua no tan buena.

Viento Ligero se agachó sobre el manantial y olisqueó. De repente metió el brazo hasta el hombro en el agua y sacó un gran manojo de hierba verde pálido. Volvió a meterlo, y sacó más. Con cada puñado que retiraba, el manantial fluía con mayor libertad.

Le dijo el nombre de la hierba a Johnson y explicó que hacía enfermar a quien la bebiera. Viento Ligero hablaba deprisa, y Johnson no lo entendió todo, solo que al parecer provocaba fiebres y vómitos, y hacía que los hombres actuasen como si estuvieran locos, cuando no morían.

—Mala cosa —dijo—. Mañana agua está bien.

Oteó la llanura.

—¿Vamos a buscar a esos hombres blancos? —preguntó Johnson.

—Yo voy —contestó Viento Ligero.

—Yo también —aseguró Johnson.

Cabalgaron al galope durante casi una hora bajo la luz amarillenta de la tarde, y pronto se hallaron lejos del campamento. Johnson comprendió que les costaría estar de vuelta antes del anochecer.

A intervalos periódicos, Viento Ligero hacía un alto, desmontaba, examinaba el terreno y volvía a cabalgar.

—¿Falta mucho?

—Pronto.

Siguieron cabalgando.

El sol desapareció tras las cumbres de las Montañas Rocosas, y ellos continuaban cabalgando. Johnson empezó a preocuparse. Nunca había estado en mitad de las llanuras por la noche, y Cope le había advertido en repetidas ocasiones que siempre regresara al campamento antes de oscurecer.

—¿Falta mucho?

—Pronto.

Cabalgaron durante unos quince minutos más y volvieron a parar. Viento Ligero parecía estar haciendo pausas más frecuentes. Johnson lo atribuyó a que estaba demasiado oscuro para ver el terreno con claridad.

—¿Falta mucho?

—¿Quieres volver?

—¿Yo? No, solo preguntaba si falta mucho.

Viento Ligero sonrió.

—Hace oscuro, tienes miedo.

—No seas ridículo. Solo preguntaba. ¿Te parece que falta mucho?

—No —dijo Viento Ligero—. Allí.

Al otro lado de una cresta lejana, divisaron una fina línea de humo gris que ascendía hacia el cielo. Una hoguera.

—Dejamos caballos —indicó Viento Ligero mientras desmontaba.

Arrancó un manojo de hierba y dejó que las briznas cayeran al viento, que las llevó hacia el sur. Viento Ligero asintió y explicó que debían acercarse al campamento por el lado de sotavento, para que los caballos no los olieran.

Avanzaron con sigilo hasta remontar la cresta, se estiraron con la barriga pegada al suelo y examinaron el valle que quedaba abajo.

En el crepúsculo, cada vez más oscuro, dos hombres, una tienda de campaña, una hoguera resplandeciente. Seis caballos atados a estacas detrás de la tienda. Uno de los hombres era bajo y fornido; el otro, alto. Estaban cocinando un antílope que habían cazado. Johnson no les distinguía bien la cara.

Pero la imagen de aquel campamento solitario, rodeado por kilómetros de llanura abierta, se le antojó extrañamente perturbadora. ¿Qué hacían allí?

—Esos hombres quieren huesos —indicó Viento Ligero, haciéndose eco de sus propios pensamientos.

Y entonces el hombre alto se acercó al fuego para reajustar la pata que estaba en el espetón, y Johnson vio una cara conocida. Era el tipo rudo con el que había hablado en la estación de tren de Omaha. El tipo con el que había hablado Marsh cerca de los maizales. Navy Joe Benedict.

Y entonces oyeron una voz que murmuraba. Se abrió la portezuela de la tienda y salió un individuo corpulento de calvicie incipiente. Frotaba algo con las manos; gafas, las estaba limpiando. El hombre volvió a hablar, e incluso a esa distancia Johnson reconoció la leve pausa, la formalidad de su discurso.

Era Marsh.

Cope dio una palmada, encantado.

—¡Ja! ¡El docto catedrático en Copeología nos ha seguido hasta aquí! ¿Qué mejor prueba de lo que he estado diciendo? Ese hombre no es un científico, es un perro en el comedero. No busca sus propios hallazgos; pretende espiar los míos. Yo no tengo ni tiempo ni ganas para espiarlo a él. ¡Pero papá Marsh puede venir desde la Universidad de Yale hasta el territorio de Montana, nada menos, tan solo para seguirme la pista! —Negó con la cabeza—. Todavía acabará en el manicomio.

—Parece que le haga gracia, profesor —dijo Johnson.

—¡Pues claro que me hace gracia! Esto no solo confirma mi teoría sobre la demencia de ese hombre, sino que, mientras me esté espiando a mí, ¡no puede encontrar ningún hueso por su cuenta!

—Dudo que eso sea verdad —señaló Sternberg con sobriedad—. Si algo tiene Marsh es dinero, y sus estudiantes no van con él. Lo más probable es que esté pagando a sus buscadores de huesos para que caven por él en tres o cuatro territorios a la vez, ahora mismo, mientras hablamos.

Sternberg había trabajado una temporada para Marsh varios años antes, en Kansas. Era indudable que tenía razón, y Cope dejó de sonreír.

—Hablando de hallazgos —intervino Galleta—, ¿cómo nos ha encontrado?

—Viento Ligero dice que son los mismos hombres que nos seguían en Dog Creek.

Isaac se levantó de un salto.

—¿Lo ven? ¡Les dije que nos estaban siguiendo!

—Siéntate, J. C. —ordenó Cope frunciendo el ceño. Su buen humor había desaparecido.

—¿Qué hacen aquí, en cualquier caso? —preguntó Galleta—. No tienen buenas intenciones. Van a matarnos y robarnos los huesos.

—No van a matarnos —repuso Cope.

—Bueno, pero robarnos los huesos, seguro.

—No se atreverían. Ni siquiera Marsh se atrevería.

En la oscuridad de las llanuras, sin embargo, sonó poco convencido. Se hizo el silencio. Escucharon el gemido del viento nocturno.

—Han envenenado el agua —señaló Johnson.

—Sí —dijo Cope—. Es verdad.

—Yo diría que eso no es propio de buenos vecinos —observó Galleta.

—Cierto…

—Ha hecho usted varios descubrimientos importantes, profesor. Cualquier científico daría un ojo de la cara para apropiarse de ellos.

—Cierto.

Se hizo otro largo silencio.

—Desde luego, aquí, estamos muy lejos de casa —señaló Isaac—. Si nos pasara algo, ¿quién iba a enterarse? Si no volviéramos nunca a Fort Benton, culparían a los indios y punto.

—Culpan a los indios. —Viento Ligero asintió.

—Muy cierto.

—Será mejor que hagamos algo —dijo Isaac.

—Tienen razón —sentenció Cope por fin. Contempló la hoguera—. Haremos algo. Les invitaremos a cenar mañana por la noche.

La cena con Cope y Marsh

Los frenéticos preparativos para la llegada de Marsh les obligaron a abandonar la búsqueda de fósiles al día siguiente. Limpiaron el campamento y lavaron prendas y cuerpos. Sternberg cazó un ciervo para la cena y Galleta lo asó.

Cope estaba enfrascado en sus propios preparativos. Examinaba los montones de fósiles que habían encontrado, seleccionaba una pieza de aquí, otra de allá, y las guardaba aparte.

Johnson se ofreció a ayudarle, pero Cope negó con la cabeza.

—Es trabajo para un experto.

—¿Está escogiendo qué hallazgos le enseñará a Marsh?

—En cierto modo. Estoy creando una nueva criatura: *Dinosaurus marshiensis vulgaris*.

Para el final de la jornada, había reunido, a partir de fragmentos, un cráneo aceptable, con dos protuberancias cornudas que sobresalían a ambos lados de la mandíbula cual colmillos curvados.

Isaac dijo que parecía un jabalí.

—Exacto —dijo Cope emocionado—. Un gigante porcino prehistórico. ¡Un dinosaurio cerduno! ¡Un cerdo para un cerdo!

—Está bien —reconoció Sternberg—, pero no aguantará un examen minucioso de Marsh.

—No hará falta.

Cope les ordenó que levantasen el cráneo, que se mantenía unido con cola, y siguiendo las instrucciones del profesor, primero lo alejaron del fuego, luego lo acercaron y por último lo volvieron a alejar. Después lo desplazaron a un lado y luego al otro. Cope se plantó junto a la hoguera, entrecerró los ojos y ordenó que volviesen a moverlo.

—Es como una mujer que decora su casa, y nosotros movemos los muebles —dijo Galleta entre jadeos.

Entrada la tarde, Cope se declaró satisfecho con la posición del cráneo. Se dispersaron todos para recoger y mandaron a Viento Ligero al otro campamento para que invitara a cenar a los tres hombres. Volvió al cabo de unos minutos para informar de que tres jinetes se aproximaban al campamento.

Ambos tenían una vertiente teatral [escribió Sternberg, que había trabajado para los dos], aunque la manifestaran de forma diferente. El profesor Marsh era rotundo y solemne, un hombre de pausas juiciosas. Hablaba despacio y conseguía que el oyente permaneciera atento a sus palabras. El profesor Cope era todo lo contrario: sus palabras brotaban como una catarata impetuosa, sus movimientos eran rápidos y nerviosos, y cautivaba la atención como lo hace un colibrí; era tan rápido y brillante que uno no quería perderse nada. En aquel encuentro (el único cara a cara que presencié nunca) quedó claro que no se guardaban ningún cariño, aunque se esforzaron por disimularlo con la gélida formalidad propia del Este.

—¿A qué debemos el honor, profesor Marsh? —preguntó Cope cuando los tres hombres llegaron cabalgando hasta el campamento y desmontaron.

—Una visita de cortesía, profesor Cope —le respondió Marsh—. Pasábamos por la zona.

—Es extraordinario, profesor Marsh, teniendo en cuenta lo grande que es «la zona».

—Los intereses parecidos, profesor Cope, conducen por caminos parecidos.

—Me asombra que supiese siquiera que estábamos aquí.

—No lo sabíamos —repuso Marsh—. Pero hemos visto su hoguera y hemos venido a investigar.

—Su atención nos honra —declaró Cope—. Tienen que quedarse a cenar, por supuesto.

—No quisiéramos molestar —contestó Marsh, recorriendo el campamento con la mirada.

—De igual modo, ni por asomo desearíamos retrasarles en su viaje…

—Ya que insiste, será un placer quedarnos a cenar, profesor Cope. Aceptamos con gratitud.

Galleta sacó un bourbon decente; mientras bebían, el profesor Marsh siguió examinando el campamento. Su mirada fue a parar a varios fósiles y, al cabo de un rato, se posó en el inusual cráneo de grandes colmillos que quedaba algo apartado. Abrió bien los ojos. Cope lo advirtió.

—Veo que está mirando…

—No, no…

—La nuestra debe de parecerle una expedición muy pequeña, comparada con sus empresas de gran escala.

—Su equipo parece eficiente y compacto.

—Hemos tenido la suerte de efectuar uno o dos hallazgos importantes.

—Estoy seguro. —Marsh derramó su bourbon, nervioso, y se secó la barbilla con el dorso de la mano.

—De colega a colega, quizá le apetezca dar un paseo por nuestro pequeño campamento, profesor Marsh.

La emoción de Marsh resultaba palpable, pero lo único que dijo fue:

—Oh, no quiero fisgonear.

—¿No puedo tentarle?

—No quisiera que me acusasen de nada impropio —dijo Marsh con una sonrisa.

—Pensándolo bien tiene usted razón, como siempre —contestó Cope—. Olvidemos el paseo y cenemos.

En aquel momento, Marsh le fulminó con tal mirada de odio que Johnson sintió un escalofrío.

—¿Más whisky? —preguntó Cope.

—Sí, tomaré un poco más. —Marsh tendió su vaso.

La cena fue una parodia de diplomacia. Marsh recordó a Cope los detalles de su antigua amistad, que había empezado, por supuesto, en Berlín, nada menos, cuando los dos eran mucho más jóvenes y Estados Unidos se hallaba en plena Guerra Civil. Cope se apresuró a aportar sus propias anécdotas, a modo de confirmación; se atropellaban el uno al otro en sus ansias por manifestar la ferviente admiración que se tenían.

—Probablemente el profesor Cope ya les habrá contado cómo le conseguí su primer trabajo —dijo Marsh.

Todos negaron con educación: no lo habían oído.

—Bueno, de hecho no era su primer trabajo —matizó Marsh—. El profesor Cope había dejado su plaza de profesor de zoología en Haverford, de forma bastante repentina, si mal no recuerdo, y en 1868 buscaba una oportunidad para viajar al Oeste. ¿No es cierto, profesor Cope?

—Es cierto, profesor Marsh.

—De modo que lo llevé a Washington para presentarle a Ferdinand Hayden, que estaba planificando la expedición del

Instituto Geológico. Él y Hayden se cayeron bien, y el profesor Cope se enroló como paleontólogo de la expedición.

—Muy cierto.

—Aunque en realidad no llegó a acompañar a la expedición, creo —añadió Marsh.

—No —corroboró Cope—. Mi hija, recién nacida, estaba enferma y mi salud no era la mejor, de manera que trabajé desde Filadelfia, catalogando los huesos que la expedición iba enviando.

—Tiene una capacidad extraordinaria para extraer deducciones de los huesos sin el beneficio de haberlos visto en su yacimiento real o haberlos desenterrado en persona.

Marsh se las ingenió para convertir aquel halago en un insulto.

—No tiene nada que envidiar, profesor Marsh —se apresuró a replicar Cope—. A menudo desearía disponer, como usted, de los amplios fondos procedentes de múltiples mecenas que se requieren para costear la gran red de buscadores de huesos y fósiles que tiene en nómina. Debe de resultarle difícil llevar la cuenta de la cantidad de huesos que le mandan a New Haven, y escribir todos los artículos usted mismo.

—Un problema que usted también afronta —comentó Marsh—. Me asombra que no lleve más de un año de retraso en sus crónicas. Con frecuencia debe de verse obligado a trabajar con gran premura.

—Con gran velocidad, desde luego —repuso Cope.

—Siempre ha hecho que todo parezca simple —contestó Marsh, que a continuación rememoró unas semanas que habían pasado de jóvenes en Haddonfield, New Jersey, buscando fósiles juntos—. Fue una gran época —concluyó con una sonrisa radiante.

—Por supuesto, entonces éramos jóvenes y no sabíamos lo que sabemos ahora.

—Cierto —dijo Marsh—, pero recuerdo que, incluso entonces, si encontrábamos un fósil, yo me veía obligado a estudiarlo durante días para deducir su significado, mientras que el profesor Cope le echaba un simple vistazo, chasqueaba los dedos y le ponía nombre. Una demostración impresionante de erudición… a pesar de algún que otro error.

—Yo no recuerdo ningún error —aclaró Cope—, aunque en los años transcurridos desde entonces usted ha tenido la amabilidad de buscar todos mis errores hasta encontrarlos y señalármelos.

—La ciencia es una dueña exigente que requiere la verdad por encima de todo.

—Por mi parte, yo siempre he pensado que la verdad es un producto del carácter de un hombre. Uno sincero revelará la verdad con cada aliento, mientras que el insincero falseará de la misma manera. ¿Más whisky?

—Creo que tomaré agua —dijo Marsh. Navy Joe Benedict, sentado a su lado, le propinó un discreto codazo—. Bien pensado, me apetece un whisky.

—¿No quiere agua?

—El agua de esta región no siempre me sienta bien.

—Por eso nosotros sacamos la nuestra de un manantial. En fin, ¿hablaba usted de la sinceridad, profesor Marsh?

—No, creo que la sinceridad era su tema, profesor Cope.

Johnson anotó más tarde:

Nuestra fascinación al presenciar el encuentro cara a cara entre aquellos gigantes legendarios de la ciencia paleontológica fue perdiendo fuerza a medida que avanzaba la noche. Resultó interesante escuchar cuánto tiempo hacía que se conocían y lo parecidos que eran sus orígenes. Los dos habían perdido a su madre de pequeños y habían sido criados por unos padres estrictos. Los dos habían dado muestras de fascinación por los fósiles desde la más temprana infancia, una fascinación a la que sus padres se habían opuesto. Los dos tenían una personalidad huraña, difícil; Marsh, por haberse criado en una granja rural, y Cope, por haber sido un niño prodigio que tomaba apuntes anatómicos a los seis años. Ambos habían seguido carreras paralelas, hasta el punto de que habían coincidido en Europa, adonde los dos habían viajado para estudiar los fósiles del Continente. En aquella época se habían hecho buenos amigos, y en ese momento eran enemigos jurados.

Con el paso de las horas, perdimos el interés en sus provocaciones. Estábamos agotados a causa de los esfuerzos de la jornada y teníamos ganas de acostarnos. En el bando de Marsh, sus rufianescos acompañantes parecían igual de cansados. Y bien entrada la noche, Cope y Marsh seguían hablando, lanzándose pullas y discutiendo, intercambiando insultos disfrazados de halagos.

Al final, Sapo se durmió, junto al fuego. Sus sonoros ronquidos eran la prueba insoslayable de que aquel par había perdido a su público y, como habían perdido a los testigos de sus dardos, al parecer perdieron también interés el uno en el otro.

La velada había ido decayendo hasta alcanzar una conclusión que resultaba poco dramática —ni gritos ni disparos—, y ambos bandos habían bebido demasiado. Marsh y Cope se estrecharon la mano, pero reparé en que el apretón se prolongaba; uno de los hombres estaba sosteniendo con fuerza la mano del otro, sin soltarla, mientras ambos se miraban con odio a los ojos y la luz parpadeante del fuego les iluminaba la cara. No supe distinguir cuál de ellos era el agresor en aquel instante, pero aprecié con claridad que ambos se juraban en silencio enemistad eterna. Entonces el apretón de manos se deshizo de forma casi violenta y Marsh y sus hombres se adentraron a caballo en la noche.

«Esta noche duerman con las pistolas, muchachos»

En cuanto desaparecieron tras la cresta más cercana, Cope despertó por completo, despabilado y cargado de energía.

—¡Saquen las armas! —dijo—. Esta noche duerman con las pistolas, muchachos.

—¿Por qué? ¿Qué quiere decir?

—Esta noche tendremos visita, háganme caso. —El profesor apretó los puños en ademán pugilístico—. Esa vulgaridad vertebrada volverá, reptando sobre su panza como una serpiente para examinar de cerca mi cráneo de cerdo.

—¿No pretenderá dispararles? —preguntó Isaac, horrorizado.

—Pues sí —respondió Cope—. Nos han saboteado y entorpecido, nos han echado encima al ejército, han envenado nuestra agua e insultado a nuestras personas, y ahora van a robar nuestros hallazgos. Sí, pretendo dispararles.

Les pareció una medida extrema, pero Cope estaba enfadado y no se dejó disuadir.

Transcurrió una hora. La mayor parte del campamento se durmió. Johnson estaba tumbado junto a Cope, que no le dejaba pegar ojo con sus cambios de postura.

De ahí que estuviera despierto cuando la primera figura oscura remontó la cresta.

Cope emitió un suave suspiro.

Una segunda sombra, y luego una tercera. La última era corpulenta, pesada.

Cope volvió a suspirar y enarboló su rifle.

Las figuras avanzaron con sigilo hacia el campamento y se dirigieron a la cabeza fósil.

Cope alzó el rifle para disparar. Era un tirador excelente y, por un momento de horror, Johnson pensó que realmente se disponía a matar a su rival.

—Calma, profesor…

—Johnson —respondió este en voz baja—, lo tengo encañonado. Está en mi poder matar a un tramposo y ladrón que se cuela en nuestro campamento sin permiso. Recuerde esta noche. —Y alzó el cañón del rifle, disparó dos veces al cielo y gritó—: ¡Indios! ¡Indios!

El alarido puso en pie al campamento. Pronto sonaron disparos de rifle a diestro y siniestro; el aire nocturno se llenó del humo acre de la pólvora.

Al otro lado del campamento, oyeron a los intrusos, que corrían cresta arriba. Les llegaba algún que otro grito de «¡Maldito seas! ¡Maldita sea tu estampa!».

Por último, una voz grave e inconfundible bramó:

—¡Muy propio de ti, Cope! ¡Es una falsificación lamentable! ¡Muy propio de ti! ¡Una falsificación!

Y los tres hombres desaparecieron.

El tiroteo cesó.

—Creo que no volveremos a ver a Othy Marsh —apostilló Cope. Sonriendo, se dio la vuelta para dormir.

Traslado del campamento

A principios de agosto, los visitó un destacamento que atravesaba las tierras baldías de camino al río Missouri. Los barcos de vapor lo remontaban hasta la isla de Cow, donde el ejército tenía un pequeño campamento. Los soldados se dirigían allí para reforzar la guarnición.

Eran jóvenes irlandeses y alemanes, no mayores que los estudiantes, y pareció sorprenderles encontrar a blancos vivos en la región.

—Yo me iría de aquí sin dudarlo —dijo uno.

Portaban nuevas de la guerra, y no eran buenas: la derrota de Custer aún no había sido vengada; el general Crook había librado una batalla de resultado dudoso en el río Owder, en Wyoming, pero no había visto indios desde entonces; el general Terry no había trabado combate con ninguna partida grande de sioux. La contienda, que según los confiados pronósticos de los periódicos del Este iba a terminar en cuestión de semanas, parecía alargarse de forma indefinida. Algunos generales empezaban a vaticinar que no se resolvería en al menos un año, quizá ni siquiera para finales de la década.

—Lo malo de los indios —comentó un soldado— es que, si quieren encontrarte, te encuentran; y si no quieren que tú los encuentres, nunca sabrás dónde están. —Hizo una pausa y luego añadió—: Es su país, a fin de cuentas, aunque eso no lo he dicho yo.

Otro soldado se fijó en las cajas apiladas.

—¿Son mineros?

—No —respondió Johnson—. Eso son huesos. Desenterramos huesos fósiles.

—Ya, claro —respondió el soldado, con una sonrisa de oreja a oreja. Ofreció a Johnson un trago de su cantimplora, que estaba llena de bourbon. Johnson tomó una bocanada de aire; el soldado se rio—. Acorta las distancias, créame —explicó.

Los soldados dejaron que sus caballos pastaran durante una hora con el grupo de Cope y siguieron su camino.

—Yo desde luego no me quedaría aquí mucho tiempo —dijo el capitán, Lawson—. Por lo que sabemos, Toro Sentado, Caballo Loco y sus sioux marcharán hacia Canadá antes del invierno, lo que significa que llegarán el día menos pensado. Si los encuentran aquí, sin duda los matarán.

Y con ese último consejo, se alejó cabalgando.

(Mucho más tarde, Johnson oyó que, cuando Toro Sentado fue al norte, mató a todos los blancos con los que se cruzó, entre ellos, las tropas apostadas en la isla de Cow, incluido el capitán Lawson.)

—Creo que deberíamos marcharnos —dijo Isaac rascándose el mentón.

—Todavía no —replicó Cope.

—Hemos encontrado un montón de huesos.

—Eso es verdad —terció Galleta—. Tenemos de sobra. Más que suficientes.

—Todavía no —repitió Cope, con un tono de voz gélido que puso fin a cualquier discusión.

Como señaló Sternberg en su crónica de la expedición, «habíamos aprendido desde hacía mucho que no tenía ningún sentido discutir con él cuando había tomado una decisión. La voluntad indomable de Cope no podía doblegarse».

Pero Cope sí que decidió levantar el campamento y trasladarlo a otro emplazamiento. Durante las últimas tres semanas, habían vivido a la sombra de unos barrancos de esquisto de trescientos metros de altura. Cope había explorado la zona y tenía la sensación de que había una ubicación más prometedora para el hallazgo de fósiles a cinco kilómetros de distancia.

—¿Dónde? —preguntó Sternberg.

—Ahí arriba, en las llanuras —dijo Cope señalando.

—¿Se refiere a las mesetas llanas?

—Exacto.

—Pero, profesor —protestó Isaac—, tardaremos tres días en salir de las tierras baldías, encontrar una nueva ruta y volver por ahí arriba.

—No, no es así.

—No podemos escalar esos riscos.

—Sí que podemos.

—Un hombre no puede subir caminando, un caballo no puede subir cabalgando y, desde luego, un carromato no puede llegar hasta ahí arriba por mucho que tiremos de él, profesor.

—Sí que puede. Se lo demostraré.

Cope insistió en que recogieran de inmediato, y se desplazaron tres kilómetros más al este, donde señaló con orgullo una pendiente de pizarra.

Era mucho menos abrupta que los riscos que la rodeaban, pero seguía estando demasiado inclinada para subir por ella. Aunque en algunos tramos se escalonaba en partes más lisas, la pizarra estaba suelta y resquebrajada, por lo que cada paso era traicionero.

Galleta, el carretero, contempló la ruta propuesta y escupió tabaco.

—No se puede, no se puede.

—Se puede —dijo Cope— y se hará.

Tardaron catorce horas en ascender trescientos metros: un trabajo agotador y, en todo momento, peligroso. Usando picos y palas, cavaron un sendero en la ladera. Después descargaron el carromato, subieron todo lo que pudieron a los caballos e hicieron ascender a las monturas; solo faltaba el vehículo.

Galleta lo llevó hasta la mitad de la pendiente desde el nivel del suelo, pero al llegar a una cresta estrecha hasta tal punto que una rueda quedó colgando sobre el vacío, se negó a seguir adelante.

Eso enfureció a Cope, que dijo que conduciría el carro en persona.

—¡No solo es un cocinero repugnante, sino también un carretero penoso!

Los demás intercedieron de inmediato, e Isaac se encaramó al pescante para conducir el carromato.

Tuvieron que desenganchar los caballos de guía y tirar del vehículo solo con los dos ponis restantes.

Sternberg lo describió más tarde en *The Life of a Fossil Hunter*:

> Isaac había avanzado unos diez metros cuando sucedió lo inevitable. Vi que el carromato poco a poco empezaba a ladearse, tirando de los ponis consigo, y luego el aparejo entero, carro y caballos, empezó a rodar pendiente abajo. Cuando las ruedas quedaban en el aire, los ponis levantaban los cascos hasta la panza y, en el siguiente vuelco, estiraban las patas para dar otra vuelta.
>
> Yo tenía el corazón en un puño por miedo a que Isaac muriera en uno de los giros o el carromato cayera por el pre-

cipicio que quedaba más abajo, pero, tras tres vueltas completas, aterrizaron, los caballos sobre las patas y la carreta sobre las ruedas, en un saliente plano de arenisca, y allí se quedaron como si no hubiera pasado nada.

Al final, desengancharon todos los caballos y tiraron del carromato mediante cuerdas, pero lo consiguieron, y hacia el final de la jornada levantaron el campamento en la pradera.

—Más le vale que esta sea su mejor cena —espetó Cope a Galleta.

—Ya verá —dijo Galleta. Y les sirvió la ración habitual de galletas, beicon y alubias.

A pesar de las quejas, su nuevo campamento suponía, sin duda, una mejora. La brisa lo hacía más fresco, porque estaban en la llanura abierta, escribió Johnson, con «una vista majestuosa de las montañas en todas las direcciones: al oeste, las imponentes y escarpadas Montañas Rocosas, con el resplandor blanco de la nieve en las cumbres; al sur, al este y al norte, el río Judith y las cordilleras Medicine Bow, Bearpaw y Sweet Grass, que nos rodeaban por completo. Sobre todo a primera hora de la mañana, cuando el aire era limpio y veíamos manadas de ciervos, alces y antílopes, y las montañas más atrás, constituía una estampa tan gloriosa que sin duda no existe nada comparable en ninguna otra parte de la creación».

Pero las manadas de ciervos y antílopes empezaban a migrar hacia el norte, y con el paso de los días la nieve iba descendiendo poco a poco por las laderas de las Montañas Rocosas. Una mañana, despertaron y se encontraron con que un fino manto de nieve había caído durante la noche y, aunque se derritió antes del mediodía, no podían hacer caso omiso de la evidencia. Las estaciones estaban cambiando: se acercaba el otoño y, con él, los sioux.

—Es hora de partir, profesor.

—Todavía no —dijo Cope—. Solo un poco más.

Los dientes

Una tarde, Johnson topó con unas protuberancias bulbosas de roca, cada una del tamaño aproximado de un puño. Se encontraba trabajando en un depósito prometedor a media altura de una pendiente de esquisto, y aquellas protuberancias se interponían en su avance; extrajo varias de la superficie aflorada, que cayeron dando tumbos por el desnivel y estuvieron a punto de chocar contra Cope, que se hallaba en las faldas de los riscos dibujando un hueso de la pierna de un *Allosaurus* recién descubierto. Cope las oyó llegar y se apartó con un diestro paso a un lado.

—¡Eh, ojo! —gritó pendiente arriba.

—¡Perdón, profesor! —dijo Johnson, contrito.

Todavía cayeron una o dos rocas; Cope volvió a apartarse, esa vez para el otro lado, y se sacudió el polvo.

—¡Tenga cuidado!

—Sí, señor. ¡Perdón! —repitió Johnson, que con cuidado retomó su trabajo. Clavó su piqueta alrededor de otras rocas para intentar soltarlas y...

—¡Pare!

Johnson miró hacia abajo. Cope subía por la pendiente corriendo como un poseso hacia él, con una de las rocas caídas en cada mano.

—¡Pare! ¡Pare, le digo!

—Estoy yendo con cuidado —protestó Johnson—. De verdad, he…

—¡Espere! —Cope resbaló varios metros pendiente abajo—. ¡No haga nada! ¡No toque nada! —Sin parar de gritar, se deslizó hacia atrás y desapareció en una nube de polvo.

Johnson esperó. Al cabo de un momento, vio que el profesor Cope surgía trotando de entre el polvo y que subía por la ladera con frenético brío.

Johnson pensó que debía de estar muy enfadado, porque resultaba temerario y casi imposible trepar directamente por la ladera; lo habían aprendido todos hacía mucho. La superficie era demasiado abrupta y quebradiza; cualquier escalador tenía que ascender en zigzag, e incluso eso resultaba tan difícil que por lo general preferían tomar un desvío de hasta un kilómetro y medio para encontrar una ruta fácil hasta la cima y desde allí bajar a donde desearan.

Aun así, allí estaba Cope, trepando con manos y pies como si le fuera la vida en ello.

—¡Espere!

—Estoy esperando, profesor.

—¡No haga nada!

—No estoy haciendo nada, profesor.

Al final, Cope llegó a su lado, cubierto de tierra y jadeando. Pero no vaciló. Se limpió la cara con la manga y examinó la excavación.

—¿Dónde está su cámara? —preguntó—. ¿Por qué no lleva la cámara? Quiero una fotografía *in situ*.

—¿De estas rocas? —preguntó Johnson, atónito.

—¿Rocas? ¿Cree que esto son rocas? No lo son, ni mucho menos.

—Entonces ¿qué son?

—¡Son dientes! —exclamó Cope.

Tocó uno y recorrió con el dedo los suaves picos y muescas de la cúspide. Colocó los dos que llevaba uno al lado del otro y después encontró un tercero a los pies de Johnson y lo puso en fila con el otro par; el parecido en cuanto a forma y tamaño dejaba claro que iban juntos.

—Dientes —repitió Cope—. Dientes de dinosaurio.

—¡Pero si son enormes! Este dinosaurio debió de tener un tamaño colosal.

Por un momento, los dos hombres se limitaron a considerar en silencio lo grande que tuvo que ser un dinosaurio como aquel: la mandíbula necesitaba contener hileras de dientes de ese tamaño; el grueso cráneo tenía que cuadrar con aquella mandíbula inmensa; el cuello enorme, de la anchura de un roble adulto, para levantar y mover aquel cráneo y aquella mandíbula; la columna vertebral gigantesca, a juego con el cuello, con cada vértebra del tamaño de una rueda de carro, con cuatro patas pasmosamente descomunales y recias para sostener a semejante bestia. Cada diente insinuaba la enormidad de cada hueso y cada articulación. Un animal de ese tamaño podría hasta necesitar una larga cola para contrapesar el cuello, a decir verdad.

Cope contempló el paisaje rocoso y más allá, en su propia imaginación y conocimiento. Por un instante, su tremenda confianza habitual dio paso a un asombro calmado.

—La criatura debía de tener unas dimensiones de al menos el doble del tamaño de cualquier otra que se conozca —dijo, casi para sus adentros.

Ya habían hecho varios descubrimientos de dinosaurios grandes, incluidos tres ejemplares del género *Monoclonius*, un dinosaurio cornudo que semejaba un rinoceronte gigante. Según los cálculos de Cope, el *Monoclonius sphenocerus*, uno de los especímenes, alcanzaba los dos metros y diez centímetros de altura en la articulación de la cadera y los veinticinco metros de longitud, cola incluida.

Y aun así, aquel dinosaurio era mucho mayor. Cope midió los dientes con su calibrador de acero, garabateó unos cálculos en su cuaderno de dibujo y sacudió la cabeza.

—Parece imposible. —Volvió a medir. Y después se puso en pie mirando hacia el paisaje rocoso, como si esperase ver aparecer al gigantesco dinosaurio ante sus ojos, haciendo temblar la tierra a cada paso—. Si efectuamos hallazgos como este —le dijo a Johnson—, eso significa que no hemos hecho más que rascar lo que es posible descubrir. Usted y yo somos los primeros hombres de los que se tiene constancia que hayan visto estos dientes. Cambiarán todo lo que creemos saber sobre estos animales y, mal que me pese decir algo así, el hombre empequeñece cuando cobra consciencia de qué bestias extraordinarias le precedieron.

Johnson advirtió entonces que todo cuanto se hacía en la misión de Cope —todo lo que incluso él, Johnson, hiciera en ese momento— sería relevante para los científicos en el futuro.

—Ahora, su cámara —le recordó Cope—. Debemos dejar constancia de este momento y lugar.

Johnson fue a buscar su equipo, que estaba en las llanuras de arriba. Cuando volvió, con cuidado para no caerse, Cope seguía sacudiendo la cabeza.

—Por supuesto, no puede saberse a ciencia cierta solo a partir de los dientes —dijo—. Los factores alométricos podrían resultar engañosos.

—¿Qué tamaño le atribuye? —preguntó Johnson. Echó un vistazo al cuaderno, que ya estaba cubierto de cálculos, algunos tachados y repetidos.

—De veintidós a treinta metros de largo, con la cabeza unos diez metros por encima del suelo.

Y allí mismo le puso nombre, *Brontosaurus*, «lagarto del trueno», porque sus pasos debían de atronar.

—Aunque a lo mejor tendría que llamarlo *Apatosaurus*,

o «lagarto irreal», porque cuesta creer que existiera semejante criatura...

Johnson sacó varias placas, desde cerca y desde algo más lejos, con Cope en todas ellas. Volvieron a toda prisa al campamento, comunicaron a los demás su descubrimiento y después, mientras anochecía, midieron en pasos las dimensiones del *Brontosaurus*; un ser tan largo como tres carros de caballos y tan alto como un edificio de cuatro plantas. Hacía que la imaginación se desbocara. Era de todo punto asombroso, y Cope anunció que «este hallazgo por sí solo justifica nuestra estancia entera en el Oeste» y que habían hecho un «descubrimiento trascendental, con estos dientes. Son —añadió— dientes de dragón».

No podían ni imaginar los problemas que no tardarían en causarles esos dientes.

Alrededor de la hoguera

ualquier hallazgo llevaba a Cope a ponerse filosófico en torno a la hoguera por la noche. Todos los miembros de la expedición habían examinado los dientes, palpado sus crestas y protuberancias, sopesado su masa con la mano. El descubrimiento del gigantesco *Brontosaurus* provocó un grado inusual de conjeturas.

—Hay tantas cosas en la naturaleza que jamás imaginaríamos... —dijo Cope—. En la época de este *Brontosaurus*, el hielo de la glaciación había retrocedido y todo nuestro planeta era tropical. Había higueras en Groenlandia, palmeras en Alaska. Las inmensas llanuras de América eran entonces enormes lagos, y ahora mismo estamos sentados en el fondo de uno. Los animales que encontramos se conservaron porque murieron y se hundieron hasta el fondo del lago, donde los cubrió el sedimento fangoso que después, a su vez, se comprimió hasta formar rocas. Pero ¿quién hubiese concebido semejantes cosas hasta que se hallaron pruebas de su existencia?

Nadie habló. Contemplaban el fuego crepitante.

—Tengo treinta y seis años, pero en la época en que nací —continuó Cope— los dinosaurios eran desconocidos. Todas las generaciones de la humanidad han nacido y han muerto, vivido y habitado la Tierra, sin que nadie sospechara que mucho, mucho antes que ellos, la vida en nuestro planeta estaba dominada por una raza de gigantescas criaturas reptilianas que gobernaron durante millones y millones de años.

George Morton tosió.

—Si es así, ¿dónde queda el hombre?

Se hizo un silencio incómodo. La mayoría de los debates sobre la evolución sorteaban la cuestión del hombre. El propio Darwin no había mencionado al hombre durante más de una década después de la publicación de su libro.

—¿Estás al corriente de los hallazgos alemanes en el valle de Neander? —preguntó Cope—. ¿No? Bueno, en el 56 descubrieron un cráneo completo en Alemania; de huesos macizos, con arcos superciliares animalescos. No hay acuerdo sobre los estratos, pero parecen muy antiguos. Vi el hallazgo en Europa con mis propios ojos en el 63.

—He oído que el cráneo de Neander pertenece a un simio, o a un degenerado —observó Sternberg.

—Eso es poco probable —replicó Cope—. El profesor Venn, de Düsseldorf, ha ideado un nuevo método para medir el tamaño cerebral de los cráneos. Es muy sencillo: llena la cavidad craneal con semillas de mostaza y luego las vierte en un recipiente medidor. Sus investigaciones revelan que el cráneo de Neander contenía un cerebro más grande que el que poseemos nosotros a día de hoy.

—¿Está diciendo que ese cráneo de Neander es humano? —preguntó Morton.

—No lo sé —respondió Cope—. Pero no veo cómo se puede creer que los dinosaurios evolucionaron, los reptiles evolucionaron y los mamíferos como el caballo evolucionaron, y en cambio creer que el hombre brotó plenamente desarrollado, sin antecedentes.

—¿No es usted cuáquero, profesor Cope?

Las ideas de Cope resultaban inaceptables para la mayoría de los credos, incluida la Sociedad Religiosa de los Amigos, que era el nombre formal de los cuáqueros.

—Quizá no lo sea —respondió Cope—. La religión explica lo que el hombre no puede explicar. Pero cuando veo algo delante de mis ojos, y mi religión se apresura a asegurarme que me equivoco, que no lo veo en absoluto... No, es posible que ya no sea cuáquero, a fin de cuentas.

Adiós a las tierras baldías

El 26 de agosto amaneció decididamente frío cuando emprendían el viaje de una jornada hasta la isla de Cow, situada en uno de los pocos vados naturales que salvaban un tramo de trescientos veinte kilómetros del río Missouri, cuyos rápidos formaban una barrera natural a cada extremo. La isla también servía de amarradero, y era allí donde Cope planeaba tomar el vapor que subía desde Saint Louis. Todos estaban ansiosos por partir y sentían verdadera preocupación por los indios, pero llevaban demasiados fósiles para transportarlos consigo en el carromato. No quedaría más remedio que hacer dos viajes. Cope marcó la caja más preciada, la que contenía los dientes del *Brontosaurus*, con una sutil X en un lateral.

—Esta voy a dejarla aquí —indicó Cope—, para el segundo viaje.

Johnson dijo que no lo entendía. ¿Por qué no llevarla en el primero?

—Las probabilidades de que nos asalten en el primer trayecto son a buen seguro mayores que las de que se descubra aquí el segundo cargamento —explicó—. Además, en la isla de Cow en principio podremos reclutar a gente que nos proteja en el segundo viaje.

La travesía inicial se desarrolló sin incidentes; llegaron a la isla de Cow al atardecer y cenaron con las tropas apostadas allí. Marsh y sus hombres habían bajado por el Missouri con el vapor anterior, no sin antes advertir a los soldados sobre «los desalmados y vagabundos de Cope», que podían presentarse allí más tarde.

El capitán Lawson se rio.

—Creo que el señor Marsh no le tiene mucho cariño a su grupo —dijo.

Cope le dio la razón.

El vapor tenía que llegar al cabo de dos días, pero los horarios variaban, sobre todo a esas alturas del año. Era fundamental que hiciesen el último viaje al campamento de las llanuras el día siguiente. Cope se quedaría en la isla de Cow, reembalando los fósiles para la travesía en barco, mientras Viento Ligero y Galleta llevaban el carromato de vuelta por la mañana bajo la supervisión de Sternberg.

Sin embargo, a primera hora de la mañana siguiente, Sternberg despertó con fuertes escalofríos y fiebre alta, un rebrote de su malaria. A Isaac le asustaban demasiado los indios para volver, y Galleta y Viento Ligero no eran lo bastante fiables para hacer el viaje sin supervisión. Quedaba pendiente la cuestión de quién encabezaría la expedición.

—Yo la dirigiré —dijo Johnson.

Era el momento que había estado esperando. El verano en las llanuras lo había curtido, pero siempre había estado bajo la tutela de hombres de más edad y experiencia. Ansiaba una oportunidad de demostrar su valía, y aquel viaje corto parecía la ocasión perfecta para hacer gala de independencia y un colofón apropiado para las aventuras del verano.

Sapo pensaba lo mismo.

—Yo también iré —dijo de inmediato.

—No deberían hacer el viaje los dos solos. No he conseguido encontrar ningún refuerzo. Los soldados no están a nuestra disposición —informó Cope.

—No estaremos solos. Iremos con Galleta y Viento Ligero.

Cope arrugó la frente y, nervioso, tamborileó con los dedos sobre el cuaderno de dibujo.

—Por favor, profesor. Es importante que usted embale los fósiles. No nos pasará nada. Y el día va avanzando mientras estamos aquí discutiendo.

—De acuerdo —accedió Cope por fin—. Esto va en contra de lo que me dicta el sentido común, pero de acuerdo.

Encantados, Johnson y Sapo partieron a las siete de aquella mañana, con Galleta y Viento Ligero conduciendo el carromato.

Cope organizó las cajas de madera llenas de fósiles y reembaló aquellas que no eran lo bastante seguras para sobrevivir a los estragos de los estibadores del vapor. Isaac cuidaba de Sternberg, que deliraba la mayor parte del tiempo; le preparó un té de corteza de ramas de sauce, que según él reducía la fiebre. Morton ayudaba a Cope.

Seis o siete pasajeros esperaban el vapor en la isla de Cow. Entre ellos estaban un granjero mormón llamado Travis y su hijo. Habían viajado a Montana para llevar el evangelio a los colonos, pero habían tenido escaso éxito y estaban descontentos.

—¿Qué lleva en esas cajas? —preguntó Travis.

Cope alzó la vista.

—Huesos fósiles.

—¿Para qué?

—Los estudio —dijo Cope.

Travis se rio.

—¿Por qué estudiar huesos cuando puede estudiar a animales vivos?

—Son los huesos de unos animales extintos.

—No puede ser.

—¿Por qué no?

—¿Es usted un hombre temeroso de Dios?

—Sí, lo soy.

—¿Cree que Dios es perfecto?

—Sí, lo creo.

Travis volvió a reírse.

—Entonces estará de acuerdo en que no puede haber animales extintos, porque el buen Señor en Su perfección jamás permitiría que una familia de Sus criaturas se extinguiera.

—¿Por qué no? —preguntó Cope.

—Se lo acabo de decir. —Travis parecía irritado.

—Lo que me acaba de decir es su opinión sobre cómo se ocupa Dios de Sus asuntos. Pero ¿y si Dios alcanza Su perfección por etapas, dejando a un lado Sus creaciones pasadas para crear otras nuevas?

—Eso pueden hacerlo los hombres, porque los hombres son imperfectos. Dios no, porque Él es perfecto. Solo hubo una Creación. ¿Cree que Dios cometió errores en Su Creación?

—Hizo al hombre. ¿No acaba de decir que el hombre es imperfecto?

Travis echaba humo.

—Es uno de esos profesores —dijo—. Uno de esos necios ilustrados que ha cambiado la virtud por la blasfemia.

Cope no estaba de humor para debates teológicos.

—Mejor ser un necio ilustrado que un necio sin ilustrar —replicó, cortante.

—Está trabajando para el Demonio —le espetó Travis, y dio una patada a una de las cajas de fósiles.

—Haga eso otra vez —advirtió Cope— y le abro la cabeza.

Travis pateó otra caja.

En una carta a su mujer, Cope escribió:

> Estoy sumamente avergonzado de lo que ocurrió a continuación, y no tengo otra excusa que el esfuerzo que había empeñado en reunir aquellos fósiles, su valor incalculable y mi propio cansancio después de un verano sufriendo el calor, los insectos y el álcali abrasador de las tierras baldías. Tener que vérmelas con ese fanático estúpido fue demasiado para mí, y perdí la paciencia.

Morton describió lo que sucedió sin tapujos:

> Sin preámbulo ni advertencia, Cope se abalanzó sobre el tal Travis y le golpeó hasta dejarlo inconsciente. No debió de tardar más de un minuto, como máximo, porque el profesor Cope tenía talante pugilístico. Entre golpes, decía: «¡Cómo se atreve a tocar mis fósiles! ¡Cómo se atreve!», y a ratos añadía con tono sarcástico: «¡En nombre de la religión!». La pelea terminó cuando los soldados le quitaron a Cope de encima al pobre caballero mormón, que no había dicho sino lo que muchísimas personas del mundo tomaban por una verdad absoluta e indiscutible.

Sin duda seguía siendo así en 1876. Mucho antes, ese mismo siglo, Thomas Jefferson se había cuidado de guardarse su opinión de que los fósiles representaban a criaturas extintas. En la época de Jefferson, la adhesión pública a la creencia en la extinción se consideraba herejía. Desde entonces las actitudes habían cambiado en muchos sitios, pero no en todos. En ciertas partes de Estados Unidos, seguía resultando polémico defender la evolución.

Al poco de terminar la pelea, el barco de vapor, el *Lizzie B.*, dobló el meandro y tocó la sirena para anunciar su inminente llegada. Todas las miradas estaban puestas en la embarcación, salvo la de un soldado que echó un vistazo al otro extremo de la llanura y gritó:

—¡Miren! ¡Caballos!

Desde el horizonte de la planicie, se acercaban dos caballos sin jinete.

«Se me cayó el alma a los pies —escribió Cope en su diario— al imaginar lo que podía significar aquello.»

Montaron a toda prisa y les salieron al encuentro. Al acercarse vieron a Galleta, doblado y agarrado a la silla de montar, al borde de la muerte. Tenía media docena de flechas indias clavadas en el cuerpo; sangraba profusamente por las heridas. El otro caballo pertenecía a Johnson: había sangre en la silla y flechas hundidas en el cuero.

Los soldados bajaron a Galleta del caballo y lo tendieron en el suelo. Tenía los labios hinchados y resecos; le dieron varios sorbos de la cantimplora hasta que pudo hablar.

—¿Qué ha pasado? —preguntó Cope.

—Indios —dijo Galleta—. Malditos indios. No hemos podido...

Y tosió sangre, de forma entrecortada, se retorció por el esfuerzo y murió.

—Debemos volver de inmediato para buscar supervivientes —dijo Cope—. Y nuestros huesos.

El capitán Lawson negó con la cabeza y arrancó una flecha de la silla de montar.

—Estas flechas son sioux —aseguró.

—¿Y qué?

El capitán señaló hacia las llanuras con el mentón.

—No quedará nada por lo que volver, profesor. Lo siento, pero si encuentra a sus amigos, cosa que dudo, será con la cabellera arrancada, mutilados y abandonados para que se pudran en las llanuras.

—Tiene que haber algo que podamos hacer.

—Enterrar a este, rezar por los otros y poco más —dijo el capitán Lawson.

A la mañana siguiente, cargaron sus fósiles con tristeza en el vapor y zarparon Missouri abajo. La oficina de telégrafos más cercana estaba en Bismarck, territorio de Dakota, que se encontraba casi ochocientos kilómetros más al este, a orillas del río. Cuando el *Lizzie B.* atracó allí, Cope mandó el siguiente cable a la familia de Johnson en Filadelfia:

LAMENTO PROFUNDAMENTE INFORMARLES DE LA MUERTE DE SU HIJO WILLIAM Y DE OTROS TRES HOMBRES AYER, 27 DE AGOSTO, EN LAS TIERRAS BALDÍAS DE LA CUENCA DEL JUDITH, TERRITORIO DE MONTANA, A MANOS DE INDIOS SIOUX HOSTILES. MI MÁS SINCERO PÉSAME.

EDWARD DRINKER COPE,
PALEONTÓLOGO DE ESTADOS UNIDOS

TERCERA PARTE

Dientes de dragón

En las llanuras

Del diario de William Johnson:

Nuestro entusiasmo era absoluto cuando partimos la mañana del 27 de agosto para recoger el resto de los fósiles. Éramos cuatro: Viento Ligero, el explorador crow, Sapo y yo, que cabalgaba algo más atrás, oteando el terreno que teníamos por delante con ojos atentos, y por último Galleta, el carretero, que fustigaba y maldecía a sus animales mientras conducía el carromato por la pradera. Recorreríamos veinte kilómetros páramo adentro y luego otros veinte de vuelta. Cabalgábamos deprisa para estar de vuelta en la isla de Cow al anochecer.

Era una mañana despejada, gélida y hermosa. Unos cirros esponjosos veteaban la cúpula azul del cielo. Las Montañas Rocosas, justo delante, resplandecían de nieve blanca, que ya descendía desde las cumbres hasta las grietas profundas. La hierba de la llanura susurraba mecida por el suave viento. Manadas de pálidos antílopes brincaban de un lado a otro por el horizonte lejano.

Sapo y yo nos imaginábamos como pioneros a la cabeza de una pequeña expedición rumbo a la naturaleza salvaje, rumbo a la emoción y a unos peligros que habría que afrontar con valentía. Para dos universitarios de dieciocho años procedentes del Este, era una experiencia apasionante. Cabalgábamos erguidos en nuestras sillas de montar; oteábamos el horizonte con los ojos entrecerrados; no apartábamos la mano de la culata de la pistola ni el pensamiento de la tarea que teníamos entre manos.

A medida que avanzaba la mañana, vimos una cantidad enorme de caza: no solo antílopes, sino también alces y bisontes. Eran muchos más animales que los que habíamos visto en las semanas anteriores en la llanura, y lo comentamos entre nosotros.

No habíamos recorrido más de la mitad de la distancia hasta el campamento —quizá unos diez kilómetros, llanura adentro— cuando Galleta pidió que hiciéramos un alto. Me negué.

—Nada de pausas hasta que lleguemos al campamento —dije.

—Mirad, pequeños cabrones, haréis una pausa si yo os lo digo —me espetó Galleta.

Me volví y descubrí que nos apuntaba al abdomen con una escopeta. Eso le confería bastante autoridad. Hicimos un alto.

—¿Qué significa esto? —le pregunté indignado en voz alta.

—Cállate, pedazo de inútil hijo de mala madre —me espetó Galleta, al tiempo que se apeaba del pescante—. Ahora, bajad de los caballos, muchachos.

Miré a Viento Ligero, pero este esquivaba nuestras miradas.

—¡Venga, bajad! —gruñó Galleta, de modo que desmontamos.

—¿Qué pretende con este atropello? —preguntó Sapo, parpadeando con rapidez.

—Final del trayecto, muchachos. —Galleta sacudía la cabeza—. Yo me bajo aquí.

—¿Dónde se baja?

—Qué le voy a hacer si sois demasiado estúpidos para ver lo que tenéis delante de las narices. ¿Habéis visto todos esos animales de caza?

—¿Qué pasa con ellos?

—¿No os habéis preguntado en ningún momento por qué hemos visto tantos? Los están empujando hacia el norte, por eso. Mirad allí. —Señaló hacia el sur.

Miramos. Unas columnas irregulares de humo se elevaban hacia el cielo en la distancia.

—Eso es el campamento sioux, malditos imbéciles. Eso es Toro Sentado. —Galleta estaba cogiendo nuestros caballos y montó en uno.

Volví a mirar. Las hogueras —si es que eran hogueras— estaban muy lejos.

—Pero eso debe de estar por lo menos a una jornada de distancia —protesté—. Podemos llegar a nuestro campamento, cargar las cajas y estar de vuelta en la isla de Cow antes de que nos alcancen.

—Pues adelante, muchachos —dijo Galleta. Iba a lomos del caballo de Sapo y llevaba el mío de las riendas.

Miré a Viento Ligero, que no quiso sostenerme la mirada. Negó con la cabeza.

—Mal día ahora. Muchos guerreros sioux en campamento de Toro Sentado. Matan todos los crows. Matan todos los blancos.

—Ya le habéis oído —añadió Galleta—. Lo que es yo, tengo aprecio a mi cabellera. Nos vemos, muchachos. Vamos, Viento Ligero. —Y arrancó a cabalgar hacia el norte.

Al cabo de un momento, el indio hizo girar a su caballo y partió tras él.

Sapo y yo nos quedamos junto al carromato, mirando cómo se alejaban.

—Lo tenían planeado —dijo Sapo, y agitó el puño hacia ellos, que desaparecieron por el horizonte—. ¡Cabrones! ¡Cabrones!

Por mi parte, mi buen humor se desvaneció. De repente comprendí lo peligroso de nuestra situación: éramos dos críos solos en las llanuras inmensas y vacías del Oeste.

—¿Qué hacemos ahora?

Sapo seguía enfadado.

—Cope les pagó por adelantado, de otro modo jamás se habrían atrevido a hacer esto.

—Lo sé —contesté—, pero ¿qué vamos a hacer nosotros ahora?

Sapo forzó la vista observando las columnas de humo que se elevaban al sur.

—¿De verdad crees que esos campamentos están a una jornada de distancia?

—¿Cómo iba a saberlo? —exclamé—. Solo lo he dicho para que no se fueran.

—Porque lo que ocurre con los indios —explicó Sapo— es que, cuando cuentan con un campamento grande, como el de Toro Sentado, mandan partidas de caza y saqueo por delante del contingente principal.

—¿Cuánto por delante? —pregunté.

—A veces uno o dos días.

Los dos volvimos a examinar las hogueras.

—A mí me salen seis fuegos, a lo sumo siete —aventuró Sapo—. O sea que no puede ser el campamento principal. Ese debería tener cientos de hogueras.

Tomé una decisión. No pensaba volver a la isla de Cow sin los fósiles. Se me caería la cara de vergüenza ante el profesor.

—Tenemos que recuperar los fósiles —dije.

—Vale —respondió Sapo.

Subimos al carromato y pusimos rumbo al oeste. Era la primera vez que conducía, pero me defendí bastante bien. A mi lado, Sapo silbaba con nerviosismo.

—Cantemos una canción —propuso.

—Mejor no —dije yo.

Y de este modo avanzamos en silencio, con el corazón en un puño.

Se perdieron.

Su propio rastro, que habían dejado el día anterior, tendría que haber resultado fácil de seguir, pero había amplias zonas de las llanuras tan planas e indistintas como cualquier océano, y se desorientaron en varias ocasiones.

Esperaban llegar al campamento de las llanuras antes del mediodía, pero en lugar de eso lo encontraron entrada la tarde. Cargaron en el carromato las diez cajas de fósiles que quedaban, las cuales pesaban unos cuatrocientos cincuenta kilos en total, además de unos últimos víveres y el equipo fotográfico de Johnson. Se alegraba de haber vuelto, porque entre los fósiles que recogieron estaba, por supuesto, la caja marcada con la X, que contenía los valiosos dientes de *Brontosaurus*.

—No podíamos volver a casa sin estos —dijo.

Para cuando estuvieron listos para emprender el regreso, pasaban de las cuatro de la tarde y empezaba a oscurecer.

Estaban casi seguros de que jamás encontrarían el camino de vuelta a la isla de Cow a oscuras. Eso significaba que tendrían que pasar la noche en la llanura, y que al día siguiente los sioux, en su avance, podían echárseles encima. Estaban discutiendo qué hacer cuando oyeron los gritos salvajes de los indios, que les helaron la sangre.

—¡Cielo santo! —exclamó Sapo.

Una nube de polvo, levantada por una multitud de jinetes, apareció en el horizonte oriental. Se dirigía hacia ellos.

Subieron al carromato con dificultad. Sapo sacó los rifles y los cargó.

—¿Cuánta munición tenemos? —preguntó Johnson.

—No la suficiente —dijo Sapo. Le temblaban las manos y se le caían los cartuchos.

Los alaridos cobraron fuerza. Distinguieron a un único jinete, encorvado sobre la silla, seguido por otra docena. Pero no oyeron disparos.

—A lo mejor no tienen armas de fuego —aventuró Sapo, esperanzado. En ese momento, la primera flecha pasó silbando por su lado—. ¡Vámonos de aquí!

—¿Hacia dónde? —preguntó Johnson.

—¡Hacia donde sea! ¡Lejos de ellos!

Johnson azuzó al tiro de caballos, que respondieron con desacostumbrado entusiasmo. El carro salió disparado a una velocidad pavorosa, dando tumbos y sacudidas por la pradera, mientras la carga chirriaba y se deslizaba en la parte de atrás. Con la oscuridad creciente, se dirigieron hacia el oeste, lejos del río Missouri, lejos de la isla de Cow, lejos de Cope y de la seguridad.

Los indios les ganaban terreno. El jinete solitario se situó al lado del carromato y vieron que se trataba de Viento Ligero. Estaba empapado en sudor, igual que su caballo. El explorador indio se acercó al carromato y saltó a bordo con agilidad. Le dio una palmada al poni y lo mandó al galope rumbo al norte.

Varios indios se desviaron para seguirlo, pero el grueso del grupo continuó detrás de la carreta.

—¡Malditos sioux! ¡Malditos, malditos sioux! —gritó Viento Ligero, al tiempo que agarraba un rifle.

Más flechas surcaron el aire. Viento Ligero y Sapo dispararon a los perseguidores. Johnson echó un vistazo por encima del hombro y calculó que había una docena de guerreros, tal vez más.

Los jinetes los alcanzaron y rodearon con facilidad el carromato por tres lados. Sapo y Viento Ligero les dispararon, y ambos hirieron a uno prácticamente a la vez y lo descabalgaron. Otro se fue aproximando hasta que Sapo apuntó con cuidado y disparó: el guerrero sioux se llevó una mano al ojo, se inclinó hacia delante con los brazos flácidos y luego cayó de lado del caballo.

Un indio logró encaramarse al vehículo, como había hecho Viento Ligero. Estaba blandiendo su tomahawk por encima de Johnson cuando Viento Ligero le pegó un tiro en la boca. En el preciso instante en que la hoja hacía un corte a Johnson en el labio superior, el guerrero se puso rojo y cayó hacia atrás, fuera del carromato, y se perdió en el polvo.

Johnson se llevó las manos a la cara ensangrentada, pero no había tiempo para horrorizarse; Viento Ligero se volvió hacia él.

—¿Adónde vas? ¡Al sur!

—¡Al sur están las tierras baldías!

Ya estaba muy oscuro; sería un suicido meterse entre los abruptos riscos y cañadas del páramo en plena noche.

—¡Ve al sur!

—¡Moriremos si vamos al sur!

—¡Morimos de todas formas! ¡Al sur!

Y entonces Johnson comprendió lo que le estaba diciendo. Su única esperanza, por peregrina que fuese, radicaba en ir a donde no los siguieran los indios. Fustigó a los caballos y el carromato viró hacia el sur, en dirección a las tierras baldías.

Por delante de ellos se abría un kilómetro y medio de pradera, y los indios los rodeaban de nuevo por todos los lados, entre gritos y aullidos. Una flecha pasó rozando la pierna de Johnson y le clavó la pernera del pantalón al pescante de madera, pero no sintió ningún dolor y siguió adelante. Cada vez estaba más oscuro; sus armas emitían brillantes fogonazos con cada disparo. Los indios, al reconocer su plan, los persiguieron con mayor saña.

Al cabo de poco, Johnson distinguió la línea oscura y erosionada de las tierras baldías en el extremo de la pradera. La llanura parecía caer de repente hacia una nada negra. Se acercaban a una velocidad de vértigo.

—¡Agarraos, muchachos! —gritó y, sin refrenar los caballos, el carromato se precipitó por el borde, hacia la oscuridad.

Las tierras baldías

Silencio, bajo una luna menguante.

Le corría agua por la cara, por los labios. Abrió los ojos y vio a Viento Ligero inclinado hacia él. Johnson alzó la cabeza.

El carromato estaba derecho. Los caballos resoplaban con suavidad. Se hallaban al pie de un barranco alto y oscuro.

Johnson notó un pinchazo en la pierna. Intentó moverse.

—Quieto —dijo Viento Ligero. Tenía la voz tensa.

—¿Pasa alg…?

—Quieto —repitió. Dejó su cantimplora y luego le tendió otra—. Bebe.

Johnson dio un sorbo, escupió un poco y tosió. El whisky le quemó la garganta y unas gotas le salpicaron el corte del labio, que también le quemó.

—Bebe más —ordenó Viento Ligero. Estaba cortando con un cuchillo la tela del pantalón de Johnson.

Este hizo ademán de mirar.

—No mira —dijo Viento Ligero, pero era demasiado tarde.

La flecha le había atravesado la carne de la pierna derecha, pasando por debajo de la piel, y lo había clavado al asiento. La carne de alrededor de la herida estaba inflamada y de un morado con muy mal aspecto.

Johnson sintió un repentino mareo y náuseas. Viento Ligero lo agarró.

—Espera. Bebe.

Johnson tomó un trago largo. Volvió el mareo.

—Yo arreglo —añadió Viento Ligero, inclinado sobre la pierna de Johnson—. No miras.

Johnson contempló el cielo y la luna. Unas nubes finas pasaron por delante. Sintió el efecto del whisky.

—¿Y Sapo?

—Quieto ahora. No mira.

—¿Sapo está bien?

—No preocupas ahora.

—¿Dónde está? ¡Quiero hablar con él!

—Ahora sientes dolor —dijo Viento Ligero, al tiempo que se le tensaba el cuerpo.

Se oyó un chasquido y Johnson acusó un dolor tan agudo que gritó; el eco de su voz resonó en los precipicios oscuros. Al instante experimentó un dolor intenso y abrasador que era peor; no podía gritar; respiró a bocanadas.

Viento Ligero sostuvo en alto la flecha, ensangrentada a la luz de la luna.

—Ahora acaba. Yo acabo.

Johnson se dispuso a incorporarse, pero Viento Ligero le empujó para tumbarlo. Le dio la flecha.

—Tú quedas.

Johnson sintió la sangre cálida que manaba de la herida abierta; Viento Ligero se la vendó con un jirón de tela que había arrancado de su pañuelo.

—Bien. Ahora bien.

Johnson se incorporó ayudándose con las manos y sintió dolor al levantarse, pero era soportable; estaba bien.

—¿Dónde está Sapo?

Viento Ligero negó con la cabeza.

Sapo estaba tendido en la parte de atrás del carromato. Una flecha le había atravesado el cuello de lado a lado; tenía otras dos clavadas en el pecho. Sus ojos miraban hacia la izquierda; tenía la boca abierta, como si todavía le sorprendiera estar muerto.

Johnson nunca había visto un cadáver, y experimentó una sensación rara al cerrar los ojos de Sapo y apartar la vista. Más que tristeza, sentía que no estaba allí, en aquel lugar desolado del Oeste, que no estaba solo con un explorador indio, que no estaba en peligro mortal. Su cabeza se negaba sin más a aceptarlo. Buscó algo que hacer.

—Bueno, será mejor enterrarlo —dijo.

—¡No! —Viento Ligero parecía horrorizado.

—¿Por qué no?

—Los sioux lo encuentran.

—No si lo enterramos, Viento Ligero.

—Sioux encuentran lugar, desentierran, quitan cabellera, quitan dedos. Mujeres vienen, quitan más. —Le señaló la entrepierna.

Johnson se estremeció.

—¿Dónde están los sioux ahora?

Viento Ligero indicó las llanuras sobre los riscos.

—¿Se van o se quedan?

—Se quedan. Vienen por la mañana. A lo mejor traen a más guerreros.

Johnson se sentía abrumado por el cansancio y le dolía la pierna.

—Partiremos en cuanto claree.

—No. Partimos ahora.

Johnson alzó la vista. Las nubes eran más densas, y un tenue anillo azul rodeaba la luna.

—Será noche cerrada dentro de unos minutos. Ni siquiera tendremos la luz de las estrellas.

—Tenemos que ir —insistió Viento Ligero.

—Es un milagro que hayamos sobrevivido hasta ahora, pero no podemos recorrer el páramo a oscuras.

—Vamos ahora —dijo Viento Ligero.

—Pero moriremos.

—Morimos igualmente. Vamos.

Avanzaban sumidos en una oscuridad absoluta.

Johnson conducía el carromato, mientras que Viento Ligero caminaba unos pasos por delante, armado con un palo largo y un puñado de piedras. Cuando no distinguía el terreno que tenía enfrente, tiraba piedras.

A veces tardaban mucho en aterrizar y, cuando les llegaba el sonido, era lejano, sordo y con eco. En esos casos Viento Ligero avanzaba muy poco a poco, tanteando el suelo con el palo como un ciego hasta encontrar el borde del precipicio. Entonces orientaba el carromato en otra dirección.

El avance era agotador y desesperantemente lento. Johnson no creía que estuvieran recorriendo más de unos pocos centenares de metros por hora; parecía inútil. Al amanecer, los indios se lanzarían monte abajo, encontrarían su rastro y los atraparían en cuestión de minutos.

—¿Qué sentido tiene esto? —preguntaba cuando el dolor de la pierna le torturaba.

—Mira el cielo —indicaba Viento Ligero.

—Veo el cielo. Está negro. El cielo está negro.

Viento Ligero no decía nada.

—¿Qué pasa con el condenado cielo? —le preguntó por fin.

Pero Viento Ligero no explicó nada más.

Poco antes del amanecer empezó a nevar.

Habían llegado al arroyo de Bear Creek, en el límite de las tierras baldías, e hicieron un alto para abrevar a los caballos.

—Nieve buena —comentó Viento Ligero—. Guerreros unkpapa ven nieve, saben que nos siguen fácil. Esperan, se quedan calentitos junto a hoguera una, dos horas por la mañana.

—Y entretanto, nosotros avanzamos que da pena.

Viento Ligero asintió.

—Avanzamos que da pena.

Desde Bear Creek pusieron rumbo al oeste a través de la pradera abierta, tan rápido como podían los caballos. El carromato daba tumbos por la pradera; el dolor de la pierna se agravaba.

—¿Adónde vamos, a Fort Benton?

Viento Ligero sacudió la cabeza.

—Todos los blancos van a Fort Benton.

—¿Quieres decir que los sioux esperan que vayamos allí?

Asintió.

—Entonces ¿adónde vamos?

—Montañas Sagradas.

—¿Qué montañas sagradas? —le preguntó Johnson, alarmado.

—Las montañas del Trueno del Gran Espíritu.

—¿Por qué vamos allí?

Viento Ligero no respondió.

—¿A qué distancia están esas montañas sagradas? ¿Qué haremos cuando lleguemos?

—Cuatro días. Tú esperas —contestó Viento Ligero—. Encuentras muchos hombres blancos.

—Pero ¿tú por qué vas allí?

Johnson reparó en que por la camisa de gamuza de Viento Ligero se extendía poco a poco una mancha roja.

—¿Estás herido?

Viento Ligero empezó a cantar en falsete. No volvió a hablar. Pusieron rumbo al sur, a través de las llanuras.

Viento Ligero murió en silencio a la tercera noche. Johnson despertó al amanecer y lo encontró tumbado y rígido junto a los rescoldos de la hoguera, con la cara cubierta de nieve y la piel fría al tacto.

Apoyándose en su rifle, arrastró el cuerpo de Viento Ligero hasta el carromato, lo subió con gran esfuerzo al remolque, junto a Sapo, y siguió su camino. Tenía fiebre y hambre, y a menudo deliraba. Estaba seguro de haberse perdido, pero no le importaba. Empezó a recordarse que debía mantenerse sentado, a pesar de que su cerebro se distanciaba del calvario que estaba pasando, creando visiones que le distraían y confundían. En un momento dado, creyó que el carromato entraba en la plaza Rittenhouse de Filadelfia, donde él buscaba sin éxito la mansión de su familia.

La mañana del cuarto día, encontró un camino de carros despejado, recién usado. La senda serpenteaba hacia el este, en dirección a una cadena de colinas bajas de color violeta.

Se adentró entre las colinas. A medida que avanzaba, descubría lugares donde habían talado árboles y grabado iniciales en los troncos: indicios de la presencia del hombre blanco. Hacía mucho frío y nevaba copiosamente cuando remontó un último promontorio y vio un pueblo en el barranco, abajo: una única calle embarrada de edificios de madera cuadrados y prácticos. Fustigó a los caballos y se dirigió hacia allí.

Y así fue como, el 31 de agosto de 1876, William Johnson, casi desfallecido de hambre, sed, agotamiento y por la pérdida de sangre, llegó, con un cargamento de huesos y los cadáveres de un blanco y un explorador snake, a la localidad de Deadwood Gulch.

Deadwood

Deadwood ofrecía un aspecto lúgubre: una sola calle de edificios de madera sin pintar, rodeada de colinas peladas, pues habían talado los árboles con el fin de obtener madera para el pueblo. Todo estaba cubierto por una fina costra de nieve sucia. Pero a pesar de su aspecto sombrío, en el pueblo se respiraba la emoción propia de un crecimiento explosivo. La calle principal de Deadwood presentaba el repertorio habitual de una localidad minera: una ferretería, una carpintería, tres tiendas de ropa, cuatro establos, seis tiendas de comestibles, un barrio chino con cuatro lavanderías y setenta y cinco salones. Y en pleno centro, mostrando orgulloso su balcón de madera en la segunda planta, se erguía el hotel Grand Central.

Johnson subió los escalones de la entrada con paso vacilante y lo siguiente que supo fue que estaba tumbado en un banco mullido dentro del hotel, atendido por el propietario, un hombre mayor de gafas gruesas y pelo engominado y con entradas.

—Joven —dijo con tono jocoso—, he visto a hombres en peor estado, pero unos cuantos estaban muertos.

—¿Comida? —graznó Johnson.

—Tenemos comida de sobra. Le ayudaré a pasar al comedor y le daremos algo de pitanza. ¿Tiene dinero?

Al cabo de una hora, se encontraba sensiblemente mejor y alzó la vista del plato.

—Qué bueno estaba. ¿Qué era?

—Lengua de búfalo —dijo la mujer que estaba recogiendo la mesa.

El propietario, que se llamaba Sam Perkins, asomó por la puerta. Teniendo en cuenta lo agreste del entorno, hacía gala de una educación exquisita.

—Me parece que necesita una habitación, joven.

Johnson asintió.

—Cuatro dólares, pago por adelantado. Y puede darse un baño un poco más abajo de esta calle, en los baños públicos de Deadwood.

—Le estoy muy agradecido —dijo Johnson.

—Ese bonito corte que tiene en la cara se curará solo, aunque dejará cicatriz, pero la pierna necesita atención médica.

—Estoy de acuerdo —accedió Johnson cansado.

Perkins le preguntó de dónde venía. El muchacho contestó que había viajado desde las tierras baldías de Montana, cerca de Fort Benton. Perkins lo miró con incredulidad, pero se limitó a decir que era un largo trecho.

Johnson se levantó y preguntó si había algún lugar donde pudiese guardar las cajas que llevaba en el carromato. Perkins le contestó que tenía una habitación en la parte de atrás a disposición de los clientes del hotel, y que la única llave de la cerradura estaba en su posesión.

—¿Qué tiene que almacenar?

—Huesos —respondió Johnson, y advirtió que la comida caliente le había dado algo de fuerzas.

—¿Se refiere a huesos de animal?

—Exacto.

—¿Quiere hacer sopa?

A Johnson no le hizo gracia el chiste.

—Tienen mucho valor para mí.

Perkins dijo que no creía que nadie de Deadwood tendría interés en robar sus huesos.

Johnson replicó que había pasado las de Caín para conseguir esos huesos y que tenía dos cadáveres en el carromato que lo demostraban, y que no pensaba correr ningún riesgo. ¿Podía hacerle el favor de guardar sus huesos en el almacén?

—¿Cuánto espacio necesita? No es un granero.

—Llevo diez cajas de madera con huesos, y también algo de equipo.

—Bueno, vamos a verlo.

Perkins siguió a Johnson hasta la calle, se asomó al carro y asintió. Mientras Johnson empezaba a mover cajas, Perkins inspeccionó los cuerpos cubiertos de nieve. Apartó la capa blanca.

—Este es indio.

—En efecto.

Perkins miró a Johnson con los ojos entrecerrados.

—¿Cuánto tiempo hace que los acarrea?

—Uno lleva muerto casi una semana. El indio murió ayer.

Perkins se rascó la barbilla.

—¿Piensa enterrar a su amigo?

—Ahora que lo he alejado de los sioux, supongo que sí.

—Hay un cementerio al norte del pueblo. ¿Qué me dice del indio?

—También lo enterraré.

—En el cementerio, no.

—Es un snake.

—Me alegro por él —dijo Perkins—. No tenemos ningún problema con los snakes que están vivos, pero no puede enterrarse a ningún indio en el cementerio.

—¿Por qué no?

—La gente de aquí no lo toleraría.

Johnson echó un vistazo a los edificios de madera sin pintar. La gente no parecía llevar allí lo suficiente para haberse formado una opinión cívica sobre ningún tema, pero se limitó a preguntar por qué no.

—Es un pagano.

—Es un snake, y yo no lo he enterrado por el mismo motivo por el que no he enterrado al blanco. Si los sioux hubiesen encontrado la tumba, lo habrían desenterrado para mutilarlo. Este indio me puso a salvo. Le debo un entierro decente.

—Eso está bien, haga lo que quiera con él —le dijo Perkins—, siempre que no lo entierre en el cementerio. No le conviene causar problemas. No en Deadwood.

Johnson estaba demasiado cansado para discutir. Llevó adentro sus cajas de fósiles, las apiló para que ocuparan el menor espacio posible y se aseguró de que Perkins cerrara con llave la sala después de salir. Entonces le pidió al propietario que le encargase un baño y se dispuso a enterrar los cuerpos.

Tardó mucho en cavar la sepultura para Sapo en el cementerio del final del pueblo. Tuvo que usar el pico antes de poder retirar paladas de tierra rocosa. Sacó a Sapo del carromato y lo metió en el hoyo, que no parecía cómodo ni para un muerto.

—Lo siento, Sapo —dijo en voz alta—. Se lo contaré a tu familia en cuanto tenga ocasión.

Cuando cayó la primera paletada de tierra sobre la cara de Sapo, Johnson hizo una pausa. «No soy el que era», pensó. Después terminó de llenar la tumba.

Sacó del pueblo el cadáver de Viento Ligero, por un camino secundario, y cavó una tumba junto a un abeto de copa ancha en la ladera de una colina. La tierra estaba más blanda en ese enclave, lo que le hizo pensar que los lugareños tendrían que haber situado allí el cementerio. La colina daba al norte, y desde la tumba no se advertía ningún indicio de la presencia del hombre blanco.

Entonces se sentó y lloró hasta que tuvo demasiado frío para seguir a la intemperie. Regresó al pueblo, se dio el baño y se limpió y vendó con cuidado la pierna herida. Después volvió a ponerse la ropa sucia y manchada con pegotes secos de sangre.

En la habitación del hotel había un espejito encima de la palangana, y se examinó por primera vez el corte de encima del labio. El contorno de la herida había empezado a sanar, pero aún no estaba cerrada. Le quedaría una buena cicatriz.

La cama era un delgado colchón de paja sobre un sencillo armazón de madera.

Durmió treinta horas seguidas.

Del diario de Johnson:

Cuando bajé a comer en el salón del hotel, dos días después, descubrí que me había convertido en la persona más famosa de Deadwood. Mientras comía filetes de antílope, los otros cinco huéspedes del hotel, toscos mineros todos ellos, me sometieron a un caudal continuo de bourbon y preguntas sobre mis actividades recientes. Al igual que el propietario, el señor Perkins, demostraron una educación exquisita en sus modales, y todo el mundo mantuvo las manos encima de la mesa mientras comía. Pero reparé en que, educados o no, no se creían mi historia.

Tardé un poco en descubrir por qué. Al parecer, cualquiera que afirmase haber cruzado de Montana a Dakota era un mentiroso descarado, ya que a todo aquel que lo intentase lo esperaba una muerte segura a manos de los sioux. Pero la verdad era que no había encontrado ningún indio desde el ataque al carromato. Los sioux de Toro Sentado debían de hallarse al norte de nosotros cuando cruzamos.

En Deadwood, no obstante, nadie daba crédito a la historia, y eso despertaba curiosidad sobre los «huesos» que había almacenado. Uno de los huéspedes interesados era un tipo duro llamado Jack McCall, alias Nariz Rota, cuyo apodo era fruto probable de un altercado tabernario. Nariz Rota también tenía un ojo que miraba fijamente a la izquierda, con una película azul pálido, como un ave rapaz. Ya fuese por el ojo o por otro motivo, resultaba muy desagradable, pero no tanto como su compañero, Dick Curry, alias El Negro, que tenía una serpiente tatuada en la muñeca izquierda y el sospechoso apodo de «el Amigo del Minero». Cuando le pregunté a Perkins por qué le llamaban así, el dueño me dijo que era una especie de broma.

—Una broma ¿en qué sentido?

—No podemos demostrarlo, pero la mayoría creemos que Dick Curry y sus hermanos, Clem y Bill, son los salteadores de caminos que roban las diligencias y las remesas de oro que van de Deadwood a Laramie y Cheyenne —explicó Perkins.

—¿Estamos cerca de Cheyenne? —pregunté con repentina emoción. Por enésima vez, maldije mis carencias en geografía.

—Tan cerca como de cualquier otra parte—respondió el propietario.

—Quiero viajar allí —dije.

—Nadie se lo impide, ¿verdad?

Con gran emoción, pensando en Lucienne, volvió a su habitación a hacer el equipaje. Pero antes de abrir la puerta, descubrió que habían registrado la habitación y que todos sus efectos personales estaban tirados por el suelo. Faltaba su cartera; todo su dinero había desaparecido.

Bajó a hablar con Perkins, que estaba en el mostrador de recepción.

—Me han robado.

—¿Cómo es posible? —Perkins le acompañó arriba, donde examinó la habitación con gesto ecuánime—. Esto ha sido uno de los muchachos, que no ha soportado la curiosidad y ha querido comprobar su historia. No se han llevado nada, ¿verdad?

—Sí, se han llevado mi cartera.

—¿Cómo es posible? —preguntó Perkins.

—Estaba aquí, en la habitación.

—¿Ha dejado la cartera en la habitación?

—Solo había bajado un momento a cenar.

—Señor Johnson —dijo Perkins con tono solemne—, está usted en Deadwood. No puede perder de vista el dinero ni por un momento.

—Pues lo he hecho.

—Ese es el problema —contestó Perkins.

—Será mejor que llame al alguacil del pueblo y denuncie el robo.

—Señor Johnson, en Deadwood no hay alguacil.

—¿No hay alguacil?

—Señor Johnson, a estas alturas del año pasado aquí no había ni pueblo. Puede estar seguro de que aún no hemos tenido tiempo de contratar un alguacil. Además, no creo que los muchachos lo aceptasen. Lo matarían nada más verlo. Hace apenas dos semanas, aquí mataron a Bill Hickok.

—¿Al Salvaje Bill?

—El mismo.

Perkins le explicó que Hickok estaba jugando a las cartas en el salón de Nuttal y Mann cuando entró Jack McCall y le pegó un tiro en la nuca. La bala atravesó la cabeza de Hickok y se clavó en la muñeca de otro jugador. Hickok había muerto antes de que sus manos tocaran las pistolas.

—¿El Jack McCall con el que he cenado?

—El mismo. La mayoría supone que a Jack le pagó alguien para disparar al Salvaje Bill, alguien que tenía miedo de que lo contratasen como alguacil del pueblo. Ahora imagino que nadie tendrá muchas ganas de aceptar el trabajo.

—Entonces ¿quién defiende la ley aquí?

—Aquí no hay ley —dijo Perkins—. Esto es Deadwood. —Hablaba lentamente, como si se dirigiera a un niño estúpido—. El juez Harlan preside las investigaciones, cuando está lo bastante sobrio, pero aparte de eso, no hay ley de ninguna clase, y a la gente le gusta así. Qué demonios, si todos los salones de Deadwood técnicamente contravienen la ley; esto es territorio indio, y no puede venderse alcohol en territorio indio.

—De acuerdo —respondió Johnson—. ¿Dónde está la oficina de telégrafos? Mandaré un telegrama a mi padre para pedirle fondos, le pagaré y me iré.

Perkins negó con la cabeza.

—¿No hay oficina de telégrafos?

—En Deadwood, no, señor Johnson. Al menos de momento.

—¿Qué hago con el dinero que me han robado?

—Eso es un problema —admitió Perkins—. Ya lleva aquí tres días; debe seis dólares más la cena de esta noche, que es un dólar más. Calculo que puede vender el carromato y los caballos para saldar la deuda.

—Si vendo el carro y los caballos, ¿cómo podré irme con mis huesos?

—Eso es un problema —dijo Perkins—. Vaya si lo es.

—¡Ya sé que es un problema! —Johnson empezó a gritar.

—Tranquilo, señor Johnson, mantenga la calma —contestó Perkins con tono conciliador—. ¿Sigue teniendo la intención de viajar a Laramie y Cheyenne?

—En efecto.

—Entonces ese carromato no le sirve de nada, ¿verdad?

—¿Por qué no?

—Señor Johnson, ¿por qué no me acompaña abajo y me deja que le sirva una copa? Sospecho que hay uno o dos datos que debería poner en su conocimiento.

Los datos eran los siguientes:

Había dos caminos para llegar a Deadwood, por el norte y por el sur.

Johnson había entrado en el pueblo con el carromato sin que le molestaran solo porque había llegado por el norte. Desde esa dirección nunca esperaban a nadie; la ruta era mala y había indios hostiles en la zona, de manera que los bandidos y salteadores de caminos no prestaban atención a ese acceso.

El camino a Laramie y Cheyenne, en cambio, iba en dirección al sur, y sí que estaba plagado de ladrones. A veces asaltaban a los emigrantes que llegaban en busca de fortuna, pero sus presas favoritas eran todos los viajeros que partían de Deadwood rumbo al sur.

Además, merodeaban bandas de indios que contaban con la ayuda de bandidos blancos, como el infame Persimmons Bill, del que se decía que había dirigido a los salvajes responsables de la matanza de la familia Metz y su cochero en el cañón Rojo ese mismo año.

La línea de diligencias había arrancado aquella primavera con un solo guardia armado, o mensajero, subido al pescante junto al cochero. Al cabo de poco aumentaron el número a dos mensajeros, y luego a tres. De un tiempo a esa parte, la cifra nunca bajaba de cuatro. Y cuando la diligencia del oro viajaba al sur una vez por semana, la acompañaba una escolta de doce guardias armados hasta los dientes.

Incluso así, no siempre lograban llegar indemnes. A veces

se veían obligados a regresar a Deadwood, y a veces los mataban y robaban el oro.

—¿Quiere decir que mataron a los guardias?

—A los guardias y a los pasajeros —respondió Perkins—. Esos salteadores de caminos matan como si tal cosa a cualquiera con el que se cruzan. Es su manera de hacer negocios.

—¡Es espantoso!

—Sí. Y malo, también.

—¿Cómo voy a irme?

—Bueno, es lo que intentaba explicarle —contestó Perkins con paciencia—. Es mucho más fácil entrar en Deadwood que salir.

—¿Qué puedo hacer?

—Bueno, cuando llegue la primavera, la cosa tendría que calmarse un poco. Dicen que Wells Fargo pondrá una línea de diligencias, y ellos tienen experiencia en hacer limpieza de forajidos. Entonces estará a salvo.

—¿En primavera? Pero estamos en septiembre.

—Eso creo —dijo Perkins.

—¿Intenta decirme que estoy atrapado en Deadwood hasta la primavera?

—Eso creo —repitió Perkins, sirviéndole otra copa.

La vida en Deadwood

onaron muchos disparos en las últimas horas de la noche, y Johnson no durmió bien. Despertó con dolor de cabeza; Perkins le sirvió un café cargado y luego salió a ver qué podía hacer para recaudar fondos.

La nieve se había derretido durante la noche; la calle estaba cubierta de un fango apestoso que llegaba a los tobillos, y los edificios de madera estaban veteados de humedad. Deadwood presentaba un aspecto especialmente lóbrego, y la perspectiva de pasar allí seis o siete meses le deprimió. Tampoco le levantó el ánimo ver a un muerto tendido boca arriba en la calle embarrada. Las moscas zumbaban alrededor del cuerpo; tres o cuatro curiosos lo contemplaban fumando puros y departiendo sobre el anterior dueño de los cigarros, pero nadie hacía ademán alguno de mover el cadáver, y los carruajes pasaban de largo sin prestar atención.

Johnson se detuvo.

—¿Qué ha pasado?

—Ese es Willy Jackson. Anoche se metió en una reyerta.

—¿Una reyerta?

—Creo que se enzarzó en una disputa con Dick Curry el Negro, y la solventaron aquí fuera, en la calle.

—Willy siempre ha bebido demasiado —señaló alguien.

—¿Quieren decir que Dick le disparó?

—No es la primera vez. A Dick le gusta matar. Lo hace siempre que puede.

—¿Y piensan dejarlo aquí tirado?

—No sé quién va a moverlo —dijo un tipo.

—Bueno, no tiene parientes que se preocupen por él. Tenía un hermano, pero murió de disentería hará unos dos meses. Eran propietarios de una pequeña explotación un par de kilómetros al este de aquí.

—¿Qué pasó con esa explotación? —preguntó un hombre, al tiempo que tiraba la ceniza de su puro.

—No creo que llegara a nada.

—Nunca tuvo suerte.

—Sí, Willy era un poco gafe.

—Entonces ¿el cuerpo se quedará aquí, sin más? —insistió Johnson.

Un hombre señaló con el pulgar la tienda que tenía detrás. El rótulo decía LAVADO Y PLANCHADO KIM SING.

—Bueno, está delante del local de Sing, así que imagino que él se lo llevará antes de que apeste demasiado y eche a perder el negocio.

—Se lo llevará el hijo de Sing.

—Yo creo que es demasiado pesado para el hijo. Solo tiene unos once años.

—Qué va, ese mocoso es fuerte.

—No tanto.

—Movió al viejo Jake cuando lo atropelló el carruaje.

—Es verdad, movió a Jake.

Aún seguían discutiendo cuando Johnson se alejó caminando.

Al llegar al establo del coronel Ramsay, puso el carromato y los caballos en venta. Cope los había comprado en Fort Benton por la inflada cantidad de ciento ochenta dólares; Johnson pensó que podría conseguir cuarenta o quizá cincuenta.

El coronel Ramsay le ofreció diez.

Después de quejarse largo y tendido, Johnson accedió. Entonces Ramsay le explicó que ya le debía seis, y dejó caer la diferencia —cuatro dólares de plata— sobre el mostrador.

—Esto es un ultraje —dijo Johnson.

Sin mediar palabra, Ramsay retiró uno de los cuatro dólares del mostrador.

—¿A qué viene eso?

—Eso por insultarme —soltó Ramsay—. ¿Le apetece probar otra vez?

El coronel Ramsay era un hombre curtido que superaba con creces el metro ochenta de estatura. Llevaba un revólver Colt de seis balas y cañón largo a cada costado.

Johnson cogió los tres dólares restantes y dio media vuelta para marcharse.

—Tienes la lengua muy larga, cabroncete —dijo Ramsay—. Yo que tu aprendería a mantener la boca cerrada.

—Agradezco el consejo —respondió Johnson con voz calma. Empezaba a entender por qué en Deadwood todo el mundo era tan educado y hacía gala de aquella tranquilidad casi sobrehumana.

A continuación se dirigió a la casa de postas Black Hills Overland and Mail Express, en el extremo septentrional de la calle. El agente de la compañía le informó de que el trayecto a Cheyenne costaba ocho dólares en la diligencia normal, y treinta en la exprés.

—¿Por qué hay tanta diferencia de precio con la exprés?

—Porque tiene un tiro de seis caballos. La diligencia normal lleva dos caballos y es más lenta.

—¿Esa es la única diferencia?

—Bueno, últimamente la diligencia lenta no ha estado llegando a su destino de forma regular.

—Oh.

Johnson explicó entonces que también tenía un cargamento que transportar. El agente asintió.

—Como la mayoría de los viajeros. Si es oro, se paga un uno y medio por ciento del valor tasado.

—No es oro.

—En ese caso, se pagan los portes, a cinco centavos la libra. ¿Cuánto tiene?

—Unas mil libras.

—¡Mil libras! ¿Qué demonios tiene que pese mil libras?

—Huesos —dijo Johnson.

—Eso es muy inusual —repuso el agente—. No sé si podremos darle servicio. —Garabateó unas cifras en una hoja de papel—. Esos, ejem, huesos ¿pueden viajar en la parte de arriba?

—Supongo que sí, si van bien sujetos.

A cinco centavos la libra, Johnson calculó que el total ascendería a cincuenta dólares.

—Serán ochenta dólares, más cinco de subida a bordo.

Más de lo que esperaba.

—Ah, cincuenta por el cargamento y treinta por el exprés. ¿Ochenta y cinco en total?

El dependiente asintió.

—¿Quiere reservar pasaje?

—Ahora mismo no.

—Ya sabe dónde encontrarnos cuando quiera —dijo, y se volvió.

Antes de salir, Johnson se detuvo en el umbral.

—Hablando de la diligencia exprés…

—¿Sí?

—¿Con qué frecuencia llega a su destino?

—Bueno, llega casi siempre —respondió el agente—. Es su mejor apuesta, de eso no cabe duda.

—Pero ¿con qué frecuencia?

El agente se encogió de hombros.

—Yo diría que llegan tres de cada cinco. Unas pocas acaban ventiladas por el camino, pero casi nunca pasa nada.

—Gracias —dijo Johnson.

—No se merecen —respondió el agente—. ¿Seguro que no lleva pepitas de oro en esas cajas?

El agente no era el único que había oído hablar de las cajas de huesos. Todo Deadwood estaba al tanto, y los rumores corrían como la pólvora. Se sabía, por ejemplo, que Johnson había llegado a Deadwood con un indio muerto. Como los indios sabían mejor que cualquier blanco dónde encontrar el oro en sus sagradas Colinas Negras, mucha gente se imaginaba que el indio le había enseñado el oro a Johnson, quien después lo había matado, y también a su propio socio, para quedarse con el mineral, que ahora camuflaba como cajas de «huesos».

Otros estaban igual de seguros de que las cajas no contenían oro, puesto que Johnson no las había llevado al tasador del otro lado de la calle, que era lo único sensato que podía hacerse con el oro. Pero las cajas aún podían contener un sinfín de cosas de valor, como joyas o incluso dinero contante y sonante.

Aunque, en ese caso, ¿por qué no las llevaba al banco de Deadwood? La única explicación posible era que las cajas contenían algún tesoro robado que los banqueros reconocerían de inmediato. Costaba imaginar de qué tesoro podía tratarse, pero todo el mundo hablaba del tema.

—Creo que le conviene trasladar esos huesos —dijo Sam Perkins—. Hay habladurías. No puedo garantizar que nadie los robe del almacén.

—¿Puedo subirlos a mi habitación?

—Nadie le ayudará, si eso es lo que me pide.

—No es lo que le pido.

—Como vea. Si quiere dormir en la misma habitación que una pila de huesos de animal, nadie pondrá objeciones.

Así que eso fue lo que hizo Johnson. Diez cajas, escaleras arriba, apiladas con cuidado contra la pared de manera que tapaban más o menos toda la luz que entraba por la única ventana.

—Por supuesto, todo el mundo sabe que las ha subido a la habitación —señaló Perkins, que le acompañaba—. Eso hace que parezcan más valiosas todavía.

—Ya lo había pensado.

—Los pilares de esa pared son buenos, pero cualquiera podría echar abajo la puerta.

—Podría montar un pasador grueso de madera por dentro, como en la puerta de los establos.

Perkins asintió.

—Eso mantiene a salvo las cajas mientras usted está dentro de la habitación, pero ¿qué pasa cuando sale?

—Hacemos dos agujeros a los lados del pilar, uno en la pared y otro en la puerta, y usamos una cadena con candado.

—¿Tiene un buen candado?

—No.

—Yo sí, pero deberá comprármelo. Diez dólares. Lo saqué de la puerta de un vagón de carga de la Sioux City and Pacific donde se prendió fuego. Es más pesado de lo que parece.

—Se lo agradecería mucho.

—Ya tiene bastante que agradecerme, económicamente hablando.

—Sí.

—De modo que supongo que buscará trabajo —añadió Perkins—. Necesita reunir más de cien dólares, además de lo que me debe. Es una gran cantidad, para ganarla honradamente.

Johnson no necesitaba que se lo recordasen.

—¿Hay algún trabajo que sepa hacer, un trabajo útil?

—Me he pasado todo el verano cavando.

—Aquí todo el mundo sabe cavar. Es el único motivo por el que viene la gente a las Colinas Negras: para trabajar de mineros. No, me refiero a si sabe cocinar, herrar caballos, carpintería o algo por el estilo. Un oficio.

—No. Soy estudiante.

Johnson contempló las cajas de fósiles. Apoyó la mano en una y la palpó. Podía dejar los fósiles allí. Podía coger la diligencia de Deadwood a Fort Laramie y desde allí mandar un telegrama a casa pidiendo dinero. Podía decirle a Cope —suponiendo que siguiera vivo— que los fósiles se habían perdido. En su cabeza cobró forma una historia: les habían tendido una emboscada, el carromato había volcado, había caído por un barranco, todos los fósiles se habían perdido o hecho añicos. Era una pena, pero qué se le iba a hacer.

En cualquier caso, pensó, aquellos huesos tampoco eran tan importantes, porque el Oeste americano entero estaba lleno de fósiles. Dondequiera que se horadara un barranco, encontraban huesos antiguos de una u otra clase. Desde luego, en aquel páramo había muchos más fósiles que oro. Nadie echaría de menos unos cuantos. Al ritmo al que extraían huesos Cope y Marsh, al cabo de un año o dos aquellos apenas serían recordados siquiera.

Tuvo otra idea: dejar los fósiles en Deadwood, ir a Laramie, enviar un cable pidiendo dinero y, con fondos adecuados, volver a Deadwood, recoger los fósiles y partir de nuevo.

Pero sabía que, si alguna vez salía vivo de Deadwood, nunca volvería. Por nada del mundo. O se los llevaba en ese momento o les daba la espalda y huía sin ellos.

—Dientes de dragón —dijo en voz baja, acariciando la caja y rememorando el momento en que los habían descubierto.

—¿Cómo dice? —preguntó Perkins.

—Nada —respondió Johnson.

Por mucho que se esforzara, su cabeza no podía restar importancia a los fósiles. Ya no se trataba solo de que los hubiera desenterrado con sus propias manos, con el sudor de su frente. Ya no se trataba solo de que hubieran muerto personas, amigos y compañeros, durante su búsqueda. Se trataba de lo que Cope había dicho.

Aquellos fósiles eran los restos de las criaturas más grandes que habían caminado nunca por la faz de la Tierra; criaturas insospechadas para la ciencia, desconocidas para la humanidad, hasta que su humilde expedición las había desenterrado en mitad de las tierras baldías de Montana.

«De todo corazón», escribió en su diario,

> … deseo dejar estos malhadados pedruscos aquí mismo, en este malhadado pueblo, aquí mismo, en este malhadado páramo. Deseo de todo corazón dejarlos y marcharme a casa, a Filadelfia, y no volver a pensar en mi vida en Cope o en Marsh, en estratos de roca, géneros de dinosaurio o cualquier otro aspecto de este asunto agotador y tedioso. Y descubro, con horror, que no puedo. Debo volver con ellos o quedarme con ellos como una gallina clueca con sus huevos. Malditos sean todos los principios.

Mientras Johnson examinaba los fósiles, Perkins señaló un montón de material oculto bajo una lona.

—¿Esto también es suyo? ¿Qué es todo esto?

—Es material fotográfico —respondió Johnson con aire ausente.

—¿Sabe usarlo?

—Claro.

—Bueno, ¡entonces se acabaron sus problemas!

—¿Por qué lo dice?

—Teníamos a un hombre que hacía fotografías. Se fue con su cámara por el camino del sur la primavera pasada. Solos él y un caballo, para fotografiar el paisaje. No me pregunte por qué; allí no hay nada. La diligencia siguiente lo encontró boca arriba, cubierto de buitres. La cámara estaba hecha mil pedazos.

—¿Qué pasó con todas sus placas y sustancias químicas?

—Todavía las tenemos, pero nadie sabe qué hacer con ellas.

La Galería de Arte de las Colinas Negras

C on qué facilidad puede uno sacar provecho de sus propias desventajas!», escribió Johnson en su diario.

> Con la inauguración de mi estudio, la Galería de Arte de las Colinas Negras, todos mis defectos se miran con otros ojos. Antes mis costumbres del Este se veían como carencia de masculinidad; ahora son prueba de talante artístico. Antes mi falta de interés en la minería se contemplaba con recelo; ahora, con alivio. Antes no tenía nada que nadie quisiera; ahora puedo ofrecer algo por lo que todo el mundo está dispuesto a pagar buen dinero: un retrato.

Johnson alquiló un local en la curva sur de Deadwood, porque la luz allí era más intensa durante más horas; la Galería de Arte de las Colinas Negras estaba situada detrás de la lavandería de Kim Sing, y el negocio iba viento en popa.

Johnson empezó cobrando dos dólares por retrato y más adelante, a medida que aumentaba la demanda, subió el precio a tres. No lograba acostumbrarse a la demanda: «En este entorno inhóspito y deprimente, hay hombres duros cuyo mayor deseo es posar como si estuvieran muertos y marcharse con su retrato».

La vida del minero era ingrata y agotadora; todos aquellos hombres habían recorrido un camino largo y peligroso en busca de fortuna en las tierras salvajes, y estaba claro que pocos tendrían éxito. Las fotografías proporcionaban una realidad tangible a unos hombres que se encontraban lejos de casa, asustados y cansados; cada posado era una prueba de éxito, un recuerdo que enviar a novias y seres queridos, o un simple modo de recordar, de aferrarse a un momento en un mundo cambiante e incierto.

Su negocio no se limitaba a los retratos. Cuando el tiempo acompañaba, hacía excursiones a los lavaderos de oro situados fuera de la ciudad, para fotografiar a los hombres que trabajaban en sus explotaciones; por eso cobraba diez dólares.

Entretanto, la mayoría de los comerciantes de la ciudad le contrataban para que retratase sus establecimientos. Hubo pequeños momentos de triunfo: el 4 de septiembre, anota lacónicamente:

> Fotografía de la Cuadra del coronel Ramsay. Cobro de 25 dólares por «necesidad de placa grande». ¡Qué mal le ha sentado pagar! F11, a 22 seg., día aburrido.

Y parecía complacerle convertirse en un ciudadano de pleno derecho del pueblo. Con el paso de los días, Foggy Johnson (¿contracción de «fotógrafo?») se convirtió en un personaje familiar en Deadwood, conocido por todos.

También padeció las frustraciones de los fotógrafos comerciales de todo el mundo. El 9 de septiembre:

> Jack McCall, alias Nariz Rota, un infame pistolero, ha vuelto para quejarse del retrato que le hice ayer. Se lo enseñó a su amada, Sarah, quien dijo que no le favorecía, de modo que ha vuelto para exigir una versión más amable. El señor Mc-

Call tiene la cara como un hacha, una sonrisa que mataría de miedo a una vaca, la tez picada de viruelas y un ojo con leucoma. Le dije educadamente que había hecho todo lo que estaba en mi mano, dadas las circunstancias.

Descargó sus pistolas en la galería, hasta que me ofrecí a intentarlo de nuevo sin cobrar nada.

Se sentó una vez más, aunque quería una pose diferente, con la barbilla apoyada en la mano. El efecto de esa postura, sin embargo, era representarlo como un erudito pensativo y afeminado. Resultaba del todo inapropiado para su condición, pero no quiso saber nada de objeciones a la pose. Al retirarme al cuarto oscuro, Nariz Rota esperó fuera, lo que me permitió oír el chasquido de los tambores cuando recargó el revólver, pendiente de mi último esfuerzo. Tal es la naturaleza de los críticos de arte en Deadwood, y dadas las circunstancias, mi obra superó mis propias expectativas, aunque sudé a mares antes de que Nariz Rota y Sarah se dieran por satisfechos.

Al parecer, Johnson conocía los rudimentos del retoque de fotografías; mediante un uso juicioso de los lápices se podía suavizar las marcas de cicatrices y realizar otros ajustes.

No todo el mundo quería que lo retratasen.

El 12 de septiembre, contrataron a Johnson para fotografiar el interior del salón Melodeon de Deadwood, un local de juego y bebida situado en el extremo sur de la calle principal. Los interiores eran oscuros y a menudo tenía que esperar varios días a tener luz suficiente para llevar a cabo un encargo. Pero al cabo de unos días hizo sol, y llegó a las dos de la tarde con su equipo y lo colocó para una exposición.

El salón Melodeon era un antro inmundo, con una barra larga en la pared del fondo y tres o cuatro mesas bastas para jugar a las cartas. Johnson fue descorriendo las cortinas de las ventanas, para inundarlo de luz. Los clientes gruñeron y renegaron. El propietario, Leander Samuels, exclamó:

—¡Calma, caballeros!

Johnson se agachó bajo la tela de la cámara para componer la fotografía, y una voz dijo:

—¿Qué coño haces, Foggy?

—Sacar una fotografía.

—Y una mierda.

Johnson alzó la vista. Dick el Negro, el Amigo del Minero, se había levantado de una de las mesas de juego. Tenía la mano apoyada en la culata de la pistola.

—Tranquilo, Dick —dijo el señor Samuels—, solo es una fotografía.

—Me desconcentra.

—Vamos, Dick… —empezó a decir el señor Samuels.

—He hablado —amenazó Dick—. Ahora estoy jugando a las cartas y no quiero fotografías.

—A lo mejor le gustaría salir fuera mientras hago mi trabajo.

—A lo mejor te gustaría salir conmigo —replicó Dick.

—No, gracias, señor —dijo Johnson.

—Entonces sal tú solo con ese artilugio, y no vuelvas.

—Venga, Dick, yo he contratado a Foggy. Quiero una fotografía para la pared de detrás de la barra; creo que quedaría bien.

—Me parece estupendo —contestó Dick—. Puede volver cuando le apetezca, siempre que yo no esté. A mí no me retrata nadie. —Señaló a Johnson con el dedo, dejando a la vista la serpiente que llevaba tatuada en la muñeca, de la que presumía—. Recuérdalo. Y lárgate.

Johnson se fue.

Aquel fue el primer indicio claro de que a Dick el Negro lo buscaban en alguna parte. En Deadwood nadie se sorprendió al enterarse, y el halo de misterio que aquello aportaba a Dick no hizo sino alimentar su reputación.

Pero también supuso el inicio de los problemas entre Johnson y los tres hermanos Curry —Dick, Clem y Bill—, que tanto sufrimiento le causarían en el futuro.

Y aunque su negocio prosperaba, no tenía mucho tiempo para amasar los beneficios. El 13 de septiembre escribió:

> Me cuentan que los caminos de montaña se cierran por la nieve como muy tarde por Acción de Gracias, y es posible que a primeros de noviembre. Debo estar listo para partir antes de finales de octubre o quedarme hasta la primavera que viene. Cada día tomo nota de mis cuentas y mis gastos. No veo manera humana de reunir dinero suficiente a tiempo para marcharme.

Las entradas siguientes de su diario estaban llenas de comentarios desesperados, si bien, dos días más tarde, la suerte de Johnson volvió a cambiar de forma fulgurante.

> ¡Mis plegarias han obtenido respuesta! ¡El ejército ha llegado al pueblo!

Llega el ejército

El 14 de septiembre de 1876, dos mil mineros flanquearon las calles de Deadwood, disparando al aire con sus pistolas y profiriendo gritos de bienvenida, mientras el general George Crook y su columna del Segundo de Caballería atravesaban el pueblo. «Sería difícil imaginar una estampa más popular entre los lugareños —escribió Johnson—, porque aquí todo el mundo teme a los indios, y el general Crook lleva desde la primavera librando una guerra exitosa contra ellos.»

El ejército presentaba un aspecto harto ajado tras los meses que habían pasado en las llanuras. Cuando el general Crook se registró en el hotel Gran Central, Perkins, con su educación habitual, sugirió que el general tal vez querría visitar los baños de Deadwood, y también quizá procurarse un conjunto de ropa nueva en alguna sastrería. El general Crook pilló la indirecta, y estaba limpio y aseado para cuando asomó al balcón del Grand Central y dio un breve discurso a la muchedumbre de mineros congregada abajo.

Johnson veía los festejos, que se prolongaron hasta altas horas de la noche, desde una perspectiva totalmente distinta. «¡Por fin ha llegado mi billete de vuelta a la civilización!», escribió.

Johnson pidió permiso al intendente de Crook, el teniente Clark, para acompañar a la caballería en su marcha al sur. Clark dijo que le parecía bien, pero que tendría que obtener la autorización del general en persona. Johnson dio vueltas a cómo abordarle y se le ocurrió que podía ofrecerse a sacarle un retrato.

—El general odia las fotografías —le informó Clark—. No lo haga. Acérquesele directamente y pregúntele sin más.

—Muy bien —dijo Johnson.

—Otra cosa —añadió Clark—. No le dé la mano. El general odia los apretones de manos.

—Muy bien.

El general de división George Crook era un militar de la cabeza a los pies: pelo muy corto, mirada penetrante, barba larga y poblada, y la espalda recta como un palo contra el respaldo de su silla en el comedor. Johnson esperó a que se terminara el café y algunos de sus admiradores partiesen en dirección a las salas de juego para acercarse y explicarle su situación.

Crook escuchó pacientemente la historia de Johnson, pero no tardó en empezar a negar con la cabeza y murmurar que no podía aceptar civiles en una expedición militar, con todos los peligros que conllevaba; lo lamentaba, pero era imposible. Entonces Johnson mencionó los huesos fósiles que deseaba llevar a casa.

—¿Huesos fósiles?

—Sí, general.

—¿Ha estado desenterrando huesos fósiles? —insistió Crook.

—Sí, general.

—¿Y viene de Yale?

—Sí, general.

Su actitud cambió por completo.

—Entonces debe de estar usted asociado con el profesor Marsh, de Yale.

Después de una brevísima vacilación, Johnson dijo que, en efecto, estaba asociado con el profesor Marsh.

—Un hombre maravilloso. Un hombre encantador e inteligente —comentó Crook—. Lo conocí en Wyoming en el 72, y fuimos de caza juntos. Un hombre extraordinario. Un hombre asombroso.

—No hay otro como él —coincidió Johnson.

—¿Iba en su expedición?

—Sí, pero me vi separado de ella.

—Qué mala suerte, caramba —lamentó Crook—. Bueno, si hay algo que pueda hacer por Marsh, lo haré. Tiene permiso para unirse a mi columna, y nos ocuparemos de que sus huesos fósiles lleguen sanos y salvos a Cheyenne.

—¡Gracias, general!

—Que carguen sus huesos en un carromato adecuado. El intendente Clark le ayudará en todo lo que necesite. Partimos al alba, pasado mañana. Será un placer tenerlo con nosotros.

—¡Gracias, general!

Último día en Deadwood

El 15 de septiembre, su último día completo en Deadwood, Johnson acometió dos últimos encargos fotográficos.

Por la mañana, cabalgó hasta el barranco Negro para fotografiar a los seis mineros de color que habían descubierto allí un filón fabuloso. Habían estado sacando casi dos mil dólares al día durante semanas; habían despachado el mineral a casa y ya habían vendido la explotación. Entonces posaron con sus viejas ropas de trabajo puestas, colocados junto a la canaleta para el fotógrafo; después se vistieron con sus nuevas galas y quemaron las prendas antiguas.

Estaban de buen humor y querían llevarse el retrato a Saint Louis. A Johnson, por su parte, le complacía ver a unos mineros tan disciplinados que eran capaces de llevarse su tesoro a casa. La mayoría se dejaban las ganancias en los salones o sobre el fieltro verde de las mesas de juego, pero aquellos hombres eran diferentes. «Están tan alegres —escribió Johnson, que sin duda también sentía alegría—; les deseo toda la suerte del mundo en su travesía a casa.»

Por la tarde, fotografió la fachada del hotel Gran Central para su propietario, Sam Perkins.

—Ha inmortalizado todos los demás —dijo este— y, ya que se va del pueblo, es lo menos que puede hacer.

Johnson se vio obligado a plantar la cámara al otro lado de la calle. De haberse situado más cerca, los carros y caballos le habrían salpicado de barro el objetivo. Podría parecer que el tráfico de la calle, al pasar por en medio, taparía el hotel, pero Johnson sabía que los objetos en movimiento —carretas y caballos— no dejarían más que una franja fantasmal en una exposición larga; a todos los efectos prácticos, el hotel daría la impresión de ocupar una calle vacía.

En realidad, para los fotógrafos suponía un problema intentar representar el bullicio de las calles de las ciudades, porque el movimiento de los caballos, los peatones y los carruajes era demasiado rápido para quedar impresionado en la película.

Johnson empleó su exposición habitual —F11 y 22 segundos— y luego, como la luz era especialmente intensa y tenía una placa de sobra que estaba mojada y esperando, decidió que intentaría plasmar la vida de la calle en Deadwood con una última toma rápida. Expuso la última placa a F3,5 y 2 segundos.

Johnson reveló las dos placas en su cuarto oscuro de la Galería de Arte de las Colinas Negras y, mientras se secaban, adquirió un carromato apropiado para transportar los huesos con la caballería. Después fue al hotel a cargar los fósiles y tomar su última cena en Deadwood.

Llegó justo a tiempo para ver cómo sacaban un cuerpo a la calle.

Habían encontrado a Norman H. Walsh, alias Texas Tom, estrangulado en su habitación de la segunda planta del hotel Gran Central. Texas Tom era un tipo bajito y peleón, del que se rumoreaba que era miembro de la banda de salteadores de caminos de los Curry. Las sospechas del asesinato, como era natural, recaían sobre Dick Curry el Negro, que también se alojaba en el hotel en esos momentos, pero nadie se atrevía a lanzar una acusación.

Dick el Negro, por su parte, afirmaba haber pasado toda la tarde en el salón Melodeon y no tener ningún conocimiento sobre lo que pudiera haberle pasado a Texas Tom.

Y allí podría haber quedado la cosa si Sam Perkins no hubiera decidido parar en la mesa de Johnson y preguntarle, durante la cena, por la fotografía del hotel.

—¿La ha sacado hoy? —preguntó Perkins.

—Sí.

—¿Y cómo ha salido?

—Muy bonita —contestó Johnson—. Mañana tendré una impresión para usted.

—¿A qué hora la ha sacado? —preguntó Perkins.

—Debían de ser las tres de la tarde, más o menos.

—¿No hay sombras a esa hora? No me gustaría que el edificio pareciese deprimente, lleno de sombras.

—Alguna había —dijo Johnson, pero luego le explicó que las sombras hacían que las fotografías quedasen mejor, porque las dotaban de mayor profundidad y carácter.

Fue entonces cuando Johnson cayó en la cuenta de que Dick el Negro estaba escuchando la conversación con gran interés.

—¿Desde dónde ha sacado la fotografía? —preguntó Perkins.

—Desde el otro lado de la calle.

—¿Dónde, delante de la tienda de Donohue?

—No, más al sur, a la altura de Kim Sing.

—¿De qué hablan, amigos? —preguntó Dick el Negro.

—Foggy ha sacado una fotografía del hotel.

—Ah, ¿sí? —Su tono se volvió glacial—. ¿Y cuándo ha sido eso?

Johnson captó al instante el peligro de la situación, pero Perkins no se daba cuenta.

—¿Qué habías dicho, Foggy, sobre las tres?

—Algo así —respondió Johnson.

Dick ladeó la cabeza y clavó en Johnson una mirada penetrante.

—Foggy, ya te avisé de que no quería retratos cuando estuviera cerca.

—Pero si no estabas cerca, Dick —señaló Perkins—. Recuerda que le has dicho al juez Harlan que has pasado toda la tarde en el salón.

—Ya sé lo que le he dicho al juez Harlan —gruñó Dick. Se volvió poco a poco hacia Johnson—. ¿Desde dónde has sacado la fotografía, Foggy?

—Desde el otro lado de la calle.

—¿Ha salido bien?

—No, la verdad es que no ha salido nada bien. Voy a tener que repetirla mañana —dijo mientras le daba una patada a Perkins por debajo de la mesa.

—Pensaba que tus retratos siempre salían bien.

—No siempre.

—¿Dónde está el que has sacado hoy?

—He tirado la placa de cristal. No valía para nada.

Dick asintió.

—De acuerdo, entonces. —Y volvió a concentrarse en su cena.

—¿Está pensando lo mismo que yo? —preguntó Perkins más tarde.

—Sí —dijo Johnson.

—Texas Tom tenía un cuarto en la parte delantera del hotel, con vistas a la calle. En plena tarde, el sol debía de iluminarlo de lleno. ¿Ha mirado bien la fotografía?

—No —respondió Johnson—. No la he mirado bien.

En ese momento, entró el juez Harlan, resoplando. Le refirieron enseguida la conversación que habían sostenido con Dick el Negro.

—No veo que haya ningún argumento de peso contra Dick —dijo—. Ahora mismo vengo del Melodeon. Todo el mundo jura que Dick Curry ha estado jugando allí al faro toda la tarde, tal como dice.

—¿Y qué? ¡Debe de tenerlos comprados!

—Lo han visto al menos veinte personas. Dudo que les haya pagado a todos —replicó el juez Harlan—. No, Dick ha estado allí, no hay duda.

—Entonces ¿quién ha matado a Texas Tom?

—Ya me preocuparé de eso en la investigación, por la mañana.

Johnson tenía la intención de hacer el equipaje después de cenar, pero la curiosidad —y la insistencia de Perkins— le llevó en cambio a la Galería de Arte de las Colinas Negras.

—¿Dónde están? —preguntó Perkins cuando hubieron cerrado con llave después de entrar.

Escudriñaron las dos placas expuestas.

La primera exposición estaba tal como Johnson la recordaba: un hotel desierto, sin nadie a la vista.

En la segunda se veían caballos en las calles y personas paseando por el barro.

—¿Se ve la ventana? —preguntó Perkins.

—La verdad es que no —contestó Johnson, entrecerrando los ojos y acercando la placa a una lámpara de queroseno—. No veo nada.

—Creo que ahí hay algo —observó Perkins—. ¿Tiene una lupa?

Johnson acercó una lente de aumento a la placa.

Claramente visibles en el segundo piso, había dos figuras.

A una la estaba estrangulando un segundo hombre, plantado detrás.

—Que me aspen —dijo Perkins—. ¡Ha retratado el asesinato!

—De todas formas, no se ve gran cosa —respondió Johnson.

—Amplíela —sugirió Perkins.

—Tengo que preparar el equipaje —objetó Johnson—. Parto con la caballería al amanecer.

—La caballería está emborrachándose en los salones de toda la ciudad —señaló Perkins—, no partirá al amanecer ni en broma. Amplíela.

Johnson no tenía equipo para ampliar la fotografía, pero consiguió improvisar algo y exponer una copia. Los dos observaron la bandeja de revelado mientras la imagen se definía poco a poco.

En la ventana, Texas Tom se revolvía con la espalda arqueada por el esfuerzo y el rostro contraído. Dos manos le aferraban el cuello, pero el cuerpo del asesino quedaba oculto por la cortina de la izquierda, mientras que la cabeza se hallaba sumida en una sombra profunda.

—Mejor —dijo Perkins—. Pero seguimos sin distinguir quién es.

Hicieron otra copia, y luego otra mayor aún. El trabajo se ralentizó a medida que avanzaba la noche. El sistema improvisado era sensible a las vibraciones cuando se ampliaba mucho, y Perkins estaba tan emocionado que no paraba quieto durante las largas exposiciones.

Poco antes de medianoche, consiguieron una copia nítida. A tantos aumentos, la imagen se veía moteada, con mucho grano. Pero surgió un detalle: el estrangulador tenía un tatuaje en la muñeca izquierda; una serpiente enroscada.

—Tenemos que contárselo al juez Harlan —insistió Perkins.

—Pues yo tengo que hacer el equipaje —replicó Johnson— y tengo que dormir algo antes de partir mañana.

—¡Pero es un asesinato!

—Esto es Deadwood —repuso Johnson—. Pasa todo el tiempo.

—¿Se va a marchar como si tal cosa?

—Sí.

—Entonces deme la placa, ya se la llevaré yo al juez Harlan.

—Como vea —contestó Johnson, y le entregó la plancha de cristal.

Al entrar en el vestíbulo del hotel Grand Central, se cruzó con Dick Curry el Negro en persona. Estaba borracho.

—¿Qué tal, Foggy? —saludó Dick.

—¿Qué tal, Dick? —respondió Johnson, y subió a su habitación. Fue, como señaló en su diario, un irónico detalle final para su último día en el infame Deadwood.

Llevaba media hora haciendo el equipaje cuando apareció Perkins en su habitación, acompañado por el juez Harlan.

—¿Ha sacado usted esta fotografía? —preguntó Harlan.

—Sí, señor juez.

—¿Ha manipulado la fotografía, mediante retoques a lápiz o algo parecido?

—No, señor juez.

—Eso está bien —dijo Harlan—. Lo tenemos bien pillado.

—Me alegro por ustedes —respondió Johnson.

—La investigación lo resolverá por la mañana —dijo el juez Harlan—. Te espero allí a las diez en punto, Foggy.

Johnson señaló que dejaba el pueblo con la caballería del general Crook.

—Me temo que no puede ser —objetó el juez Harlan—. A decir verdad, esta noche corre cierto riesgo quedándose aquí. Tendremos que ponerle bajo custodia por su propia seguridad.

—¿De qué está hablando? —preguntó Johnson.

—Hablo de la cárcel —contestó el juez Harlan.

Al día siguiente en Deadwood

La cárcel era un pozo minero abandonado en las lindes del pueblo, en el que habían instalado unos barrotes de hierro y un candado resistente. Tras pasar la noche helado de frío, Johnson tuvo la oportunidad de mirar entre los barrotes para ver cómo la caballería comandada por el general George Crook partía de Deadwood rumbo al sur.

Les gritó hasta quedarse ronco, pero nadie le prestó atención. No acudió nadie a sacarlo de la cárcel casi hasta mediodía, cuando apareció el juez Harlan, gruñendo y negando con la cabeza.

—¿Qué pasa? —preguntó Johnson.

—Anoche me pasé un poco con la bebida —dijo el juez, al tiempo que abría la puerta de par en par—. Puede marcharse.

—¿Qué pasa con la investigación?

—Se ha cancelado.

—¿Qué?

El juez Harlan asintió.

—Dick Curry el Negro ha salido pitando de la ciudad. Al parecer se olió lo que le esperaba y optó por la mejor parte del valor, como diría Shakespeare. Ahora que Dick se ha largado, no viene a cuento investigar nada. Es usted libre para marcharse.

—Pero la caballería ya me lleva medio día de ventaja —protestó Johnson—. No los alcanzaré nunca.

—Cierto —confirmó el juez—. Lamento mucho las molestias, hijo. Supongo que, después de todo, se quedará con nosotros en Deadwood un poco más.

La historia de la fotografía incriminadora de Johnson y de cómo había perdido la oportunidad de marcharse con la caballería se extendió por el pueblo. Tuvo serias consecuencias.

La primera fue empeorar las relaciones entre Johnson y Dick Curry el Negro, el Amigo del Minero. En adelante todos los hermanos Curry le manifestaron su hostilidad sin tapujos, sobre todo cuando el juez Harlan mostró escaso interés en abrir otra investigación sobre la muerte de Texas Tom. Cuando estaban en el pueblo, que era siempre que no se esperaba la partida de ninguna diligencia durante un día o dos, se alojaban en el hotel Grand Central. Y cuando comían, que no era a menudo, lo hacían allí.

Johnson irritaba a Dick, que anunció que el joven miraba a todos los demás por encima del hombro, con lo que él llamaba «sus modales de Fi-la-del-fia. "¿Tendría la bondad de alcanzarme la mantequilla, por favor?" ¡Puaj! No soporto esos aires de lechuguino».

Con el paso de los días, Dick empezó a acosar a Johnson, para diversión de sus hermanos. Johnson lo soportaba en silencio; no había nada que pudiera hacer, dado que Dick ardía en deseos de sacar cualquier discusión a la calle y resolverla pistola en mano. Era un tirador experto incluso cuando estaba borracho; mataba a un hombre cada pocos días.

No había nadie en el pueblo que conociera a Dick y estuviese dispuesto a plantarle cara, y desde luego Johnson no pensaba ser la excepción. Pero la situación empeoró tanto que, si veía entrar a Dick, dejaba la cena a medias y se iba del comedor.

Y luego estuvo el asunto de la señorita Emily.

Emily

Las mujeres de Deadwood no destacaban ni por su número ni por su clase. La mayoría vivía en un local llamado El Grillo, hacia el final de la curva del sur, donde ofrecían sus servicios bajo la atenta y fría mirada de la señora Marshall, propietaria del establecimiento y fumadora de opio. Había otras independientes, como Calamity Jane, que en las últimas semanas había llorado la muerte de Bill Hickok con grandes aspavientos, para disgusto de los amigos del difunto. Calamity Jane era tan masculina que a menudo llevaba uniforme de soldado y viajaba desapercibida con los muchachos de azul, a los que prestaba servicio cuando estaban de campaña; había acompañado al Séptimo de Caballería de Custer en más de una ocasión. Pero era tan varonil que con frecuencia se jactaba de que «dame un consolador a oscuras y ninguna mujer sabrá distinguirme de un hombre de verdad». Como señaló un observador, eso hacía que el atractivo de Jane resultase un tanto oscuro.

Un puñado de mineros habían llevado a Deadwood a sus mujeres y familias, pero no aparecían muy a menudo por el pueblo. El coronel Ramsay tenía una esposa piel roja gorda llamada Sen-a-lise; el señor Samuels también estaba casado, pero con una tísica que no salía de casa. De manera que, en términos generales, el factor femenino lo aportaban las mujeres de El Grillo y las chicas que trabajaban en los salones. En palabras de un visitante de Deadwood, eran «mujeres agradables de cierta edad, pero de apariencia tan dura e inhóspita como el resto del paisaje de aquel espantoso pueblo minero. Las que presidían las mesas de los salones fumaban y maldecían como carreteros, y eran tan tramposas que los jugadores experimentados las evitaban y preferían a los hombres como croupiers».

En aquel mundo rudo, la señorita Emily Charlotte Williams parecía una visión encantadora y etérea.

Llegó un mediodía en una calesa de minero, toda vestida de blanco, con la melena rubia recogida en una atractiva coleta. Era joven, aunque tal vez unos años mayor que Johnson; era inmaculada; era delicada, fresca y dulce, y poseía unas curvas apreciables. Cuando reservó habitación en el hotel Grand Central, se convirtió en la novedad más interesante desde que el joven Foggy había llegado con un carromato lleno de cajas misteriosas y dos cadáveres cubiertos de nieve.

La noticia de la llegada de la señorita Emily, de su encantadora apariencia y su enternecedora historia corrió como la pólvora por el pueblo. El comedor de Perkins, que nunca se había llenado antes, aquella noche se abarrotó de personas deseosas de echar un vistazo a aquella criatura.

Era huérfana, hija de un predicador, el reverendo Williams, que había muerto en la cercana localidad de Gayville mientras construía una iglesia. Al principio se dijo que le había disparado un forajido perverso, pero más tarde se descubrió que se había caído del tejado durante las obras y se había partido el cuello.

También se comentaba que, transida de dolor, la señorita Emily había recogido sus escasas pertenencias y había partido en pos de su hermano, Tom Williams, que andaba buscando oro en algún lugar de las Colinas Negras. Ya había pasado por Montana City y Crook City, y no había logrado encontrarlo. Entonces llegó a Deadwood, donde tenía pensado quedarse tres o cuatro días, tal vez más.

Los hombres que se encontraban en el hotel Grand Central aquella noche se habían bañado y se habían puesto la ropa más limpia que poseían; Johnson anotó en su diario que «era divertido ver a aquellos hombres toscos acicalarse y sacar pecho mientras intentaban comerse la sopa sin sorber».

Pero en la sala también se respiraba una tensión considerable, que no hizo sino aumentar cuando Dick el Negro se acercó a la mesa de la señorita Emily (el objeto de todas las miradas cenaba solo) y se presentó. Se ofreció a acompañarla por el pueblo aquella noche; ella, con admirable templanza, le dio las gracias, pero dijo que se retiraría temprano. Dick se ofreció a ayudarla a buscar a su hermano, y ella se lo agradeció, pero dijo que ya había recibido muchos ofrecimientos de ayuda.

Dick era objeto de todas las miradas, y lo sabía. Estaba sudando; se puso rojo y torció el gesto.

—Pues parece que no puedo servirle de nada, ¿no?

—Agradezco su amable ofrecimiento, sinceramente —dijo ella con voz suave.

Aquello pareció aplacar un poco a Dick, que regresó a su mesa con paso firme y, en corrillo, se lamentó con sus hermanos.

Y allí podría haber quedado la cosa, de no ser porque la señorita Emily se volvió hacia Johnson y dijo, con su voz más dulce:

—Ah, ¿es usted el joven fotógrafo del que tanto he oído hablar?

Johnson contestó que lo era.

—Le agradecería que me dejase ver su galería de fotografías —dijo ella—. Tal vez mi hermano aparezca en ellas.

—Será un placer enseñárselas por la mañana —respondió Johnson, y la chica le correspondió con una elegante sonrisa.

Dick el Negro tenía cara de querer matar a alguien; a Johnson, en concreto.

«No existe mayor placer que ganar aquello que todo el mundo desea», anotó Johnson en las páginas de su diario, y se acostó feliz. Se había acostumbrado a dormir en el cuarto junto a las pilas de cajas, no solo al polvillo fino que caía de ellas y cubría el suelo, sino también a la oscuridad sepulcral de la habitación y a la extraña intimidad que sentía al dormir con los huesos de aquellas grandes criaturas. Y, por supuesto, con esos inmensos dientes, los dientes de aquellos auténticos dragones que otrora pisaron la tierra. Su presencia le resultaba extrañamente reconfortante.

Y al día siguiente tendría su cita con Emily.

Su felicidad, no obstante, duró poco. A Emily la decepcionaron las fotografías; no encontró a su querido hermano entre ellas.

—¿Y si las mira otra vez? —sugirió Johnson.

Emily las había ojeado muy rápido.

—No, no, sé que no lo encontraremos en estas. —Se paseó por el local con inquietud, curioseando—. ¿Me ha enseñado todo lo que tiene?

—Todas las que he sacado en Deadwood, sí.

Emily señaló hacia un estante de una esquina.

—Esas no me las ha enseñado.

—Esas las saqué durante mi estancia en las tierras baldías. Su hermano no aparece en esas placas, se lo aseguro.

—Pero me interesa verlas. Tráigalas aquí, siéntese a mi lado y hábleme de ese lugar.

Eran tan encantadora que Johnson no concebía negarle nada. Bajó las placas y le enseñó las fotografías, que ya parecían pertenecer a otra vida.

—¿Quién es ese hombre del pico minúsculo?

—Ese es el profesor Cope con su martillo de geólogo.

—¿Y eso que tiene al lado?

—Eso es un cráneo de tigre dientes de sable.

—¿Y este hombre?

—Ese es Galleta. Nuestro carretero y cocinero.

—¿Y este? ¿Está al lado de un indio?

—Son Charlie Sternberg y Viento Ligero, que era un explorador snake. Murió.

—Vaya por Dios. ¿Y esto son las tierras baldías? Parece el desierto.

—Sí, ya ve lo erosionado que está.

—¿Cuánto tiempo pasaron allí?

—Seis semanas.

—¿Y qué se les había perdido en un sitio así?

—Bueno, allá donde hay erosión, los huesos asoman y son más fáciles de desenterrar.

—¿Fueron allí a por huesos?

—Sí, por supuesto.

—Qué extraño —comentó ella—. ¿Le pagaban bien por buscar huesos?

—No, me pagué yo el viaje.

—¿Se lo pagó usted? —Señaló la desolada imagen—. ¿Para ir allí?

—Es una larga historia —respondió Johnson—. Verá, hice una apuesta en Yale y luego tuve que ir.

Se dio cuenta de que ella ya no le estaba escuchando. Iba cogiendo las placas de cristal, las sostenía a la luz, les echaba un vistazo rápido y pasaba a la siguiente.

—¿Qué espera encontrar? —preguntó Johnson, observándola.

—Es todo tan extraño para mí… —dijo Emily—. Solo tenía curiosidad sobre usted. Tome, guárdelas.

Mientras Johnson las dejaba otra vez en su estante, la chica preguntó:

—¿Y encontraron huesos?

—Ya lo creo, montones.

—¿Y ahora dónde están?

—La mitad se los llevaron en vapor Missouri abajo. Yo tengo la otra mitad.

—¿Los tiene? ¿Dónde?

—En el hotel.

—¿Puedo ver esos huesos?

Algo en su actitud le hizo recelar.

—¿Y qué interés pueden tener para usted?

—Es que siento curiosidad por verlos, ahora que me ha hablado de ellos.

—En el pueblo todo el mundo siente curiosidad por verlos.

—Por supuesto, si es demasiada molestia…

—No, no —respondió Johnson—. No es molestia.

En su habitación, abrió una caja para que ella la viera. Cayó al suelo una especie de arenilla.

—¡Esto son solo rocas viejas! —exclamó Emily, cuando examinó los fragmentos de esquisto negro.

—No, no, esto es un fósil. Mire —dijo Johnson, siguiendo con el dedo el contorno de una pata de dinosaurio. Era un espécimen perfecto.

—Pero yo creía que habían encontrado huesos antiguos, no piedras.

—Los huesos fósiles son piedras.

—Tampoco hace falta ponerse así.

—Lo siento, Emily. Pero verá, estas cosas no tienen ningún valor en Deadwood. Son huesos que llevan millones de años escondidos en la tierra y que pertenecieron a unas criaturas desaparecidas hace mucho tiempo. Este hueso es de la pata de un animal con un cuerno encima del hocico, como un rinoceronte pero mucho más grande.

—¿De verdad?

—Sí.

—Eso parece maravilloso, Bill —dijo ella, que había decidido llamarle por ese nombre.

Su delicado entusiasmo lo conmovió. Era la primera persona comprensiva con la que se encontraba en mucho tiempo.

—Lo sé —contestó—, pero nadie me cree. Cuanto más se lo explico, menos crédito me dan. Al final echarán la puerta abajo y los romperán todos, si no salgo antes de Deadwood.

Y a su pesar, empezaron a resbalarle lágrimas por una mejilla; se volvió para que no le viera llorar.

—Ay, Bill, ¿qué pasa? —preguntó Emily al tiempo que se sentaba en la cama, cerca de él.

—No es nada —respondió Johnson, enjugándose las lágrimas y volviéndose de nuevo hacia ella—. Es solo que… yo nunca pedí este trabajo, solo vine al Oeste y ahora estoy atado a estos huesos, son mi responsabilidad, y quiero mantenerlos a salvo para que el profesor pueda estudiarlos, y la gente nunca me cree.

—Yo te creo —aseguró ella.

—Entonces eres la única en todo Deadwood.

—¿Te cuento un secreto mío? —preguntó Emily—. En realidad no soy huérfana.

Johnson se quedó callado, a la espera.

—Soy de Whitewood, donde vivo desde el verano pasado.

Johnson siguió sin decir nada. Emily se mordisqueó el labio.

—Lo he hecho por encargo de Dick.

—¿Qué encargo? —preguntó él, intrigado por saber de qué conocería a Dick.

—Él pensó que confiarías en una dama y que me contarías qué contienen las cajas en realidad.

—¿O sea que le dijiste que me lo preguntarías? —repuso, sintiéndose herido.

Emily bajó la vista, como si estuviera avergonzada.

—Yo también tenía curiosidad.

—En realidad contienen huesos.

—Ahora lo he visto.

—No los quiero, no quiero saber nada de ellos, pero son mi responsabilidad.

—Te creo. —Emily arrugó la frente—. Ahora tengo que convencer a Dick. Es un hombre duro, no sé si lo sabes.

—Lo sé.

—Pero hablaré con él. Te veo a la hora de cenar.

Aquella noche, en el comedor del Grand Central, había dos visitantes nuevos. A primera vista parecían gemelos, tal era su parecido: los dos eran altos, delgados y fibrosos, los dos tenían veintitantos años y llevaban idéntico bigote ancho e idéntica camisa blanca y limpia. Eran hombres tranquilos y reservados que irradiaban calma y carácter.

—¿Sabe quiénes son esos dos? —le susurró Perkins a Johnson, a la hora del café.

—No.

—Son Wyatt Earp y su hermano, Morgan Earp. Wyatt es el más alto.

Al oír sus nombres, los hermanos miraron hacia la mesa de Johnson y saludaron educadamente con la cabeza.

—Les presento a Foggy Johnson, es un fotógrafo de la universidad de Yale —explicó Perkins.

—¿Cómo está? —saludaron los hermanos Earp, y continuaron con la cena.

Johnson no reconocía el apellido, pero la actitud de Perkins sugería que eran hombres importantes y famosos, de modo que le preguntó en voz baja:

—¿Quiénes son?

—Son de Kansas —respondió Perkins—. ¿Abilene y Dodge City?

Johnson negó con la cabeza.

—Son pistoleros famosos —susurró Perkins—. Los dos.

Johnson seguía sin tener una idea clara de su importancia, pero cualquier recién llegado a Deadwood era una presa apetecible para un fotógrafo, y después de cenar lo sugirió. En su diario, Johnson recogió su primera conversación con los famosos hermanos Earp. No fue un momento dramático exactamente.

—Caballeros, ¿qué les parecería que los fotografiara? —propuso.

—¿Fotografiarnos? Podría ser —contestó Wyatt Earp. Visto de cerca, parecía más aniñado y esbelto. Tenía una actitud serena, una mirada serena, una calma casi soñolienta—. ¿Cuánto costaría?

—Cuatro dólares —respondió Johnson.

Los hermanos Earp intercambiaron una mirada silenciosa.

—No, gracias —dijo Wyatt.

Las nuevas de Emily

No hay nada que hacer —le susurró ella fuera, en el porche del hotel, antes de la cena—. La llegada de los hermanos Earp ha puesto nerviosos a los Curry. Están a la que salta. Lo que quiere decir que esta noche van a ir a por tus huesos. Se han jactado de ello.

—No van a conseguirlos —dijo Johnson.

—Creo que tienen por costumbre conseguir todo lo que se les antoja.

—Esta vez no.

—¿Qué piensas hacer?

—Montaré guardia delante —aseguró Johnson, llevándose la mano a la pistola.

—Yo no lo haría.

—¿Qué crees que debería hacer?

—Lo mejor sería que te mantuvieras al margen y dejaras que se los llevaran.

—Eso no puedo hacerlo, Emily.

—Son hombres duros.

—Lo sé. Pero tengo que proteger los huesos.

—Son solo huesos.

—No, no son solo eso.

Johnson vio que se le iluminaban los ojos.

—¿Son valiosos, entonces?

—Tienen un valor incalculable. Ya te lo he dicho.

—Dime la verdad. ¿Qué son en realidad?

—Emily, en realidad son huesos. Como te he dicho.

La chica parecía indignada.

—Si de mí dependiera, no arriesgaría el pellejo por un montón de huesos viejos.

—No depende de ti, y esos huesos son importantes. Son huesos históricos e importantes para la ciencia.

—A los Curry les trae sin cuidado la ciencia, y no dudarán en matarte.

—Lo sé. Pero tengo que defender los huesos.

—Entonces será mejor que consigas ayuda, Bill.

Encontró al famoso pistolero Wyatt Earp en el salón Melodeon, jugando al blackjack. Johnson lo llevó aparte.

—Señor Earp, ¿podría contratar sus servicios esta noche?

—Imagino que sí —respondió Earp—. ¿En calidad de qué?

—Como escolta —aclaró Johnson, y le habló de los huesos fósiles, la habitación y los hermanos Curry.

—Está bien —convino Earp cuando lo hubo escuchado todo—. Querré cinco dólares.

Johnson accedió.

—Por adelantado.

Johnson le pagó, allí mismo, en el salón.

—Pero ¿puedo contar con usted?

—Claro que sí —dijo Wyatt Earp—. Nos vemos en su habitación a las diez en punto de esta noche. Tenga preparada munición y mucho whisky, y no se preocupe por nada más. Ahora tiene a Wyatt Earp de su lado. Se acabaron sus problemas.

Cenó con Emily, en el comedor del hotel.

—Ojalá te olvidaras de eso —dijo ella.

Era exactamente lo mismo que pensaba él.

—No puedo, Emily —respondió en cambio.

—Entonces, buena suerte, Bill —se despidió tras darle un beso en la mejilla—. Espero verte mañana.

—No lo dudes —dijo, y sonrió para hacerse el valiente ante ella.

Emily subió a su habitación. Johnson se dirigió a la suya y se encerró dentro.

Eran las nueve de la noche.

Pasaron las diez, y luego las diez y media. Johnson agitó su reloj de bolsillo, preguntándose si no iría mal. Por fin, abrió la puerta y bajó al vestíbulo del hotel.

Un chico con la cara llena de granos se ocupaba del turno de noche en la recepción.

—¿Qué tal, señor Johnson?

—¿Qué tal, Edwin? ¿Has visto al señor Earp?

—Esta noche no. Pero sé por dónde anda.

—¿Qué sabes?

—Está en el Melodeon, jugando al blackjack.

—Esta tarde estaba en el Melodeon.

—Bueno, pues sigue allí.

Johnson miró el reloj de pared. También marcaba las diez y media.

—Se suponía que teníamos que vernos aquí.

—Probablemente se le habrá olvidado —dijo Edwin.

—Teníamos un acuerdo.

—Probablemente estará bebiendo —añadió Edwin.

—¿Puedes acercarte allí y decirle que venga?

—Ojalá pudiera, pero tengo que quedarme aquí. No se

preocupe, el señor Earp es un tipo responsable. Si ha dicho que vendrá, estoy seguro de que llegará en cualquier momento.

Johnson asintió y volvió a encerrarse en su habitación.

Y esperó. «Si entran por la puerta —pensó—, más me vale estar preparado.» Metió una pistola dentro de cada bota a los pies de la cama.

Las horas se le hacían eternas. A medianoche, salió una vez más con sus calcetines de lana para preguntar por Earp, pero Edwin estaba dormido y la llave de su supuesto escolta se hallaba en la pared detrás de él, lo que significaba que aún no había vuelto del salón.

Johnson regresó a su habitación y esperó.

A su alrededor, el hotel estaba en silencio.

Contempló las manecillas de su reloj. Escuchó el tictac, y esperó.

A las dos, oyó un arañazo en la pared. Se levantó de un salto y alzó la pistola.

—¿Quién va?

No hubo respuesta. Más arañazos.

—¡Váyanse! —dijo con voz temblorosa.

Oyó un tenue chillido y los arañazos se alejaron con rapidez. En ese momento reconoció el sonido.

—Ratas.

Se desplomó otra vez sobre la cama, tenso y agotado. Estaba sudando; le temblaban las manos. Aquello no se le daba bien. No tenía valor suficiente. ¿Y dónde estaba Wyatt Earp?

—No entiendo por qué está tan alterado —dijo Earp al día siguiente.

—Teníamos un trato —replicó Johnson—. Por eso estoy tan alterado. —No había pegado ojo en toda la noche; se sentía furioso y cansado.

—Sí, es verdad —dijo Earp—. Proteger sus fósiles de los Curry.

—Y le pagué por adelantado.

—Sí, es verdad.

—¿Y usted dónde estaba?

—Haciendo el encargo por el que me pagó —respondió Earp—. Me pasé toda la noche jugando al blackjack. Con los hermanos Curry.

Johnson suspiró. Estaba demasiado cansado para discutir.

—Bueno, ¿qué esperaba que hiciese? —dijo Earp—. ¿Dejar que vinieran y sentarme a oscuras con usted?

—Lo que pasa es que yo no lo sabía.

—No tiene buena cara —observó Earp, comprensivo—. Vaya a dormir.

Johnson asintió y emprendió el camino de vuelta al hotel.

—¿Quiere contratarme otra vez esta noche? —le preguntó Earp a voces mientras se alejaba.

—Sí —respondió Johnson.

—Serán cinco dólares.

—No pienso pagarle cinco dólares para que juegue al blackjack —repuso Johnson.

Earp se encogió de hombros.

—Como vea, muchacho.

Aquella noche volvió a meter en las botas las pistolas cargadas y las balas de repuesto. Debió de caer dormido pasada la medianoche, porque le despertó el sonido de la madera al astillarse. La puerta rota se abrió y una figura se coló en la habitación. La puerta se cerró de nuevo. Estaba oscuro como boca de lobo por culpa de las cajas que tapaban la ventana.

—¿Foggy? —susurró una voz.

—¿Wyatt? —murmuró Johnson.

El chasquido seco de una pistola al ser amartillada. Un paso. Silencio. Respiración en la oscuridad. Johnson cayó en la cuenta de que era un blanco fácil; se deslizó de la cama y se metió debajo. Sacó una pistola de la bota y luego lanzó la bota contra la pared.

Se oyó el golpe de la bota contra el muro y apareció una lengua de fuego cuando el intruso disparó hacia el ruido. Alguien gritó de inmediato en otro punto del hotel.

—¡Sal de aquí, quienquiera que seas! —gritó Johnson mientras la habitación se llenaba de humo—. Tengo una pistola cargada, sal de aquí.

Silencio. Otro paso. Respiración.

—¿Eres tú, Foggy, muchacho?

Volvió a abrirse la puerta y entró otro hombre.

—Está en la cama —dijo una voz.

—Foggy, vamos a encender una lámpara. Tú quédate quieto y arreglaremos esto enseguida.

En lugar de eso, los hombres abrieron fuego contra la cama, lo que hizo saltar astillas del somier. Johnson agarró su segunda pistola, alzó ambas armas y las vació sin la menor habilidad.

Oyó cómo saltaban fragmentos de madera, gemidos, algo que caía y luego, tal vez, la puerta al abrirse.

Hizo una pausa para recargar a tientas en la oscuridad. Oyó una respiración; estaba seguro. Eso le puso nervioso. Se imaginaba al asesino agachado allí al lado, escuchando el aliento frenético de Johnson, escuchando el tintineo de las balas al entrar en las cámaras, centrándose en el sonido, localizando a Johnson…

Terminó de recargar. Todavía nada.

—Oh, Carmella —dijo una voz triste y cansada—. Sé que he sido... —La respiración del intruso se volvió trabajosa—. Si no me faltara el resuello... —Tosió y se oyó una patada contra el suelo. Luego un sonido crepitante y estrangulado. Luego nada.

En su diario, Johnson escribió:

> Comprendí entonces que había matado a un hombre, pero la habitación estaba demasiado oscura para ver de quién se trataba. Esperé allí, en el suelo, con las pistolas preparadas por si regresaba el otro tirador, y decidí disparar primero y hacer las preguntas después. Pero entonces oí que el señor Perkins, el propietario, me llamaba desde el pasillo. Le respondí y le aseguré que no iba a disparar, y entonces apareció en el umbral con una lámpara con la que iluminó la habitación y luego el suelo, donde yacía muerto un hombre corpulento, cuya sangre formaba una alfombra empapada.

El hombre tenía tres heridas limpias de bala en su ancha espalda.

Perkins volteó el cuerpo. A la luz parpadeante de la lámpara, se asomó a los ojos sin vida de Clem Curry.

—Está tieso —musitó.

El pasillo se llenó de voces, y luego varias cabezas asomaron por la puerta para curiosear.

—Dejen paso, señores, dejen paso.

El juez Harlan se abrió camino a empujones entre los chismosos hasta el interior de la habitación. Estaba de mal humor, probablemente, pensó Johnson, porque lo habían sacado de la cama. Nada más lejos de la verdad.

—He dejado una partida de póquer cojonuda para ocuparme de este asesinato. —El juez contempló el cuerpo—. Es Clem Curry, ¿verdad?

Johnson dijo que sí.

—No es una gran pérdida para la comunidad, por lo que a mí respecta —comentó el juez—. ¿Qué hacía aquí?

—Robarme —contestó Johnson.

—No me extraña. —El juez Harlan dio un trago de una petaca y se la pasó a Johnson—. ¿Quién le ha disparado?

Johnson respondió que había sido él.

—Bueno —dijo el juez—, en lo que a mí concierne, no pasa nada. El único problema es que le ha disparado por la espalda.

Johnson explicó que estaban a oscuras y no se veía nada.

—Estoy seguro —afirmó el juez—, pero el problema es que le has disparado tres veces por la espalda.

Johnson dijo que no era su intención matar a nadie.

—Estoy seguro. Conmigo no va a tener ningún problema, pero puede que surja alguna complicación cuando Dick el Negro se entere, mañana o pasado, dependiendo de si está en el pueblo.

A Johnson ya se le había pasado por la cabeza, y no le gustaba darle vueltas más de lo necesario.

—¿Tiene pensado marcharse de Deadwood? —preguntó el juez.

—Todavía no —respondió Johnson.

El juez Harlan pegó otro trago de la petaca.

—Yo lo haría —repuso—. Lo que es yo, estaría lejos antes del amanecer.

—¡Caramba, que me aspen! —exclamó Sam Perkins mientras metía los dedos en los agujeros de bala de la pared cuando se hubo marchado todo el mundo—. Desde luego la han armado gorda, señor Johnson.

—No se ha llevado los huesos.

—Eso es verdad, pero han sacado de la cama a todos y cada uno de mis huéspedes en mitad de la noche, señor Johnson.

—Lo siento.

—Yo así no puedo dirigir un hotel, señor Johnson. El Grand Central tiene su reputación. Quiero que saque estos huesos de aquí hoy mismo —dijo Perkins.

—Señor Perkins…

—Hoy mismo —repitió el propietario—, y es mi última palabra. Y le cobraré la reparación de los agujeros de bala. Lo añadiré a su cuenta.

—¿Adónde voy a trasladarlos?

—No es problema mío.

—Señor Perkins, estos huesos son valiosos para la ciencia.

—Estamos muy lejos de la ciencia. Sáquelos de aquí y punto.

El traslado de los huesos

A la mañana siguiente, con las cajas cargadas en el carromato, su primera parada fue el banco de Deadwood, pero no tenían espacio para almacenar nada que no fuese polvo de oro.

Después probó en la tienda de Sutter. El señor Sutter tenía una cámara acorazada en la parte de atrás donde guardaba las armas de fuego que estaban a la venta, pero se negó en redondo a ponerla a su disposición. Johnson aprovechó la visita para comprar más balas para sus pistolas.

El hotel National no era tan exigente como el Grand Central y era conocido por su tolerancia. Pero el encargado de recepción le dijo que no tenían instalaciones de almacenamiento.

El salón y casa de juego de Fielder abría a todas horas y era escenario de tantos altercados que Fielder pagaba a guardias armados para que mantuviesen el orden. Tenía en la parte de atrás un espacio bastante grande.

Dijo que no.

—Solo son huesos, señor Fielder.

—Puede que sí, puede que no. Sea lo que sea, los hermanos Curry van tras eso. No quiero saber nada del tema.

El coronel Ramsay era pendenciero y tenía sitio de sobra

en su cuadra, pero se limitó a negar con la cabeza cuando Johnson acudió a él.

—¿Es que todo el mundo tiene miedo a los hermanos Curry?

—Todo el mundo con algo de sentido común —matizó Ramsay.

Atardecía, la luz empezaba a menguar y la temperatura en el pueblo descendía con rapidez. Johnson volvió a su estudio fotográfico, la Galería de Arte de las Colinas Negras, pero no tenía clientes. Al parecer, se había vuelto extremadamente impopular de la noche a la mañana. Andaba revolviendo por el estudio, para ver si podía guardar allí los huesos, cuando llegó de la lavandería su casero, Kim Sing, acompañado por su joven hijo, el que se había llevado a rastras aquel cadáver tirado en la calle.

Sing asintió con la cabeza y sonrió, pero, como de costumbre, no dijo nada. El hijo habló:

—¿Necesita sitio para almacenar cosas?

El muchacho se defendía bastante bien con el idioma.

—Pues sí. ¿Cómo te llamas?

—Kang.

—Me gustan esas botas que llevas, Kang.

El chico sonrió. Los jóvenes chinos nunca llevaban botas de cuero. Su padre le dijo algo.

—Guarda sus cosas en barrio chino.

—¿Puedo?

—Sí. Puede.

—Tendría que ser un lugar seguro.

—Sí. Ling Chow tiene cobertizo, muy resistente y nuevo, tiene candado y no ventanas; solo ventanitas arriba.

—¿Dónde está?

—Detrás de restaurante de Ling Chow.

En pleno centro del barrio chino. Sería perfecto. Johnson se sintió embargado por la gratitud.

—Es muy amable por su parte, agradezco mucho su oferta. En este pueblo no hay nadie que ni siquiera…

—Diez dólares por noche.

—¿Qué?

—Diez dólares por noche. ¿Vale?

—¡No puedo permitirme diez dólares por noche!

—Puede. —Ni parpadeó.

—Es un escándalo.

—Ese es el precio. ¿Vale?

Johnson recapacitó.

—Vale —dijo—. Vale.

«En aquel momento, aún tenía más de cuatrocientos kilos de fósiles», recordaría Johnson más tarde.

Diez cajas que pesaban unos cuarenta kilos cada una. Pagué al chico de Kim Sing, Kang, para que me ayudase con el carromato. Le di dos dólares por toda la tarde, y se los ganó. No paraba de preguntar «¿Qué es?» y yo no paraba de responderle que eran huesos antiguos. Pero mi explicación no se había vuelto más convincente. Tampoco sabía que hubiera tantos chinos en Deadwood. Me daba la impresión de que sus caras impasibles estaban por todas partes, observándome, comentando la situación, apelotonados alrededor del cobertizo, asomados a las ventanas de los edificios colindantes.

Al final, cuando todas las cajas estuvieron perfectamente apiladas en el cobertizo, Kang las contempló y dijo:

—¿Por qué le importan tanto?

Le dije que ya no lo sabía. Después fui a cenar al Grand Central y volví al cobertizo al anochecer, para hacer mi guardia nocturna de los huesos de dinosaurio.

No tuvo que esperar mucho. Alrededor de las diez, unas sombras aparecieron en torno a las elevadas ventanillas. Johnson amartilló su pistola. Fuera había varias figuras; oyó unos susurros.

La ventana se abrió un resquicio. Una mano se coló por el hueco. Johnson vio aparecer una cabeza oscura en el estrecho cristal. Apuntó con la pistola.

—¡Fuera, cabrones!

Una aguda risilla lo sobresaltó. Eran niños, críos chinos. Bajó el arma.

—Marchaos. Va, marchaos.

Las risillas continuaron. Luego unos pasitos, y volvió a quedarse solo. Suspiró. Menos mal que no se había apresurado a disparar, pensó.

Sonaron más pasos.

—¿No me habéis oído? ¡Fuera de aquí!

Probablemente no entendían su idioma, supuso. Sin embargo, la mayoría de los más jóvenes se manejaban bastante bien. Y los mayores lo hablaban mucho mejor de lo que estaban dispuestos a reconocer.

Otra cabeza junto a la ventana, en sombras.

—¡Marchaos, niños!

—Señor Johnson. —Era Kang.

—¿Sí?

—Tengo las malas noticias.

—¿Qué?

—Me parece que todo mundo sabe que está aquí. La gente en lavandería cuenta que mueve cajas a este sitio.

Johnson se quedó paralizado. Por supuesto que lo sabían. No había hecho más que intercambiar una habitación del pueblo por otra.

—¿Kang, conoces mi carromato?

—Sí, sí.

—Está en el establo. ¿Puedes ir por él y traerlo aquí?

—Sí.

Pareció volver en cuestión de unos pocos minutos.

—Diles a tus amigos que carguen las cajas lo más rápido posible.

Kang hizo lo que le pedía y el carro no tardó en estar cargado. Johnson les dio un dólar y les dijo que escamparan.

—Kang, quédate conmigo.

El barrio chino era más grande de lo que parecía, porque no paraban de construirse calles nuevas. Kang le enseñó a maniobrar el carromato por las estrechas calzadas. En un momento dado, vieron que por la calle de delante cruzaban cuatro jinetes con prisa y se detuvieron.

—Te buscan, creo —dijo Kang.

Tomaron una carretera secundaria y al cabo de unos minutos llegaron al pino alto donde Johnson había enterrado a Viento Ligero. La tierra aún estaba blanda, y con la ayuda de Kang exhumaron con delicadeza al indio, conteniendo la respiración al sacarlo del agujero. El hedor era nauseabundo. Las diez cajas ocupaban el espacio de unas dos tumbas más, y Johnson ensanchó el hoyo que había cavado para Viento Ligero y amontonó las cajas de la forma más ordenada que pudo. Después tendió al explorador muerto encima de las cajas, como si estuviera durmiendo sobre ellas.

«Si tuviera mi cámara y fuese de día, sacaría una fotografía de esto», se dijo Johnson.

Volvió a cubrir a Viento Ligero de tierra, esparciéndola para que el sobrante no llamase tanto la atención, y después repartió agujas de pino por la zona.

—Este es nuestro secreto —le dijo a Kang.

—Sí, pero puede ser un secreto mejor.

—Sí, por supuesto. —Johnson sacó del bolsillo una moneda de oro de cinco dólares—. No se lo cuentes a nadie.

—No, no.

Pero no se fiaba de que el chico no fuera a hablar.

—Cuando me vaya, Kang, te pagaré otros cinco dólares si has guardado el secreto.

—¿Otros cinco dólar?

—Sí, el día que me vaya de Deadwood.

Un duelo

Dick el Negro se presentó hecho una furia en el hotel Grand Central esa misma mañana a la hora del desayuno. Abrió la puerta de una patada.

—¿Dónde está ese pequeño cabrón? —Su mirada recayó en Johnson.

—No soy dado a disparar —contestó este, con toda la calma que pudo reunir.

—Ningún cobarde lo es.

—Es usted libre de tener la opinión que quiera.

—Disparaste a Clem por la espalda. Eres una serpiente repugnante y un gallina.

—Iba a robar mi propiedad.

Dick escupió.

—Le disparaste por la espalda, hijo de la gran puta.

Johnson sacudió la cabeza.

—No me dejaré provocar.

—Pues escucha una cosa —dijo Dick—. O sales conmigo ahora mismo o voy a ese cobertizo del barrio chino, meto dinamita en todas tus preciosas cajas y las vuelo en mil pedazos. A lo mejor de paso reviento a alguno de esos chinos que te ayudaron.

—No te atreverías.

—No veo quién me lo va a impedir. ¿Te apetece ver cómo vuelo tus preciosos huesos?

Johnson experimentó una furia profunda y extraña. Sintió que lo abrumaban todas sus frustraciones, todas las dificultades de esas semanas en Deadwood. Se alegró de haber trasladado las cajas. Empezó a respirar hondo y despacio. Notaba la cara curiosamente tensa.

—No —replicó Johnson. Se puso en pie—. Te veo fuera, Dick.

—Perfecto —dijo el pistolero—. Te estaré esperando.

Y Dick salió dando un portazo.

Johnson se sentó en el comedor del hotel. El resto de los clientes lo miraban. Nadie dijo nada. El sol entraba por las ventanas. Oyó trinar a un pájaro.

Oyó el traqueteo de las carretas en la calle, a la gente que gritaba que había que dejar vía libre, que se iba a producir un tiroteo. Oyó las clases de piano de la señora Wilson en el edificio contiguo, a un niño que tocaba escalas.

Johnson se sentía completamente irreal.

Unos minutos más tarde, Wyatt Earp entró con premura en el comedor.

—¿Qué es ese disparate sobre Dick Curry y usted?

—Es verdad.

Earp lo miró a los ojos un instante y luego dijo:

—Siga mi consejo y échese atrás.

—No pienso echarme atrás —replicó Johnson.

—¿Sabe disparar?

—No muy bien.

—Qué lástima.

—Pero pienso enfrentarme a él de todas formas.

—¿Quiere un consejo o prefiere morir a su manera?

—Agradeceré cualquier consejo —dijo Johnson. Reparó en que le temblaba el labio, y la mano.

—Siéntese —indicó Earp—. Me he visto en muchas como esta, y siempre es igual. Tenemos a un pistolero como Dick, muy pagado de sí mismo, que ya ha matado a tiros a un hombre o dos. Es rápido. Pero sus víctimas han sido más que nada gente borracha, asustada o las dos cosas.

—Yo asustado seguro que estoy.

—Eso está bien. Solo recuerde que la mayoría de estos pistoleros son cobardes y abusones, que tienen un truco que les funciona. Debe evitar sus trucos.

—¿Cómo cuáles? ¿Qué trucos?

—Algunos intentan apabullarte con prisas, otros tratan de distraerte: se encienden un puro y luego lo tiran, esperando que lo sigas con la mirada, como es natural. Algunos prueban a hablar contigo; otros bostezan para que los imites. Trucos.

—¿Qué hago? —El corazón de Johnson latía tan desbocado que apenas oyó su propia voz.

—Cuando salga, tómese su tiempo. Y no lo pierda de vista en ningún momento; puede que intente dispararle en cuanto asome a la calle. No aparte los ojos de él. Luego ocupe su posición y abra un poco las piernas, para tener mejor equilibrio. No deje que le enrede en una conversación. Concéntrese en él. No lo pierda de vista, haga lo que haga. Mírele a los ojos. En sus ojos verá cuándo va a hacer su jugada, antes incluso de que mueva la mano.

—¿Cómo lo veré?

—Lo verá, no se preocupe. Deje que dispare él primero, desenfunde tranquilamente, apunte tranquilamente y dispárele una vez en pleno estómago. No haga florituras como apuntar a la cabeza. Vaya a lo seguro. Péguele un tiro en el estómago y mátelo.

—Dios mío. —Johnson empezaba a cobrar consciencia de la realidad de la situación.

—¿Seguro que no quiere echarse atrás?

—¡No!

—Vale —dijo Earp—. Creo que saldrá de esta. Dick es un gallito y cree que usted es un pardillo. No hay rival mejor que un gallito.

—Me alegro de oír eso.

—Saldrá de esta —repitió Earp—. ¿Lleva la pistola cargada?

—No.

—Pues mejor cárguela, muchacho.

Johnson salió del hotel a la luz de la mañana. La calle principal de Deadwood estaba desierta. Reinaba el silencio, salvo por las clases de piano de la señora Wilson, monótonas escalas.

Dick el Negro esperaba en el extremo norte de la calle. Daba caladas a un puro. El sombrero ancho le sumía la cara en sombras. A Johnson le costaba verle los ojos. Vaciló.

—Sal de una vez, Foggy —dijo Dick.

Johnson se alejó del hotel en dirección a la calle. Notó que se le hundían los pies en el barro. No bajó la mirada.

«No lo pierdas de vista. No apartes los ojos de él.»

Avanzó hacia el centro de la calle y se paró.

«Abre las piernas para tener mejor equilibrio.»

Oyó con total claridad que la señora Wilson decía:

—No, no, Charlotte. Ritmo.

«Concéntrate. Concéntrate en él.»

Estaban a diez metros de distancia, en la calle principal de Deadwood, bajo el sol de la mañana.

Dick se rio.

—Acércate más, Foggy.

—Así va bien —dijo Johnson.

—Casi no te veo, Foggy.

«No dejes que hable contigo. Obsérvalo.»

—Yo te veo bien —dijo Johnson.

Dick se rio. La carcajada dio paso al silencio.

«Mírale a los ojos. Mírale a los ojos.»

—¿Alguna última petición, Foggy?

Johnson no respondió. Sentía el corazón desbocado en el pecho.

Dick el Negro tiró su puro, que voló por el aire y se apagó contra el fango.

«Haga lo que haga, no lo pierdas de vista.»

Dick desenfundó.

Todo pasó muy deprisa, el cuerpo de Dick quedó oculto por una nube de espeso humo negro y dos balas pasaron silbando por el lado de Johnson antes de que sacara su propia pistola, y sintió que una tercera le quitaba el sombrero mientras apuntaba y disparaba. El revólver dio una sacudida en su mano. Oyó un grito de dolor.

—¡Hijo de perra! ¡Me ha dado!

Johnson escudriñó a través del humo, más confuso que otra cosa. Al principio no distinguía nada; Dick parecía haber desaparecido por completo de la calle.

Entonces el humo se despejó y vio la figura que se retorcía en el barro.

—¡Me has dado! ¡Maldita sea! ¡Me has dado!

Johnson se lo quedó mirando. Dick se puso en pie con esfuerzo, agarrándose el hombro que le sangraba, con el brazo herido colgando inerte. Estaba cubierto de barro.

—¡Maldito seas!

«Remátalo», pensó Johnson.

Pero ya había matado a un hombre y no tenía estómago para volver a disparar. Observó mientras Dick cruzaba la calle tambaleándose y se subía a su caballo.

—¡Esta me la pagarás! ¡Me la pagarás! —gritó, y salió cabalgando del pueblo.

Johnson contempló cómo se alejaba. Oyó vítores y aplausos dispersos procedentes de los edificios de alrededor. Se sentía mareado, y le flaquearon las piernas.

—Lo has hecho bien —dijo Earp—, solo que no lo has matado.

—No soy un pistolero.

—No pasa nada —repuso Earp—. Pero hazme caso, tendrías que haberlo matado. No me ha parecido que sus heridas fuesen mortales, y ahora tienes un enemigo de por vida.

—No podía matarlo, Wyatt.

Earp le miró durante un rato.

—Eres del Este hasta las cachas, ese es el problema. No tienes sentido común. Vas a tener que salir del pueblo, y rápido.

—¿Por qué?

—Porque, muchacho, ahora tienes una reputación.

Johnson se echó a reír.

—Todos los del pueblo saben quién soy.

—Ya no —corrigió Earp.

Resultó que Foggy Bill Johnson, el hombre que había acribillado a Clem Curry y después se había enfrentado a su hermano Dick, era, en efecto, una especie de celebridad infame en Deadwood. De repente todo aquel que se tenía por diestro con la pistola quería conocerlo.

Después de dos días zafándose de duelos, Johnson comprendió que Earp tenía razón. Pronto habría de dejar Deadwood. Contaba con el dinero justo para pagar el billete y los portes en la diligencia exprés, y compró un ticket para el día siguiente. Cuando menguó la luz, cogió uno de los caballos y fue a comprobar que nadie hubiese removido la tumba de Viento Ligero. Por el momento, estaba igual. La tierra se había endurecido con el frío y no había dejado huellas. Aun así, se obligó a partir de inmediato, para que nadie lo viera.

Earp, entretanto, se había hartado de jugar y de cortejar con desgana a la señorita Emily. Había llegado con la esperanza de que en Deadwood le ofreciesen un puesto de alguacil, pero no le habían propuesto nada, de modo que planeaba dirigirse al sur para pasar el invierno.

—¿Cuándo se va? —le preguntó Johnson.

—¿Qué más le da?

—A lo mejor podría cabalgar conmigo.

—¿Con usted y con sus huesos? —Earp se rio—. Muchacho, hasta el último bandido y forajido de aquí a Cheyenne no hace otra cosa que esperar a que parta de Deadwood con esos huesos.

—Llegaría seguro si me acompañara usted.

—Creo que esperaré, para escoltar a la señorita Emily.

—La señorita Emily también podría venir mañana, sobre todo si usted cabalga con nosotros.

Earp le miró fijamente.

—¿Y qué gano yo, muchacho?

—Seguro que la diligencia le pagaría como mensajero.
—Un mensajero era un guardia; estaban bien pagados.

—¿No puede ofrecer nada mejor?

—Creo que no.

Se hizo un silencio.

—Le propongo una cosa —dijo Earp por fin—: si consigo que llegue a Cheyenne, me da la mitad de su cargamento.

—¿La mitad de mis huesos?

—Exacto —confirmó Earp con una sonrisa de oreja a oreja y un guiño—. La mitad de sus huesos. ¿Qué me dice?

«Entonces descubrí», escribió Johnson la noche del 28 de septiembre,

> ... que el señor Earp era como todos los demás y no creía en absoluto que esas cajas contuvieran huesos. Me enfrentaba a un dilema moral. El señor Earp se había portado bien conmigo y me había ayudado en más de una ocasión. Le estaba pidiendo que afrontase un peligro real y él creía que estaba jugándose la vida por un tesoro. Era mi obligación quitarle de la cabeza esa idea errónea y codiciosa. Pero el Oeste me había enseñado muchas cosas que Yale no había sido capaz de transmitirme. Había aprendido que un hombre tiene que velar por sí mismo. De modo que lo único que le dije fue: «Señor Earp, trato hecho».

La diligencia partiría de Deadwood a la mañana siguiente.

Despertó unas horas después de la medianoche. Había llegado el momento de recuperar las cajas de huesos. Había acordado con Kang que le pagaría por ayudarle de nuevo, ya que ningún hombre blanco querría desenterrar a un indio muerto. Salieron del pueblo con el carromato y lo primero que hicieron fue exhumar a Viento Ligero, que no olía tan mal como la otra vez, gracias al aire frío.

Una por una, las cajas pasaron al vehículo. Estaban sucias y mojadas de hallarse bajo tierra, pero por lo demás parecían en buen estado. En esa ocasión, Johnson rellenó la mayor parte del hoyo antes de bajar a Viento Ligero. Hizo una pausa al verlo. Lo grotesco no era el rostro gris y descompuesto del indio, sino que hubiera enterrado tres veces a aquel pobre hombre. Viento Ligero había muerto para protegerlo y, a cambio, él no le había dejado descansar en paz.

El camino a Cheyenne

Una vez en el pueblo, siguió adelante hasta llegar a la estación de la diligencia. El carruaje ya estaba allí. Había empezado a nevar otra vez, y un viento gélido gemía en su recorrido por el barranco de Deadwood. Johnson se alegraba de marcharse, y fue izando las cajas al techo de la diligencia de forma metódica. A pesar de las promesas del agente, los huesos no cabían todos arriba con el enormemente gordo conductor, Tim Edwards, alias el Pequeñín. Johnson se vio obligado a reservar un asiento más para colocar unas cuantas dentro. Por suerte, los únicos pasajeros eran la señorita Emily y él mismo.

Después tuvieron que esperar a Wyatt Earp, de quien no había ni rastro. Johnson aguardó en la nieve con la señorita Emily, mirando a un lado y al otro de la deprimente calle de Deadwood.

—Tal vez no venga, después de todo —señaló.

—Yo creo que vendrá —dijo la señorita Emily.

Mientras esperaban, un niño pelirrojo se les acercó corriendo.

—¿Señor Johnson?

—Yo mismo.

El chico le entregó una nota y salió trotando. Johnson la abrió, la leyó rápidamente y la arrugó.

—¿Qué es? —preguntó la señorita Emily.

—El juez Harlan, que se despide de mí.

Alrededor de las nueve, vieron que los hermanos Earp se aproximaban por la calle. Los dos parecían muy cargados. «Cuando estuvieron más cerca —escribió Johnson—, vi que los Earp se habían procurado un surtido de armas de fuego. No había visto nunca a Wyatt Earp con una pistola, pues rara vez iba armado en público, pero entonces llevaba a cuestas un verdadero arsenal.»

Earp llegaba tarde porque había tenido que esperar a que abriese la tienda de Sutter, para comprar armas. Llevaba dos escopetas recortadas, tres rifles de repetición Pierce, cuatro revólveres Colt y una docena de cajas de munición.

—Parece que esperan trabajo movidito —dijo Johnson.

Earp le pidió a la señorita Emily que subiera a la diligencia.

—No quiero alarmarla. —Después le contó a Johnson que, en su opinión, se enfrentaban a «un montón de problemas, y no tiene sentido fingir otra cosa».

Johnson le enseñó a Earp la nota, que rezaba:

COMO ME YAMO DICK CURRY
QUE TE PROMETO QUE HOI ERES HOMBRE MUERTO

—No pasa nada —dijo Earp—. Estamos preparados para recibirle.

El hermano de Wyatt, Morgan, había cerrado un lucrativo acuerdo para transportar leña y tenía previsto pasar el invierno en Deadwood, pero dijo que cabalgaría con Wyatt y la diligencia hasta Custer City, ochenta kilómetros al sur.

Tim el Pequeñín se inclinó desde el pescante.

—¿Los caballeros van a pasarse el día discutiendo o están listos para echar a rodar?

—Estamos listos —respondió Earp.

—Pues súbanse al vehículo. Plantados en medio de la calle, no vamos a ninguna parte, ¿verdad?

Johnson se subió a la diligencia con la señorita Emily y, por décima vez aquella mañana, echó un vistazo a sus cajas y apretó las correas que las sujetaban. Morgan Earp se encaramó al techo del carruaje, mientras que Wyatt se situó junto al cochero.

Un joven chino con botas de vaquero se acercó corriendo a la diligencia. Era Kang, con cara de preocupado.

Johnson metió la mano en el bolsillo y encontró una pieza de oro de cinco dólares.

—¡Kang!

Asomó el cuerpo por la puerta abierta y lanzó al aire la moneda centelleante. Kang la atrapó al vuelo con notable destreza. Johnson le hizo un gesto de despedida con la cabeza, sabedor de que no volvería a ver nunca a aquel muchacho.

Tim hizo restallar la fusta, los caballos bufaron y salieron al galope de Deadwood entre remolinos de nieve.

Había un trayecto de tres días hasta Fort Laramie: uno hasta Custer City, en pleno centro de las Colinas Negras; una segunda jornada por el traicionero cañón Rojo hasta la estación de la diligencia situada en el extremo sur de las Colinas Negras; y el tercer día cruzarían las llanuras de Wyoming hasta alcanzar el puente de hierro recién construido que sorteaba el río Platte a la altura de Laramie.

Earp le aseguró que el viaje resultaría más seguro a medida que avanzasen y que, si llegaban a Laramie, estarían a salvo por completo; en adelante, la carretera de Laramie a Cheyenne la patrullaba la caballería.

Si llegaban a Laramie.

«Tres obstáculos se interponían entre nosotros y nuestro destino», escribió Johnson más tarde en su diario:

El primero eran Dick el Negro y su banda de rufianes. Esperábamos encontrarlos durante la primera jornada. El segundo eran Persimmons Bill y sus indios renegados. Esperábamos encontrarlos en el cañón Rojo durante el segundo día. Y el tercer obstáculo era el más peligroso de todos... y no lo vi venir en ningún momento.

Johnson se había armado de valor para una travesía peligrosa, pero no estaba preparado para los riesgos puramente físicos que le esperaban.

Los caminos de las Colinas Negras eran malos, y exigían viajar despacio. Había tramos escarpados, y el hecho de que la diligencia se balancease ominosamente cerca del borde inestable bajo su cargamento de huesos no los tranquilizaba. Las nevadas recientes habían convertido varios arroyos —el Bear Butte, el Elk y el Boxelder— en ríos crecidos y revueltos. La pesada carga de la diligencia hacía que cruzarlos resultase especialmente peligroso.

Como explicó Tim:

—Si este trasto se queda atascado en las arenas movedizas, en medio del río, no iremos a ninguna parte a menos que volvamos atrás a buscar un tiro extra para remolcar la diligencia, pueden estar seguros.

Y además de las dificultades, vivían bajo la amenaza continua de sufrir un ataque en cualquier momento. La tensión les crispaba los nervios, porque el obstáculo más leve era potencialmente peligroso.

Hacia mediodía, la diligencia se detuvo. Johnson se asomó a la ventana.

—¿Por qué paramos?

—Mete la cabeza si no quieres perderla —le espetó Earp—. Hay un árbol caído en el camino.

—¿Y?

Morgan Earp escudriñó desde el techo de la diligencia.

—¿Señorita Emily? Le agradecería mucho que se agachase y no se levantara hasta que volvamos a movernos.

—No es más que un árbol caído —dijo Johnson.

La tierra era una capa muy fina en muchas zonas de las Colinas Negras, y los árboles a mundo se desplomaban en los caminos.

—Puede que sí —respondió Earp—; puede que no. —Señaló que la calzada estaba rodeada de colinas elevadas por todos los lados. Los árboles llegaban hasta el camino mismo, por lo que ofrecían la posibilidad de acercarse mucho y a cubierto—. Si vienen a por nosotros, este sería un buen lugar.

Tim el Pequeñín se bajó del pescante y se adelantó para inspeccionar el árbol atravesado en el camino. Johnson oyó el chasquido seco de las escopetas al cargarse.

—¿De verdad hay peligro? —preguntó la señorita Emily. No parecía preocupada en absoluto.

—Supongo que sí —respondió Johnson. Sacó la pistola, miró por el cañón e hizo girar el tambor.

A su lado, la señorita Emily se estremeció de emoción.

Pero el árbol era pequeño y había caído por causas naturales. Pequeñín lo apartó y siguieron su camino. Al cabo de una hora, cerca de Silver Peak y Pactola, toparon con un desprendimiento y repitieron el procedimiento, pero una vez más, no pasó nada.

«Cuando el ataque llegó por fin —escribió Johnson—, fue casi un alivio.»

—¡Los de abajo! ¡La cabeza dentro! —gritó Wyatt Earp. Y su escopeta rugió.

Le respondieron unos disparos por la retaguardia.

Estaban en el fondo del barranco de Sand Creek. Aquel tramo del camino era recto, con espacio a ambos lados para que los jinetes se mantuvieran a la altura y dispararan contra el carruaje abierto.

Oyeron a Morgan Earp, al que tenían justo encima, moviéndose por el techo y notaron que la diligencia se tambaleaba cuando se situó cerca de la parte de atrás. Sonaron más disparos.

—¡Agáchate, Morg, estoy disparando! —advirtió Wyatt.

El tiroteo se prolongó. Pequeñín fustigó a los caballos y los maldijo.

Varias balas alcanzaron la madera de la diligencia; Johnson y Emily se agacharon, pero las cajas de fósiles, atadas de mala manera al asiento de arriba, amenazaban con caérseles encima. Johnson se puso de rodillas e intentó amarrarlas más fuerte. Un jinete se situó a la altura de la diligencia, apuntó a Johnson... y con una repentina explosión desapareció de encima del caballo.

Atónito, Johnson asomó la cabeza.

—¡Foggy! ¡Mete la cabeza dentro! ¡Estoy disparando!

Johnson se escondió de nuevo, y Earp disparó más allá de la ventana abierta. Los tiros de los jinetes hicieron saltar astillas de los montantes de la diligencia; se oyó un alarido.

Entre gritos y reniegos, Pequeñín fustigó a los caballos; la diligencia se bamboleaba y daba tumbos sobre la calzada irregular; dentro del carruaje, Johnson y la señorita Emily chocaban y rebotaban el uno contra el otro «de un modo que, en circunstancias menos apremiantes, hubiera resultado embarazoso», escribió Johnson más tarde.

El lapso siguiente, que parecieron horas aunque probablemente duró un minuto o dos, fue una mezcla nerviosa de silbidos de bala, caballos al galope, gritos y aullidos, sacudidas y disparos, hasta que la diligencia por fin dobló una curva y salimos del barranco de Sand Creek y el tiroteo amainó, de modo que volvimos a estar seguros y en camino.

¡Habíamos sobrevivido al ataque de la infame banda de los Curry!

—Solo un imbécil pensaría eso —soltó Wyatt cuando pararon para descansar y cambiar los caballos en la estación de Tigerville.

—¿Por qué? ¿Acaso no era la banda de los Curry la que nos ha atacado? ¿Y no hemos escapado?

—Mira, chico —contestó Wyatt mientras recargaba las escopetas—. Sé que eres del Este, pero nadie es tan tonto.

Johnson no lo entendía, de modo que Morgan Earp se lo explicó.

—Dick el Negro te tiene muchas ganas, y no se lo jugaría todo a un ataque tan mal ejecutado.

—¿Por qué mal ejecutado? —preguntó Johnson, a quien el ataque le había parecido terrorífico.

—Ha atacado de la manera más arriesgada, a caballo —aclaró Morgan—. Los jinetes disparan de pena, la diligencia no para de moverse y, a menos que consigan acertar a uno de los caballos del tiro, es muy probable que escape, como hemos hecho nosotros. Un ataque a caballo no tiene ninguna garantía.

—Entonces ¿por qué lo han intentado?

—Para que nos confiemos —dijo Wyatt—. Para que bajemos la guardia. Mira lo que te digo: saben que tenemos que parar a cambiar de caballos en Tigerville. Ahora mismo están galopando como locos para tendernos otra emboscada.

—¿Dónde la tenderán?

—Si lo supiera, no estaría preocupado —se lamentó Wyatt—. ¿Tú qué crees, Morg?

—En algún punto antes de Sheridan, diría yo —respondió Morgan Earp.

—Eso imagino yo también —confirmó Wyatt Earp al tiempo que cerraba la escopeta con un golpe seco—. Y la próxima vez irán en serio.

El segundo ataque

Media hora más adelante, pararon al borde del pinar, frente a las riberas arenosas del arroyo Spring. El cauce serpenteante era engañosamente bajo, y tenía más de cien metros de anchura. El sol del atardecer se reflejaba en las ondas, lentas y apacibles. En la otra orilla, el pinar era espeso y oscuro.

Contemplaron el río en silencio durante unos minutos. Al final, Johnson sacó la cabeza para preguntar por qué esperaban. Morgan Earp se asomó desde el techo, le dio un golpe en la cabeza y se llevó un dedo a los labios, para imponer silencio.

Johnson volvió a sentarse, se frotó la cabeza y miró intrigado a la señorita Emily.

Esta se encogió de hombros y mató un mosquito de una palmada.

—¿A ti qué te parece? —preguntó Wyatt Earp a Pequeñín al cabo de varios minutos.

—No sé —respondió el cochero.

Earp escudriñó las huellas de la arena en la orilla.

—Por aquí han pasado muchos caballos hace poco.

—Es normal —dijo Pequeñín—. Sheridan está un par de kilómetros más al sur, al otro lado.

Volvieron a guardar silencio, esperando y escuchando el borboteo tranquilo del agua y el viento en los pinos.

—¿Sabéis?, normalmente hay pájaros por aquí —señaló Pequeñín al cabo de un rato.

—¿Demasiado tranquilo? —preguntó Earp.

—Yo diría que demasiado tranquilo.

—¿Cómo está el fondo? —Earp miraba el río.

—Es imposible saberlo hasta que te metes. ¿Quieres probar?

—Supongo que sí —dijo Earp. Saltó del pescante, caminó hacia la parte de atrás y se asomó para hablar con Johnson y la señorita Emily—. Vamos a intentar cruzar el arroyo —anunció en voz baja—. Si llegamos al otro lado, bien. Si tenemos problemas, agachen la cabeza, da igual lo que oigan o vean. Morg sabe lo que tiene que hacer. Dejen que él se ocupe de todo. ¿Vale?

Asintieron. Johnson tenía la garganta seca.

—¿Cree que es una trampa?

—Es un buen sitio para tenderla —respondió Earp encogiéndose de hombros.

Volvió a subir al pescante y amartilló la escopeta. Pequeñín fustigó a los caballos, que se dispusieron a cruzar a velocidad de vértigo. La diligencia dio una sacudida cuando las ruedas toparon con los bancos de arena fina, y luego empezó a salpicar y a rebotar al pasar por encima de las rocas del lecho del río.

Y entonces empezaron los disparos. Johnson oyó un relincho y, con una sacudida final, la diligencia se detuvo de sopetón, en pleno centro del río.

—¡La hemos fastidiado! —gritó Pequeñín.

Morgan Earp comenzó a disparar rápidamente.

—Yo te cubro, Wyatt.

Johnson y la señorita Emily se agacharon. Las balas silbaban a su alrededor, y la diligencia se bamboleaba con el movimiento de los hombres que llevaba encima. Johnson se asomó por la ventanilla y vio a Wyatt Earp corriendo y chapoteando por el río hacia la orilla lejana.

—¡Se va! ¡Wyatt nos deja! —exclamó Johnson, y entonces una descarga le obligó a lanzarse al suelo otra vez para protegerse.

—No nos abandonaría —dijo Emily.

—¡Lo acaba de hacer! —gritó Johnson. El pánico se había apoderado por completo de él.

De repente la puerta de la diligencia se abrió de golpe y Johnson gritó cuando Pequeñín se lanzó al interior y aterrizó encima de ellos.

El cochero jadeaba y estaba pálido; cerró la puerta de un tirón justo a tiempo; media docena de balas astillaron la madera.

—¿Qué pasa? —preguntó Johnson.

—Ahí fuera no hay sitio para mí —dijo Pequeñín.

—Pero ¿qué está pasando?

—Estamos atrapados en medio del condenado río, eso es lo que pasa —aseguró Pequeñín—. Han matado a uno de los caballos, o sea que no vamos a ninguna parte, y los Earp están disparando como demonios. Wyatt se ha ido.

—¿Tienen un plan?

—Eso espero, desde luego —contestó Pequeñín—. Porque yo no. —Mientras continuaba el tiroteo, unió las palmas de las manos y cerró los ojos. Movió los labios.

—¿Qué haces?

—Rezo —respondió Pequeñín—. Y más os vale hacer lo mismo, porque si Dick el Negro toma esta diligencia, nos matará a todos sin pensárselo dos veces.

A la luz rojiza de la tarde, la diligencia seguía inmóvil en el centro del arroyo Spring. Tendido completamente en el techo,

Morgan Earp disparaba contra los árboles de la otra orilla. Wyatt acabó de cruzar el río sano y salvo, y se adentró en el pinar de enfrente.

Casi de inmediato, los disparos que llegaban desde la otra orilla fueron a menos: la banda de los Curry tenía algo nuevo de lo que preocuparse.

Entonces, desde la ribera contraria, se oyeron un escopetazo y un fuerte alarido, agónico, que fue perdiendo fuerza hasta enmudecer. Al cabo de un momento, otro tiro de escopeta y un grito ahogado.

La banda de los Curry dejó de disparar a la diligencia.

Entonces se oyó un grito:

—¡No dispares, Wyatt, por favor no…! —Y otro escopetazo.

De repente, en la orilla opuesta, media docena de voces se gritaban unas a otras; luego oyeron cascos de caballos al galope.

Y después nada.

Morgan Earp tocó con los nudillos el techo de la diligencia.

—Se acabó —dijo—. Se han ido. Ya podéis respirar.

Los pasajeros del interior se levantaron con dificultad y se sacudieron el polvo. Johnson miró fuera y vio a Wyatt Earp de pie en la orilla, sonriendo. De su mano colgaba la escopeta de cañones recortados.

Cruzó poco a poco el arroyo hacia la diligencia.

—Regla número uno de una emboscada: corre siempre en la dirección del fuego, no en la opuesta.

—¿A cuántos has matado? —le preguntó Johnson—. ¿A todos?

Earp volvió a sonreír.

—A ninguno.

—¿Ninguno?

—Ese bosque es espeso; no se ve nada a tres metros. No habría podido encontrarlos de ninguna manera. Pero sabía que estaban repartidos por la orilla y que probablemente no se veían entre ellos. O sea que he pegado unos cuantos tiros y he lanzado un par de gritos espantosos, sin más.

—Wyatt es muy bueno lanzando gritos espantosos —aseveró Morgan.

—Es verdad —confirmó Wyatt—. La banda de los Curry ha sucumbido al pánico y ha huido.

—¿Quieres decir que les has engañado, nada más? —preguntó Johnson. En cierto modo, se sentía decepcionado, por extraño que pareciese.

—Escucha —indicó Wyatt Earp—, si sigo vivo es, entre otros motivos, porque no busco problemas. Esos chicos no son muy avispados y poseen una gran imaginación. Además, tenemos un problema mayor que librarnos de los Curry.

—¿De verdad?

—Sí. Tenemos que sacar del río esta diligencia.

—¿Y eso por qué es un problema?

Earp suspiró.

—Muchacho, ¿has intentado alguna vez mover un caballo muerto?

Tardaron una hora en cortar las riendas del animal y mandarlo flotando río abajo. Johnson observó cómo la corriente se llevaba el cuerpo negro hasta que desapareció. Con los cinco caballos de tiro restantes consiguieron sacar el vehículo de la arena y llevarlo hasta la orilla opuesta. Para entonces había oscurecido, y viajaron a toda velocidad hasta Sheridan, donde adquirieron caballos de refresco.

Sheridan era un pueblo pequeño formado por cincuenta casas de madera, pero se diría que todo el mundo había salido a recibirlos; a Johnson le sorprendió ver dinero cambiando de manos.

Earp se quedó una buena parte de él.

—¿Qué pasa?

—Habían apostado a si llegaríamos —contestó Earp—. Yo mismo jugué un poco.

—¿Y a qué apostaste?

Earp se limitó a sonreír y a señalar un salón con la cabeza.

—Mira, sería un detalle por tu parte que entrases conmigo y pagases una ronda de whisky.

—¿Crees que deberíamos beber en un momento como este?

—No tendremos más problemas hasta llegar al cañón Rojo —aseguró Earp—, y tengo sed.

El cañón Rojo

Llegaron a la localidad de Custer a las diez en punto. La noche era oscura, y Johnson se sintió decepcionado; no distinguió gran cosa del lugar más famoso de las Colinas Negras, la Empalizada Gordon de French Creek.

Apenas un año antes, en 1875, los primeros mineros de la expedición Gordon habían construido cabañas de troncos y las rodearon con una cerca de madera de tres metros de altura. Habían entrado en las Colinas Negras incumpliendo el tratado con los indios y tenían la intención de lavar oro y protegerse de cualquier ataque tras la estacada. Había hecho falta una expedición de la caballería apostada en Fort Laramie para echarlos; en aquellos tiempos, el ejército todavía velaba por el cumplimiento del tratado, y la empalizada quedó desierta.

En ese momento, todos los ocupantes de Custer hablaban del nuevo tratado indio. Aunque el gobierno seguía combatiendo a los sioux sobre el terreno, el coste de la guerra ya era muy elevado —superaba los quince millones de dólares— y era año de elecciones. Tanto el coste de la guerra como la legitimidad de la postura del gobierno eran temas candentes de la campaña electoral en Washington. En consecuencia, el Gran Padre Blanco prefería concluir la guerra de forma pacífica, negociando un nuevo tratado, y con ese fin un equipo de negociadores del gobierno había organizado un encuentro con varios jefes sioux en Sheridan.

Pero las nuevas propuestas repugnaron incluso a unos jefes escogidos a dedo. La mayoría de los negociadores gubernamentales estaban de acuerdo con ellos. Un miembro del equipo, que en esos momentos regresaba e iba camino de Washington, le dijo a Johnson que era «lo más difícil que he hecho en mi condenada vida. No me importa cuántas plumas lleve un hombre en el pelo, sigue siendo un hombre. Uno de ellos, Piernas Rojas, me miró y me dijo: "¿Tú crees que esto es justo? ¿Tú firmarías un papel como este?". Y no le pude mirar a la cara. Sentí asco de mí mismo».

Y aquel individuo añadió: «¿Sabe lo que dijo Thomas Jefferson? En 1803, Thomas Jefferson dijo que harían falta mil años para que el Oeste quedara colonizado del todo. Y va a estarlo en menos de cien. Eso es progreso».

Johnson apuntó en su diario que «parecía un hombre honrado al que habían enviado a hacer un trabajo deshonroso y que ahora no podía perdonarse por haber ejecutado las instrucciones de su gobierno. Estaba borracho cuando llegamos, y continuaba bebiendo cuando nos fuimos».

Morgan Earp abandonó el grupo en Custer, y prosiguieron sin él. Para la medianoche, habían dejado atrás Fourmile Ranch y se dirigían hacia el valle Pleasant. Pasaron por Twelvemile Ranch y Eighteenmile Ranch en plena oscuridad.

Poco antes del amanecer, llegaron a la embocadura del cañón Rojo.

Alguien había reducido a cenizas la estación de postas del cañón Rojo. Habían robado todos los caballos. Las moscas zumbaban en torno a media docena de cadáveres sin cabellera, prueba de los desmanes de Persimmons Bill.

274

—Parece que no han oído hablar del nuevo tratado —comentó Earp, lacónico—. Supongo que no comeremos aquí.

Continuaron adelante y se metieron en el cañón sin perder tiempo. Fue un recorrido tenso y lento, porque no tenían caballos nuevos, pero lo completaron sin sobresaltos. En el otro extremo del cañón, siguieron el arroyo Hawk en dirección a Camp Collier, que marcaba la entrada meridional a las Colinas Negras.

Entonces, a la luz de la mañana, hicieron un alto de una hora para que los caballos pacieran y para respirar aliviados.

—Dentro de bien poco, señor Johnson, me deberá usted la mitad de esos huesos —dijo Earp.

Johnson decidió que había llegado el momento de contarle la verdad.

—Señor Earp —empezó.

—¿Sí?

—Agradezco todo lo que ha hecho para ayudarme a salir de Deadwood, como es natural.

—Estoy seguro.

—Pero hay algo que debo contarle.

Earp arrugó el entrecejo.

—¿No pensará echarse atrás en nuestro acuerdo?

—No, no. —Johnson sacudió la cabeza—. Pero debo decirle que las cajas en realidad solo contienen huesos fósiles.

—Ajá —dijo Wyatt Earp.

—No son más que huesos.

—Ya le he oído.

—Solo tienen valor para los científicos, para los paleontólogos.

—Me parece bien.

Johnson sonrió con languidez.

—Solo espero que no se lleve un buen chasco.

—Intentaré superarlo. —Earp le guiñó un ojo y le dio un

puñetazo en el hombro—. Tú recuerda solo una cosa, muchacho, que la mitad de esos huesos son míos.

Johnson escribió:

Había sido un amigo poderoso e imaginaba que sería un enemigo peligroso. Por eso fue con cierta aprensión que reemprendí la travesía a Fort Laramie, el primer lugar civilizado que había visto en muchos meses.

Fort Laramie

Fort Laramie era un puesto avanzado del ejército que había crecido hasta convertirse en una ciudad de frontera, pero la guarnición militar seguía marcando el estado de ánimo, que en aquellos momentos era desapacible. El ejército llevaba más de ocho meses combatiendo a los indios y había sufrido graves pérdidas, muy en especial la masacre de la columna de Custer en Little Bighorn. También se habían producido otros choques sangrientos, en el río Powder y en los barrancos de Slim Buttes, e incluso cuando no había combates, la campaña había sido dura y ardua. Sin embargo, todas las noticias que les llegaban del Este les decían que Washington y el resto del país no apoyaban sus esfuerzos; numerosos artículos criticaban la dirección militar de la campaña contra «el noble e indefenso piel roja». Para unos jóvenes que habían visto caer a sus camaradas, que habían vuelto a un campo de batalla para enterrar los cuerpos mutilados y sin cabellera de sus amigos, que habían visto cadáveres con los genitales cortados y metidos en la boca, para esos soldados, los comentarios del Este constituían una lectura difícil.

Por lo que respectaba al ejército, les habían ordenado librar aquella guerra sin pedirles opinión sobre su viabilidad o moralidad; ellos habían cumplido las órdenes lo mejor que habían podido, y con un éxito considerable, por lo cual les enfurecía ver aquella falta de apoyo y estar librando una guerra impopular.

Que los políticos de Washington hubieran subestimado tanto las dificultades de una campaña contra «meros salvajes» como la indignación que causaría entre la clase dirigente liberal de las ciudades del Este —escritores desinformados que jamás habían visto a un piel roja de verdad con sus propios ojos y que solo albergaban fantasías sobre cómo eran los indios— no era culpa del ejército.

En palabras de un capitán: «Quieren que los indios sean eliminados y que las tierras queden a disposición de los colonos blancos, pero no quieren que nadie salga herido en el proceso. Y eso es simplemente imposible».

Por si fuera poco, estaba el desagradable hecho de que el conflicto había entrado en una nueva fase. El ejército estaba enzarzado en una guerra de desgaste contra los indios, en la que planeaba matar a todos los búfalos para que el hambre los obligara a someterse. Aun así, la mayoría de los militares esperaban que la guerra se alargase por lo menos tres años más y costara otros quince millones de dólares, aunque eso en Washington no quisiera oírlo nadie.

Los argumentos, en uno u otro sentido, se esgrimían con pasión en la estación de postas de las afueras del pueblo. Johnson tomó un poco apetitoso almuerzo de beicon y galletas, y luego se sentó fuera, al sol. Desde su posición veía el puente de hierro que cruzaba el Platte.

Durante más de una década, los folletos de la Union Pacific habían vendido el valle del río Platte como «un prado florido de gran fertilidad revestido de nutritivas hierbas y regado por numerosas corrientes de agua». En realidad, era un paraje inhóspito y espantoso. Aun así, llegaban los colonos.

Desde los primeros tiempos de los pioneros, el río Platte

en sí tenía fama de ser especialmente traicionero y difícil de cruzar, y aquel nuevo puente de hierro suponía una leve mejora, parte de una serie de cambios que estaban abriendo el Oeste a los colonos, haciéndolo más accesible.

Johnson se adormiló al sol y despertó cuando una voz dijo:

—Todo un espectáculo, ¿no es así?

Abrió los ojos. Un hombre alto fumaba un puro y contemplaba el puente.

—Sí —dijo.

—Recuerdo que el año pasado ese puente eran solo palabras.

El hombre alto se volvió. Una cicatriz le recorría la mejilla de arriba abajo. A Johnson le sonaba la cara, pero tardó en reconocerla.

Navy Joe Benedict.

La mano derecha de Marsh.

Johnson se incorporó con rapidez. Solo tuvo un momento para preguntarse qué hacía allí Navy Joe antes de que una figura familiar y corpulenta saliera de la estación y se plantara junto a Benedict.

El profesor Marsh echó un vistazo a Johnson y dijo con su formalidad habitual:

—Buenos días tenga, señor mío. —No dio muestras de reconocerlo y se volvió de inmediato hacia Benedict—. ¿A qué se debe el retraso, Joe?

—Es solo que hay que enganchar un tiro nuevo, profesor. Estaremos listos para la salida dentro de quince o veinte minutos.

—Mira a ver si puedes adelantarla —dijo Marsh.

Navy Joe partió y Marsh se volvió hacia Johnson. No parecía haberlo reconocido, porque Johnson tenía un aspecto muy distinto de la última vez que Marsh lo había visto. Estaba más delgado y musculoso, con una barba poblada y un pelo que no había conocido tijeras desde que partiese de Filadelfia más de tres meses antes. Le llegaba casi hasta los hombros. Su ropa, además de ser sencilla, estaba sucia, cubierta de barro.

—¿Está de paso? —preguntó Marsh.

—Así es.

—¿Hacia dónde va?

—A Cheyenne.

—¿Viene de las Colinas?

—Sí.

—¿De qué parte?

—Deadwood.

—¿Buscando oro?

—Sí —dijo Johnson.

—¿Se ha hecho rico?

—No exactamente —contestó Johnson—. ¿Y usted?

—Casualmente, yo ahora voy al norte, hacia las Colinas.

—¿En busca de oro? —preguntó Johnson, riendo para sus adentros.

—Ni mucho menos. Soy el profesor de paleontología de la Universidad de Yale —dijo Marsh—. Estudio huesos fósiles.

—No me diga. —Johnson no podía creer que Marsh no lo hubiera reconocido, pero eso parecía.

—Sí —añadió Marsh—. Y tengo entendido que en Deadwood pueden encontrarse unos huesos fósiles.

—¿En Deadwood? No me diga.

—Eso dicen —corroboró Marsh—. Al parecer obran en posesión de un joven. Espero obtenerlos. Estoy dispuesto a pagar bien por ellos.

—¿Sí?

—Ya lo creo. —Marsh sacó un grueso fajo de billetes verdes y los inspeccionó a la luz del sol—. También pagaría bien cualquier información sobre ese joven y su paradero. —Miró fijamente a Johnson—. Ya me entiende.

—No estoy seguro —dijo Johnson.

—Bueno, usted viene ahora mismo de Deadwood —explicó Marsh—. Me pregunto si sabe algo sobre ese joven.

—¿Tiene nombre el muchacho? —preguntó Johnson.

—Se llama Johnson. Es un joven bastante falto de escrúpulos. Antes trabajaba para mí.

—No me diga.

—Sí. Pero dejó mi compañía y se unió a una banda de ladrones y asaltadores. Creo que lo buscan por asesinato en otros territorios.

—No me diga.

Marsh asintió.

—¿Sabe algo de él?

—No me suena. ¿Cómo va a conseguir esos huesos?

—Los compraré, si es necesario —aseguró Marsh—. Pero pienso llevármelos sea como sea.

—Tiene muchas ganas de hacerse con ellos, entonces.

—Así es —reconoció Marsh—. Verá —añadió, e hizo una pausa dramática—, esos huesos de los que hablo en realidad son míos. El joven Johnson me los robó.

Johnson sintió que lo invadía la cólera. Había disfrutado con aquella farsa, pero en aquel momento la rabia lo reconcomía. Necesitó todo el autocontrol que pudo reunir para replicar con un lacónico:

—No me diga.

—Es un canalla y un mentiroso, de eso no cabe duda —dijo Marsh.

—Parece un indeseable —repuso Johnson.

En ese momento, dobló la esquina Wyatt Earp.

—¡Eh, Johnson! ¡Arriba! Nos vamos.

Marsh sonrió a Johnson.

—Pequeño hijo de puta —dijo.

El pacto de los huesos de Laramie

Al parecer —escribió Johnson en su diario—, en Laramie acababa coincidiendo todo el mundo.»

La mayoría de los lugareños andaban ocupados con otro personaje del pasado de Johnson, Jack McCall, Nariz Rota. Jack había huido de Deadwood y había llegado a Laramie, donde se había jactado de haber matado a Bill Hickok, el Salvaje Bill. Lo había proclamado a los cuatro vientos porque un tribunal de mineros de Deadwood ya lo había juzgado por ese asesinato y lo había absuelto cuando él había alegado que el Salvaje Bill había matado a su hermano pequeño muchos años antes, por lo que él no había hecho sino vengar aquel crimen. En Laramie, Jack afirmaba sin morderse la lengua que había matado a Hickok, con la certeza de que no podían juzgarlo dos veces por el mismo delito.

Pero Jack no había comprendido que el tribunal de mineros de Deadwood carecía de reconocimiento legal, por lo que en Laramie tardaron poco en meterlo en el calabozo y juzgarlo de forma oficial por el asesinato de Hickok. Como Jack ya lo había reconocido públicamente, el juicio fue corto; lo declararon culpable y lo condenaron a la horca, un giro de los acontecimientos que «le cabreó de mala manera».

Mientras se celebraba el juicio de Jack, un episodio de

mucha mayor importancia para Johnson estaba teniendo lugar un poco más abajo de la calle, en el salón de Sutter. Wyatt Earp estaba sentado a una mesa, bebiendo whisky con Othniel C. Marsh mientras negociaban la venta de la mitad de los huesos de Johnson.

Los dos eran negociadores duros, de manera que les llevó casi todo el día. Earp, por su parte, parecía estar pasándolo bien.

Johnson se sentó con la señorita Emily en una esquina y observó el intercambio.

—No me puedo creer que esté pasando esto.

—¿Por qué le sorprende? —preguntó ella.

—¿Qué probabilidades había de que me encontrase con ese profesor? —Suspiró—. Una entre un millón, o menos.

—Bueno, yo no estoy de acuerdo —respondió Emily—. Wyatt sabía que el profesor Marsh andaba por el territorio.

Una lenta y siniestra sensación empezó a ascender por la columna de Johnson.

—¿Lo sabía?

—Seguro.

—¿Cómo lo sabía?

—Yo estaba con él en el comedor del hotel cuando oyó el rumor de que había un profesor universitario en Cheyenne comprando toda clase de fósiles y preguntando por unos huesos que había en Deadwood —explicó Emily—. Todos los mineros se echaron a reír, pero a Wyatt se le iluminaron los ojos al oír la historia.

Johnson frunció el ceño.

—¿De modo que decidió ayudarme a sacar los huesos de Deadwood para llevarlos a Cheyenne?

—Sí. Partimos el día después de que oyera aquella historia.

—¿Quiere decir que Wyatt ha tenido la intención de

vender mis huesos a Marsh en todo momento, desde el principio?

—Eso creo —contestó Emily con tacto.

Johnson fulminó con la mirada a Earp, que estaba sentado al otro lado del salón.

—Y yo que lo tenía por mi amigo.

—Lo tenía usted por un tonto —corrigió Emily—. Pero es su amigo.

—¿Cómo puede decir eso? Mírelo ahí, negociando, regateando hasta el último dólar. A este paso tardarán todo el día.

—Sí —dijo Emily—. Con todo, estoy segura de que Wyatt podría cerrar el trato en cinco minutos, si esa fuera su intención.

Johnson la miró fijamente.

—Quiere decir…

Emily asintió.

—No me cabe ninguna duda de que está preguntándose qué hace usted aquí sentado mientras él enreda por usted al profesor Marsh.

—¡Oh, Emily, podría besarla! —exclamó Johnson.

—Ojalá lo hiciera —respondió ella con voz queda.

«Estaban ocurriendo demasiadas cosas a la vez», escribió Johnson.

La sucesión de acontecimientos hacía que me diera vueltas la cabeza. Salí a toda prisa con Emily y pospuse besarla con el fin de mandarla a comprar un saco de cincuenta kilos de arroz, un rollo de lona y una pala de mango largo. Entretanto, yo conseguí las rocas grandes que necesitaba; por suerte, fueron fáciles de encontrar entre los restos de la demolición que se había realizado para levantar el nuevo puente del Platte.

Encontró una nueva lavandería china y pagó una pequeña cantidad de dinero para usar el fuego y la caldera de hierro con la que calentaban el agua. Pasó tres horas hirviendo pasta de arroz, hasta asegurarse de que el mejunje quedaba lo bastante gelatinoso. A continuación, sujetando las rocas con unas tenazas de bambú de la lavandería, las fue mojando en el líquido pastoso hasta recubrirlas. Cuando estuvieron secas, les echó polvo encima, para que dieran el pego de sucias. Junto al calor de la hoguera, se secaron enseguida. Por último, sacó los valiosos huesos de las diez cajas y metió en ellas las piedras nuevas, para después cerrarlas con cuidado de no dejar marcas que indicasen que las habían abierto.

Para las cinco de aquella tarde estaba agotado, pero todos los huesos fósiles de Johnson se encontraban a salvo, escondidos en la parte de atrás del establo, tapados con lona y enterrados bajo un montón de estiércol fresco. La pala se hallaba oculta entre la paja junto a los huesos, y habían cubierto las réplicas con una lona, como antes estaban los originales. Earp y Marsh llegaron al cabo de poco. El profesor sonrió a Johnson.

—Imagino que este será nuestro último encuentro, señor Johnson.

—Eso espero —contestó con una sinceridad que Marsh no habría imaginado.

Se inició la división. Marsh quería abrir las diez cajas para inspeccionar los fósiles antes de repartir, pero Johnson se negó en redondo. La partición se había acordado entre Earp y él, y se efectuaría al azar. Marsh refunfuñó, pero acabó por aceptar.

—Creo que será mejor que inspeccione una de estas cajas, para quedarme tranquilo —dijo el profesor en mitad del proceso.

—No tengo objeciones —respondió Earp, que miró a Johnson a los ojos.

—Yo tengo muchas objeciones —protestó este.

—Ah, ¿sí? ¿Cuáles? —preguntó Marsh.

—Tengo prisa. Y además…

—¿Además?

—No olvide a su padre —apuntó Emily de improviso.

—Eso, mi padre —dijo Johnson—. ¿Cuánto le ha ofrecido el profesor Marsh por estas piedras, Wyatt?

—Doscientos dólares —contestó Earp.

—¿Doscientos dólares? Eso es un robo.

—Son doscientos más de lo que tiene usted, si no me equivoco —señaló Marsh.

—Mire, Wyatt —repuso Johnson—, aquí en Laramie hay oficina de telégrafos. Puedo pedir fondos a mi padre por telegrama, y mañana a esta hora ofrecerle quinientos dólares por su mitad.

Marsh torció el gesto.

—Señor Earp, ya hemos cerrado un trato.

—Eso es verdad —admitió Earp—. Pero me gusta cómo suenan esos quinientos dólares.

—Yo le doy seiscientos —rebatió Marsh—. Ahora.

—Siete cincuenta —insistió Johnson—. Mañana.

—Señor Earp, creía que teníamos un trato —dijo Marsh.

—Es asombroso cómo cambian sin cesar las cosas en este mundo —observó Earp.

—Pero ni siquiera sabe si este joven puede conseguir ese dinero.

—Sospecho que puede.

—Ochocientos —dijo Johnson.

Media hora más tarde, Marsh se declaró satisfecho con llevarse la mitad de los huesos correspondiente a Earp, de inmediato y sin inspección previa, por mil dólares en efectivo.

—Pero quiero esa caja —dijo de repente, al descubrir la que estaba marcada con la X pequeña en un costado—. Eso significa algo.

—¡No! —exclamó Johnson.

Marsh desenfundó su arma.

—Diría que esa caja contiene algo de especial valor. Y si cree que su vida también posee un valor especial, señor Johnson, idea que yo no comparto, le sugiero que me la deje llevar sin poner más trabas.

Marsh hizo que cargasen las cajas en un carromato y luego partió con Navy Joe Benedict rumbo al norte, hacia Deadwood, para recoger el resto de los huesos.

—¿Qué quiere decir con «el resto de los huesos»? —preguntó Johnson mientras observaba cómo el vehículo desaparecía en dirección a la puesta de sol.

—Le he contado que había otros quinientos kilos que dejamos atrás en Deadwood, escondidos en el barrio chino, pero que tú no querías que él lo supiese.

—Será mejor que nos pongamos en marcha —dijo Johnson—. No llegará muy lejos antes de abrir una de esas cajas y descubrir que ha comprado granito sin valor alguno. Y volverá hecho una furia.

—Yo estoy preparado para partir —aseguró Earp, pasando el pulgar por los billetes—. Me siento más que satisfecho con lo que he sacado en este viaje.

—Hay un problema, claro.

—Necesitas cajas para sustituir las que acabas de perder —dijo Earp—. Seguro que la guarnición del ejército tiene algunas, dado que necesitan provisiones.

En cuestión de una hora, se habían procurado diez cajas de tamaño más o menos igual que de las que se había llevado Marsh. Johnson desenterró los huesos de su lecho de estiércol y los embaló con cuidado pero deprisa. La caja que contenía los dientes de dragón recibió otra X, lo cual le satisfizo más de lo que se veía capaz de expresar.

Al cabo de unos minutos, partieron de Cheyenne.

Earp viajaba subido al pescante con Pequeñín. Dentro de la diligencia, la señorita Emily miraba a Johnson.

—¿Y bien?

—Y bien, ¿qué?

—Creo que he sido muy paciente.

—Pensaba que a lo mejor estabas con Wyatt —dijo Johnson.

—¿Con Wyatt? —saltó Emily—. ¿De dónde has sacado semejante idea?

—Bueno, era lo que pensaba.

—Wyatt Earp es un canalla que va de un lado a otro sin rumbo fijo. Vive para la emoción, el juego, los tiroteos y otras actividades sin sustancia.

—¿Y yo?

—Tú eres diferente —dijo Emily—. Eres valiente, pero también refinado. Apuesto a que tus besos también son muy refinados.

Emily estaba esperando.

Johnson escribió en su diario:

> Aprendí entonces una lección inmediata, a saber, que resulta del todo desaconsejable besarse a bordo de una diligencia bamboleante. Me llevé un profundo mordisco en el labio, que empezó a sangrar en abundancia, algo que inhibieron, si bien no detuvieron, posteriores exploraciones de índole semejante.

Después añadió:

Espero que Emily no notase que no había besado nunca a una chica a la apasionada manera francesa que ella parecía preferir. Salvo aquella vez con Lucienne. Pero una cosa diré a favor de Emily: si lo notó, no dijo nada, y por eso, y por otras experiencias con ella en Cheyenne, le estaré eternamente agradecido.

Cheyenne

En el esplendor inimaginable de una habitación del hotel Inter-Ocean (que tiempo atrás le había parecido un cuchitril infestado de cucarachas), Johnson descansó durante varios días, con Emily. Pero antes, nada más llegar y firmar en el registro del hotel, averiguó que el Inter-Ocean disponía de una cámara acorazada con paredes de acero y uno de esos candados con temporizador y combinación que los bancos habían desarrollado contra los posibles atracadores. Los porteadores introdujeron las cajas con cuidado en la cámara. Les dio una propina generosa para que no se sintieran ofendidos y chismorreasen sobre las cajas con colegas menos amables.

El primer día, se dio cuatro baños uno detrás del otro, pues después de cada uno descubría que su cuerpo seguía sucio. Era como si el polvo de la pradera no fuese a abandonar su piel nunca.

Fue al barbero, que le recortó el pelo y la barba. Encontró chocante sentarse en la silla e inspeccionar su propia cara en el espejo. No lograba acostumbrarse a ella; las facciones le resultaban desconocidas, tenía el rostro de otra persona: más flaca, más dura, con la decisión grabada en todos sus rasgos. Y tenía una cicatriz en el labio superior que le gustaba bastante, y a Emily también. El barbero dio un paso atrás, con las tijeras en una mano y el peine en la otra.

—¿Qué le parece, señor? —Como todos los demás habitantes de Cheyenne, trataba a Johnson con respeto. No era porque fuese rico, algo que nadie sabía en la ciudad, sino más bien por algo que transmitía su actitud, su porte. Sin pretenderlo, parecía un hombre capaz de disparar a otro; porque ya lo había hecho una vez—. ¿Señor? ¿Qué le parece? —preguntó de nuevo el barbero.

Johnson no lo sabía.

—Está bien —dijo al final.

Llevó a Emily a cenar al mejor restaurante del lugar. Tomaron ostras de California, vino de Francia y *poulet à l'estragon*. Se fijó en que Emily reconocía el nombre del vino. Después de cenar, dieron un paseo del brazo por las calles de la ciudad. Recordó lo peligrosa que le había parecido Cheyenne en su primera visita. En ese momento a sus ojos no era más que una encrucijada ferroviaria pequeña y aburrida, poblada de bravucones y jugadores con ínfulas. Hasta los lugareños de aspecto más encallecido se hacían a un lado en la pasarela para dejarle pasar.

—Ven que llevas pistola y sabes usarla —dijo Emily.

Complacido, Johnson no tardó en llevar a Emily de vuelta al hotel, y a la cama. En ella permanecieron la mayor parte del día siguiente. Johnson se lo pasó de maravilla, y ella también.

—¿Adónde irás ahora? —le preguntó Emily al tercer día.

—Volveré a Filadelfia —contestó él.

—Nunca he estado en Filadelfia.

—Te encantará —afirmó él con una sonrisa.

Emily se la devolvió, feliz.

—¿De verdad quieres que vaya?

—Por supuesto.

—¿En serio?

—No seas tonta —dijo Johnson.

Pero empezaba a tener la sensación de que ella siempre le llevaba un paso de ventaja. Parecía conocer el hotel mejor de lo que él habría pensado, y trataba con confianza a los encargados de la recepción y a los camareros del comedor. Algunos hasta parecían reconocerla. Y cuando paseaban juntos por las calles mirando escaparates, identificaba enseguida la moda del Este.

—Creo que este es muy bonito.

—Aquí parece fuera de lugar, aunque no soy ningún experto.

—Bueno, a las del Oeste nos gusta saber lo que se lleva.

Johnson tendría motivos para dar vueltas a esta afirmación más tarde.

—¿Qué clase de mujer es tu madre? —preguntó Emily tras dar unos pasos por la acera de tablones.

Hacía mucho tiempo que Johnson no pensaba en su madre. La idea misma le sobresaltó, en cierta manera.

—¿Por qué lo preguntas?

—Estaba pensando en cómo será conocerla.

—¿A qué te refieres?

—A si le gustaré.

—Ah, pues claro.

—¿Tú crees que le gustaré, Bill?

—Oh, sí que le gustarás —dijo Johnson.

—No te veo demasiado convencido. —Hizo un bonito puchero.

—No seas tonta —replicó él, y le apretó el brazo.

—Volvamos al hotel —propuso Emily. Y con un movimiento rápido, le lamió la oreja.

—Para, Emily.

—¿Qué pasa? Creía que eso te gustaba.

—Y me gusta, pero no aquí. No en público.

—¿Por qué? Nadie nos mira.

—Lo sé, pero no está bien.

—¿Qué más da? —Lo miró ceñuda—. Si nadie nos mira, ¿qué importancia puede tener?

—No lo sé, la tiene y punto.

—Tú ya has vuelto a Filadelfia —dijo ella. Se apartó y lo miró de arriba abajo.

—Vamos, Emily…

—Es verdad.

Pero lo único que dijo él fue:

—No seas tonta.

—No soy tonta —replicó Emily—. Y no pienso ir a Filadelfia.

Johnson no sabía qué decir.

—No encajaría allí —añadió ella, mientras se enjugaba una lágrima de la mejilla.

—Emily…

La chica rompió a llorar sin disimulo.

—Sé lo que estás pensando, Bill. Ya hace días que lo sé.

—Emily, por favor… —No tenía ni idea de a qué se refería, porque los últimos tres días habían sido los más delirantemente placenteros de su vida.

—No hay nada que hacer; no me toques, por favor; no hay nada que hacer, eso es todo.

Volvieron al hotel, uno al lado del otro, sin hablar. Emily caminaba con la cabeza alta y gimoteaba de vez en cuando. Johnson se sentía incómodo, torpe, sin saber qué hacer.

Al cabo de un rato, le echó un vistazo y vio que ya no lloraba. Estaba furiosa.

—Después de todo lo que he hecho por ti —dijo ella—. Pero si Dick te habría matado hace mucho de no haberte ayudado yo, y no habrías salido nunca de Deadwood si yo no hubiera convencido a Wyatt de que te ayudase, y habrías perdido tus huesos en Laramie si no te hubiese ayudado a trazar un plan…

—Eso es verdad, Emily.

—¡Y así me lo agradeces! Me dejas tirada como un trapo.

Estaba enfadada de verdad. Sin embargo, en cierto modo Johnson se daba cuenta de que era a él a quien dejaban tirado.

—Emily…

—¡He dicho que no me toques!

Fue un alivio cuando el sheriff se les acercó, saludó a Emily con una cortés inclinación de sombrero y dijo:

—¿Es usted William Johnson, de Filadelfia?

—Sí.

—¿El que se aloja en el Inter-Ocean?

—Sí.

—¿Lleva encima alguna identificación que lo demuestre?

—Por supuesto.

—Perfecto —dijo el sheriff, y sacó la pistola—. Queda arrestado. Por el asesinato de William Johnson.

—Pero si yo soy William Johnson.

—No veo cómo. William Johnson está muerto, de manera que, sea quien sea usted, está claro que no es él, ¿verdad?

Le esposaron. Johnson la miró.

—Emily, díselo.

Emily dio media vuelta y se alejó sin decir palabra.

—¡Emily!

—En marcha, amigo —ordenó el sheriff, y empujó a Johnson hacia el calabozo.

Los detalles tardaron un poco en salir a la luz. En su primer día en Cheyenne, Johnson había telegrafiado a su padre para pedirle que le mandase quinientos dólares. Su padre de inmediato había enviado un cable a la oficina del sheriff para denunciar que alguien se estaba haciendo pasar por su hijo en Cheyenne.

Todo lo que Johnson ofreció como prueba —el anillo de su clase de Yale, algo de correspondencia arrugada, un recorte de periódico del *Black Hills Weekly Pioneer* de Deadwood— fue tomado como evidencia de que había robado al muerto, al que probablemente también había asesinado.

—El tal Johnson es un universitario del Este —dijo el sheriff mientras observaba a Johnson con detenimiento—. No puedes ser tú, está claro.

—Pero lo soy —insistió Johnson.

—Además, es rico.

—Lo soy.

El sheriff se rio.

—Esta sí que es buena. Si tú eres un universitario rico del Este, yo soy Santa Claus.

—Pregúntele a la chica. Pregunte a Emily.

—Si ya lo hice —replicó el sheriff—. La joven dijo que se ha llevado una gran decepción contigo, que le contaste una historia fantasiosa sobre ti pero que ahora ha visto lo que eres en realidad. Está viviendo a todo tren en vuestra habitación de hotel y vendiendo esas cajas de lo que sea que trajiste a la ciudad.

—¿Qué?

—No cuentes con ella, amigo —insistió el sheriff.

—¡No puede vender esas cajas!

—No veo por qué no. Dice que son suyas.

—¡Son mías!

—No sirve de nada ponerse así —aseguró el sheriff—. He hecho averiguaciones entre algunas personas llegadas de Deadwood. Al parecer te presentaste allí con un indio y un blanco muertos. Apostaría cien a uno a que el blanco era William Johnson.

Johnson empezó a dar explicaciones, pero el sheriff levantó la mano.

—Estoy seguro de que tienes una historia para explicarlo. Los de tu calaña siempre la tenéis.

El sheriff salió del calabozo. Johnson oyó que su ayudante le preguntaba:

—¿Quién es ese tipo?

—Un forajido, que se las da de importante —respondió el sheriff, y salió a beber algo.

El ayudante era un muchacho de dieciséis años. Johnson le cambió las botas por la oportunidad de mandar un segundo telegrama a Filadelfia.

—El sheriff se subirá por las paredes como se entere —dijo el ayudante—. Quiere que vayas a Yankton y que te juzguen por asesinato.

—Tú mándalo —replicó Johnson, escribiendo a toda prisa.

QUERIDO PADRE:

LAMENTO DESTROZAR YATE. RECUERDO ARDILLA MASCOTA VERANO 71. FIEBRE DE MAMÁ CUANDO NACIÓ EDWARD. ADVERTENCIA DEL DIRECTOR ELLIS EN EXETER. ESTOY VIVO DE VERDAD Y HAS CAUSADO GRANDES PROBLEMAS. ENVÍA DINERO E INFORMA AL SHERIFF.

TU HIJO PINKY, QUE TE QUIERE

El ayudante leyó el telegrama poco a poco, formando las palabras con la boca. Alzó la vista.

—¿Pinky?

—Envíalo y punto —dijo Johnson.

—¿Pinky?

—Era como me llamaban de bebé.

El ayudante sacudió la cabeza. Pero envió el telegrama.

—Mire, señor Johnson —dijo el sheriff mientras abría con llave la celda al cabo de unas horas—. Ha sido un error inocente. Solo cumplía con mi deber.

—¿Ha recibido el telegrama? —preguntó Johnson.

—He recibido tres telegramas —respondió el sheriff—. Uno de su padre, uno del senador Cameron de Pennsylvania y uno del señor Hayden, del Instituto Geológico de Washington. No me extrañaría que hubiera más en camino. Le digo que ha sido un error inocente.

—No pasa nada —dijo Johnson.

—¿Sin rencores?

Pero Johnson tenía otras cosas en la cabeza.

—¿Dónde está mi pistola?

Encontró a Emily en el vestíbulo del hotel Inter-Ocean. Estaba bebiendo vino.

—¿Dónde están mis cajas?

—No tengo nada que decirte.

—¿Qué has hecho con mis cajas, Emily?

—Nada. —Negó con la cabeza—. Solo son huesos viejos. Nadie los quiere.

Aliviado, Johnson se desplomó en una silla junto a ella.

—No veo por qué son tan importantes para ti —dijo Emily.

—Lo son, y punto.

—Bueno, espero que tengas dinero, porque el hotel quiere cobrar y mis sonrisas al recepcionista empiezan a quedarse cortas.

—Tengo dinero. Mi padre ha enviado…

Sin embargo, ella no estaba prestando atención, sino mirando hacia la otra punta de la sala. Se le iluminaron los ojos.

—¡Collis!

Johnson se volvió para mirar. Detrás de él, se estaba registrando en el hotel un hombre fornido y adusto vestido con un traje negro. El hombre miró hacia ellos. Tenía la expresión lastimera de un basset hound.

—¿Miranda? ¿Miranda Lapham?

Johnson frunció el entrecejo.

—¿Miranda?

Emily se había levantado, con una sonrisa radiante.

—Collis Huntington, pero ¿qué haces tú en Cheyenne?

—¡Vaya por Dios, es Miranda Lapham!

—¿Miranda? ¿Lapham? —preguntó Johnson, confundido no solo por el nuevo nombre de Emily, sino por la idea repentina de que tal vez no conociera en absoluto su identidad real. ¿Y por qué le había mentido?

El hombre fornido dio a Emily un abrazo cálido y prolongado.

—Caramba, Miranda, estás estupenda, sencillamente estupenda.

—Cómo me alegro de verte, Collis.

—Deja que te eche un vistazo. —Dio un paso atrás con una sonrisa de oreja a oreja—. No has cambiado ni un pelo, Miranda. No me importa reconocer que te he echado de menos, Miranda.

—Y yo a ti, Collis.

El hombre fornido se volvió hacia Johnson.

—Esta preciosa damisela es la mejor representante que han tenido nunca las empresas ferroviarias en Washington.

Johnson no dijo nada. Todavía intentaba encajar las piezas. Collis Huntington, Washington, ferrocarriles… «Dios mío…

¡Collis Huntington!» Uno de los Cuatro Grandes, los creadores de la Central Pacific que vivían en California. Collis Huntington, el corruptor descarado que viajaba todos los años a Washington con una maleta llena de dinero para los congresistas, el hombre al que una vez habían descrito como «escrupulosamente deshonesto».

—Todos te echan de menos, Miranda —continuó Huntington—. Todos siguen preguntando por ti. Bob Arhur...

—Mi querido senador Arthur...

—Y Jack Kearns...

—El comisionado Kearns, qué encanto de hombre...

—Y hasta el general...

—¿El general? ¿Todavía pregunta por mí?

—Sí —respondió Huntington con pesar, negando con la cabeza—. ¿Por qué no vuelves, Miranda? Washington siempre fue tu primer amor.

—De acuerdo —contestó ella de repente—. Me has convencido.

Huntington se volvió hacia Johnson.

—¿No me presentas a tu acompañante?

—No es nadie —dijo Miranda Lapham, sacudiendo la cabeza de tal modo que sus rizos se agitaron de forma encantadora. Cogió el brazo de Huntington—. Vamos, Collis, tomaremos un almuerzo delicioso y me contarás las novedades de Washington. Y hay tanto que hacer... Tendrás que encontrarme casa, por supuesto, y necesitaré algunas presentaciones...

Se alejaron, del brazo, en dirección al comedor.

Johnson se quedó sentado, atónito.

A las ocho de la mañana siguiente, con la sensación de haber vivido una década en unos pocos meses, cogió el tren de la Union Pacific al Este, con las diez cajas a buen recaudo en el traqueteante vagón de equipaje. La monotonía del trayecto le resultó casi placentera, y se entretuvo observando el reverdecimiento del paisaje. La proximidad del otoño podía apreciarse en las hojas superiores de los robles, los arces y los manzanos. En cada parada, se apeaba y compraba los periódicos locales, en los que constataba cómo iba penetrando en los editoriales el punto de vista del Este sobre las guerras indias y varios temas más.

A la mañana del cuarto día, en Pittsburgh, Johnson telegrafió a Cope para informarle de que había sobrevivido y para decirle que querría hablar con él; no mencionó las cajas de huesos. Después escribió a sus padres para pedirles que pusieran un plato más para la cena de aquella noche.

Llegó a Filadelfia el 8 de octubre.

Cuatro encuentros

En la estación de tren, Johnson pagó a un hombre que tenía una carreta de verdulero vacía para que lo llevase a la casa de Cope, en la calle Pine de Filadelfia. No fue un trayecto largo, y cuando llegó al final se encontró con que Cope era dueño de dos casas adosadas de tres plantas: una era su domicilio y en la otra tenía un museo privado y oficinas. Lo más sorprendente era que el profesor vivía a unas siete u ocho manzanas de la plaza de Rittenhouse, donde la madre de Johnson estaría en esos momentos ultimando los preparativos para su llegada.

—¿Qué casa es el domicilio? —le preguntó al dueño de la carreta.

—No lo sé, pero creo que ese tipo se lo dirá —respondió el hombre mientras señalaba.

Era Cope en persona, que bajaba por la escalera dando brincos.

—¡Johnson!

—¡Profesor!

Cope dio a Johnson un firme apretón de manos y un abrazo decididamente fuerte.

—Está vivo y... —Avistó la lona que cubría la parte de atrás de la carreta—. ¿Es posible?

Johnson asintió.

—No ha sido imposible; tal vez sea la mejor respuesta que puedo darle.

Llevaron las cajas directamente al edificio de Cope que albergaba el museo. La señora Cope fue a verlos con limonada y barquillos, y se sentaron; se deshicieron en exclamaciones de asombro ante sus historias, comentarios sobre su apariencia y exclamaciones de júbilo ante las cajas de huesos.

—Necesitaré que un secretario transcriba una crónica completa de tu aventura —dijo Cope—. Tenemos que ser capaces de demostrar que los huesos que desenterramos en Montana son los que ahora descansan en Filadelfia.

—Es posible que se hayan roto unos cuantos con los tumbos del carromato y las diligencias —avisó Johnson—. Además, puede que haya algún que otro agujero de bala o astilla de hueso, pero en su mayor parte están ahí.

—¿Los dientes de *Brontosaurus*? —preguntó Cope, retorciendo las manos de emoción—. ¿Todavía tienes los dientes? Puede que no me deje en muy buen lugar, pero me preocupa desde el día en que pensamos que te habían matado.

—Es esta caja de aquí, profesor —dijo Johnson, tras localizar la que tenía la X.

Cope la abrió allí mismo, levantó los dientes uno por uno y se quedó mirándolos un buen rato, absorto. Los colocó en fila, como había hecho en aquel risco de pizarra muchas semanas atrás y casi tres mil quinientos kilómetros más al oeste.

—Esto es extraordinario —dijo—. Sumamente extraordinario. A Marsh le va a costar igualarlo en muchos años.

—Edward —apuntó la señora Cope—, ¿no será mejor que enviemos al señor Johnson a casa, con su familia?

—Sí, por supuesto. Deben de estar ansiosos por verte.

Su padre le dio un afectuoso abrazo.

—Doy gracias a Dios por tu regreso, hijo.

Su madre estaba en lo alto de la escalera.

—La barba te da un aspecto de lo más vulgar, William —dijo con voz llorosa—. Quítatela de inmediato.

—¿Qué te ha pasado en el labio? —preguntó su padre—. ¿Estás herido?

—Indios —respondió Johnson.

—A mí me parecen marcas de dientes —repuso Edward, su hermano.

—Lo son —contestó Johnson—. Un indio se encaramó al carromato y me mordió. Quería ver a qué sabía.

—¿Te mordió en el labio? ¿Qué pasa, intentaba besarte?

—Son salvajes —dijo Johnson—. E impredecibles.

—¡Besado por un indio! —exclamó Edward aplaudiendo—. ¡Besado por un indio!

Johnson se levantó la pernera del pantalón para enseñarles a todos la cicatriz de la flecha que le había atravesado la pierna. Luego les mostró el trozo del astil que conservaba. Prefirió no abundar en detalles y no mencionó nada sobre Emily Williams o Miranda Lapham o comoquiera que se llamara de verdad. Sí les contó que había tenido que enterrar a Sapo y a Viento Ligero.

Edward rompió a llorar y subió corriendo a su habitación.

—Nos alegramos de que hayas vuelto, hijo —dijo su padre, que de pronto parecía mucho mayor.

El semestre de otoño ya había empezado, pero el decano de la Universidad de Yale le permitió matricularse de todas formas. Johnson no hizo ascos al golpe de efecto de ponerse la ropa del Oeste y la pistola para entrar con paso firme en el comedor.

La sala entera enmudeció.

—¡Es Johnson! —exclamó alguien entonces—. ¡Willy Johnson!

Johnson avanzó con grandes zancadas hasta la mesa de Marlin, que estaba comiendo con sus amigos.

—Creo que me debes dinero —dijo, con su mejor voz de tipo duro.

—Qué aspecto tan pintoresco traes —comentó Marlin, risueño—. Tienes que presentarme a tu sastre, William.

Johnson no dijo nada.

—¿Debo entender que has vivido muchas aventurillas en el Oeste y que has matado a hombres en auténticos duelos a pistola? —preguntó Marlin, cargando las tintas para contentar a su público.

—Sí —contestó Johnson—. Eso sería correcto.

La sonrisa bufa de Marlin desapareció, barrida por la incertidumbre acerca de lo que había querido decir Johnson.

—Creo que me debes dinero —repitió este.

—¡Querido amigo, no te debo nada en absoluto! Si lo recuerdas, los términos de nuestra apuesta estipulaban que acompañarías al profesor Marsh, y toda la facultad sabe que no llegaste muy lejos con él antes de que te dejara tirado por bribón y sinvergüenza.

Con un único y certero movimiento, Johnson agarró a Marlin por el cuello de la camisa, lo puso en pie sin esforzarse demasiado y lo empotró contra la pared.

—Maldito cabrón engreído, o me das esos mil dólares o te parto la crisma.

Marlin jadeaba, y entonces reparó en la cicatriz de Johnson.

—No te conozco.

—No, pero me debes dinero. Ahora cuéntale a todo el mundo lo que vas a hacer.

—Voy a pagarte mil dólares.

—Más alto.

Marlin lo repitió en voz muy alta. El comedor prorrumpió en carcajadas. Johnson lo dejó caer al suelo como un fardo y salió caminando de la sala.

Othniel Marsh vivía solo en una mansión que había construido en una colina a las afueras de New Haven. Mientras subía hacia ella, Johnson se formó una idea de la soledad y el aislamiento que marcaban la vida de Marsh, de su necesidad de aprobación, de prestigio y aceptación. Le hicieron pasar al salón; Marsh se hallaba trabajando en él a solas, y alzó la vista de un manuscrito que estaba preparando.

—¿Me ha hecho llamar, profesor Marsh?

Marsh lo fulminó con la mirada.

—¿Dónde están?

—¿Se refiere a los huesos?

—¡Por supuesto que me refiero a los huesos! ¿Dónde están?

Johnson le sostuvo la mirada. Se dio cuenta de que aquel hombre ya no le daba miedo, en ningún sentido.

—El profesor Cope tiene los huesos, en Filadelfia. Todos ellos.

—¿Es cierto que han hallado los restos de un dinosaurio de gran tamaño desconocido hasta la fecha?

—No puedo hablar de eso, profesor.

—Es un necio engreído —le espetó Marsh—. Ha desperdiciado su oportunidad de ser grande. Cope nunca publicará nada, y si lo hace, su informe será tan apresurado, estará tan lleno de imprecisiones, que jamás lograra el reconocimiento de la comunidad científica. Tendría que haberlos traído a Yale, donde podríamos estudiarlos como es debido. Es usted un necio y un traidor a su universidad, Johnson.

—¿Eso es todo, profesor?

—Sí, eso es todo. —Johnson dio media vuelta para marcharse—. Una cosa más —añadió Marsh.

—¿Sí, profesor?

—Supongo que no puede recuperar los huesos.

—No, profesor.

—Entonces se acabó —observó con tono melancólico—. Todo se acabó. —Devolvió la atención a su manuscrito. Escribió algo con la pluma.

Johnson salió de la habitación. De camino a la entrada, pasó por delante de un pequeño esqueleto del caballo en miniatura del Cretácico, el *Eohippus*. Estaba muy bien hecho, magníficamente ensamblado: un pálido esqueleto del pasado remoto. Por algún motivo, a Johnson le entristeció. Apartó la vista y bajó la colina a toda prisa en dirección a la universidad.

Sobre los personajes

COPE

Edward Drinker Cope murió arruinado en 1897 en Filadelfia, después de gastar la fortuna de su familia y sus energías batallando contra Marsh. Era relativamente joven, tenía apenas cincuenta y seis años de edad, pero había visto montado el primer esqueleto de brontosaurio en el museo Peabody de Yale y había publicado más de mil cuatrocientos artículos. Se le atribuye haber descubierto y puesto nombre a más de mil especies de vertebrados y a más de cincuenta clases de dinosaurio. Una, el *Anisonchus cophater*,* dijo haberla bautizado «¡en honor a toda la gente que odia a Cope que me rodea!». Donó su cuerpo a la ciencia y dejó instrucciones de que a su muerte se comparase el tamaño de su cerebro con el de Marsh, pues entonces se creía que el tamaño cerebral determinaba la inteligencia. Marsh rehusó aceptar el reto.

MARSH

Othniel Charles Marsh murió dos años después de Cope, solo y amargado en la casa que se había construido. Lo enterraron en el cementerio de Grove Street, en New Haven, Connecti-

---

* *Cophater* significa «que odia a Cope».

cut. Él y sus buscadores de huesos descubrieron más de quinientos animales fosilizados, entre ellos unos ochenta dinosaurios; él en persona les puso nombre a todos.

EARP

Wyatt Earp murió el 13 de enero de 1929, en un bungalow de alquiler, cerca del cruce de los bulevares Venice y Crenshaw en Los Ángeles. Actuó en películas mudas y vendió los derechos de la historia de su vida a Columbia Pictures. En su senectud, ejercieron una poderosa influencia sobre él los deseos de su esposa, Josie. Contó la historia de su vida como la recordaba, o prefería recordarla, a Stuart N. Lake, un escritor de Pasadena, dos años antes de su muerte. Cuando se publicó con el título *Wyatt Earp, Frontier Marshal*, causó una tremenda impresión y le procuró una fama imperecedera.

STERNBERG

Charles Hazelius Sternberg se convirtió en un célebre coleccionista de fósiles americanos y paleontólogo aficionado que escribió sobre su época con Cope. De hecho, estaba trabajando para él cuando el profesor murió, y se enteró de su fallecimiento al cabo de tres días gracias a un telegrama directo de su mujer. Sternberg escribió dos libros: *The Life of a Fossil Hunter* (1909; «La vida de un buscador de fósiles») y *Hunting Dinosaurs in the Badlands of the Red Deer River, Alberta, Canada* (1917; «Cazando dinosaurios en el páramo del río Red Deer, Alberta, Canadá»). Suyo fue el hallazgo del *Monoclonius* o dinosaurio cornudo, como se le conoce comúnmente. Recogió una cita de Cope: «Ningún hombre puede decir que nos ama cuando destruye nuestra obra por capricho; ningún hombre ama a Dios y destruye sus criaturas por capricho». Se exhiben fósiles de la colección de Sternberg en museos de todo el mundo.

Nota del autor

«La biografía presta a la muerte un nuevo terror», escribió Oscar Wilde. Incluso en una obra de ficción sobre personas que llevan mucho tiempo muertas, hay motivos para tener en cuenta esta máxima.

A los lectores que no estén familiarizados con ese período de la historia estadounidense tal vez les interese saber que los profesores Marsh y Cope fueron personas reales y que su rivalidad y animadversión se presentan aquí sin exagerar; a decir verdad, se han suavizado, dado que el siglo XIX toleraba unos excesos *ad hominem* que cuesta creer en la actualidad.

Es cierto que Cope fue a las tierras baldías de Montana en 1876 y descubrió los dientes del *Brontosaurus*, a grandes rasgos como se recoge en estas páginas.*

La rivalidad entre Cope y Marsh, que se extendió a lo largo de más de diez años, se comprime aquí en un solo verano, con algunas licencias. Entre otras cosas, fue Marsh quien creó el falso cráneo para que Cope lo descubriera. Sin embargo, es cierto que en numerosas ocasiones los trabajadores de Cope

---

* Charles H. Sternberg atribuyó este hallazgo a Cope en sus memorias de 1909, *The Life of a Fossil Hunter*. Otros arrogan el descubrimiento del *Brontosaurus* a Marsh. *(N. del E.)*

y de Marsh dispararon unos contra otros, con intenciones mucho más funestas de lo que aquí se sugiere.

El personaje de William Johnson es completamente ficticio. Yo no leería esta novela como un libro de historia. Quien esté interesado en la historia debe leer la crónica detallada del viaje de Cope a Montana en *The Life of a Fossil Hunter*, de Charles Sternberg.

Estoy en deuda con E. H. Colbert, eminente paleontólogo y conservador del Museo Americano de Historia Natural, por haber atraído mi atención hacia la historia de Marsh y Cope; en su amable correspondencia me sugirió que escribiese una novela sobre ellos; también me mostró el camino en sus libros.

Por último, los lectores que revisen los libros de fotografías, como he hecho yo, deberían tener mucho cuidado con los pies de foto. Ha surgido una nueva modalidad de libro de fotos en el que imágenes auténticas del Oeste van acompañadas por una prosa lúgubre y elegíaca. Los pies dan la impresión de cuadrar con las imágenes, pero no casan con los hechos: esta actitud triste y melancólica es un completo anacronismo. Los pueblos como Deadwood tal vez nos parezcan deprimentes ahora, pero en aquel entonces eran lugares emocionantes, y a sus habitantes les entusiasmaba estar allí. Demasiado a menudo, la gente que escribe los pies de foto se deja llevar por sus propias fantasías infundadas sobre las imágenes y lo que significan.

Todos los acontecimientos de 1876 sucedieron tal como se recogen en estas páginas, con la salvedad de que Marsh no dirigió una expedición de estudiantes al Oeste aquel año (lo había hecho sin excepción durante los seis años anteriores, pero en 1876 se quedó en New Haven para encontrarse con el biólogo inglés T. H. Huxley); de que todos los huesos de Cope viajaron a salvo en el vapor del Missouri y nadie siguió hasta

Deadwood; y de que Robert Louis Stevenson no viajó al Oeste hasta 1879. Las descripciones de las guerras indias son verídicas, por desgracia, y, con la perspectiva que proporciona escribir más de cien años después, puede decirse que el Oeste americano que se describe en estas páginas, como el mundo de los dinosaurios mucho antes, no tardaría en perderse para siempre.

Nota sobre el autor

La dedicación de Michael a su oficio no conocía fin: a lo largo de sus más de cuarenta años de carrera profesional, escribió treinta y dos libros; su obra inspiró muchas películas, y además, como director, guionista y productor, creó películas y programas de televisión icónicos. Siempre estaba trabajando, no solo en su próximo proyecto, sino también en sus «próximos proyectos», en plural. Michael nunca paraba de leer, recortar artículos interesantes y reunir datos de investigación para obras nuevas, estudiando el pasado, observando el presente y pensando en nuestro futuro. Le encantaba contar historias que difuminasen los límites entre los hechos y las conjeturas. Las novelas, películas o programas televisivos de Crichton siempre te dejaban con ganas de más. Como su obra se basaba en una investigación tan densa, no podías evitar creer que, sí, tal vez se podía devolver a la vida a los dinosaurios gracias al ADN obtenido de un mosquito bien conservado o que los nanobots podían operar de forma inteligente e independiente y sembrar el caos entre sus creadores humanos y en el entorno.

Su trabajo sigue siendo tan relevante y atractivo como siempre; así lo demuestra el éxito colosal de la franquicia de *Parque Jurásico* o de *Westworld*, la adaptación para HBO de su clásico del cine *Almas de metal*.

Hacer honor al legado de Michael ha sido mi objetivo desde su fallecimiento. Mediante la creación de sus archivos, pronto comprendí que era posible remontar el nacimiento de *Dientes de dragón* a una carta de 1974 dirigida al conservador de paleontología de vertebrados del Museo Americano de Historia Natural. Tras leer el manuscrito, solo pude describir *Dientes de dragón* como «puro Crichton». Contiene la voz de Michael, y su amor por la historia, la investigación y la ciencia, todo ello entretejido de forma dinámica en un relato épico. Casi cuarenta años después de que Michael concibiera la idea de una novela sobre la emoción y los peligros de los primeros pasos de la paleontología, la historia resulta tan fresca y divertida hoy en día como lo fue entonces para él. *Dientes de dragón* era un libro muy importante para Michael: era el precursor de su «otra historia de dinosaurios». Su publicación es una manera maravillosa de presentar a Michael a una nueva generación de lectores de todo el mundo y un verdadero regalo para los fans de Crichton de toda la vida.

Publicar *Dientes de dragón* ha sido una labor de amor, y quiero agradecer a las siguientes personas su ayuda en este empeño: mi socio creativo, Laurent Bouzereau; Jonathan Burnham, Jennifer Barth y el equipo de Harper; Jennifer Joel y Sloan Harris, de ICM Partners; el extraordinario equipo de Michael Crichton Archives; Michael S. Sherman y Page Jenkins; y, por supuesto, nuestro querido hijo, John Michael Crichton (Jr.).

SHERRI CRICHTON

Bibliografía

Barnett, Leroy, «Ghastly Harvest: Montana's Trade in Buffalo Bones», *Montana: The Magazine of Western History*, vol. 25, n.º 13 (verano de 1975), pp. 2-13.

Barton, D. R., «Middlemen of the Dinosaur Resurrection: The "Jimmy Valentines" of Science», *Natural History* (mayo de 1938), pp. 385-387.

—, «The Story of a Pioneer "Bone-Setter"», *Natural History* (marzo de 1938), pp. 224-227.

Colbert, Edwin H., «Battle of the Bones. Cope & Marsh, the Paleontological Antagonists», *Geo Times*, vol. 2, n.º 4 (octubre de 1957), pp. 6-7, 14.

—, *Men and Dinosaurs: The Search in Field and Laboratory*, Nueva York, Dutton, 1968.

—, *Dinosaurs: Their Discovery and Their World*, Nueva York, Dutton, 1961.

Connell, Evan, *Son of the Morning Star: Custer and the Little Big Horn*, Berkeley (California), North Point Press, 1984. [Hay trad. cast.: *Custer: la masacre del 7.º de caballería*, Barcelona, RBA, 2006.]

Dippie, Brian W., «Bold but Wasting Race: Stereotypes and American Indian Policy», *Montana: The Magazine of Western History*, vol. 25, n.º 3 (verano de 1975), pp. 2-13.

Eiseley, Loren, *The Immense Journey: An Imaginative Naturalist*

Explores the Mysteries of Man and Nature, Nueva York, Vintage Books, 1959.

Fisher, David, «The Time They Postponed Doomsday», *New Scientist* (junio de 1985), pp. 39-43.

Grinnell, George Bird, «An Old-Time Bone Hunt», *Natural History* (julio-agosto de 1923), pp. 329-336.

Hanson, Stephen y Patricia Hanson, «The Last Days of Wyatt Earp», *Los Angeles Magazine* (marzo de 1985), pp. 118-126.

Howard, Robert West, *The Dawnseekers: The First History of American Paleontology*, Nueva York, Harcourt Brace Jovanovich, 1975.

Jeffery, David, «Fossils: Annals of Life Written in Rock», *National Geographic*, vol. 168, n.º 2 (agosto de 1985), pp. 182-191.

Josephson, Matthew, *The Robber Barons: The Great American Capitalists 1861-1901*, Nueva York, Harcourt Brace Jovanovich, 1934.

Lake, Stuart, *Wyatt Earp: Frontier Marshal*, Nueva York, Houghton Mifin Company, 1931.

Lanham, Url, *The Bone Hunters*, Nueva York, Columbia University Press, 1973.

Marsh, Othniel Charles, «The Dinosaurs of North America», *Annual Report of U. S. Geological Survey* (enero de 1896).

Matthew, W. D, «Early Days of Fossil Hunting in the High Plains», *Natural History* (septiembre-octubre de 1926), pp. 449-454.

Mountfeld, David, *The Railway Barons*, Nueva York, W. W. Norton, 1979.

Nield, Ted, «Sticks, Stones and Broken Bones», *New Scientist* (diciembre de 1985), pp. 64-67.

O'Connor, Richard, *Iron Wheels and Broken Men*, Nueva York, Putnam, 1973.

Osborn, Henry Fairfeld, *Cope: Master Naturalist: The Life and Letters of Edward Drinker Cope*, Princeton (New Jersey), Princeton University Press, 1931.

Ostrom, John H. y J. S. McIntosh, *Marsh's Dinosaurs*, New Haven (Connecticut), Yale University Press, 1966.

Parker, Watson, *Gold in the Black Hills*, Norman, University of Oklahoma Press, 1966.

Plate, Robert, *The Dinosaur Hunters: Othniel C. Marsh and Edward D. Cope*, Nueva York, D. McKay Co., 1964.

Reinhardt, Richard, *Out West on the Overland Train*, New Jersey, Castle Books, 1967.

Rice, Larry, «Badlands», *Adventure Travel* (julio-agosto de 1981), pp. 38-44.

—, «The Great Northern Plains», *Backpacker* (mayo de 1986), pp. 48-52.

Romer, A. S., «Cope Versus Marsh», *Systemic Zoology*, vol. 13, n.º 4 (1964), pp. 201-207.

Scott, Douglas D. y Melissa A. Connor, «Post-mortem at the Little Bighorn», *Natural History* (junio de 1986), pp. 46-55.

Shor, Betty, *The Fossil Feud Between E. D. Cope and O. C. Marsh*, Hicksville (Nueva York), Exposition Press, 1974.

Stein, Ross S. y Robert C. Bucknam, «Quake Replay in the Great Basin», *Natural History* (junio de 1986), pp. 28-36.

Sternberg, Charles H., *The Life of a Fossil Hunter*, Nueva York, Henry Holt and Company, 1909.

Taft, Robert, *Photography and the American Scene*, Nueva York, Dover Publications Inc., 1964.

West, Linda y Dan Chure, *Dinosaur: The Dinosaur National Monument Quarry*, Jensen (Utah), Dinosaur Nature Association, 1984.

Wolf, Daniel, *The American Space*, Middletown (Connecticut), Wesleyan University Press, 1983.